Gruma, ein archaisches Dorf im Apennin. Hier geht kein Mensch von dieser Welt, bevor er nicht eine Nacht lang erzählen und letzte Dinge loswerden kann. Walter, wegen seines pechschwarzen Haars auch Nerì genannt, wird zum neuen Geschichtenabnehmer bestimmt. Wenn es so weit ist, eilt er ans Sterbebett, wo schon ein Stuhl für ihn bereitsteht. Er hört den leisen Worten zu und einem Atem, der langsam verebbt. Für Nerì ist seine Bestimmung Fluch und Segen zugleich. Bald kennt er viele Geheimnisse, und er kennt den Tod – doch wird er fast wahnsinnig ob dieser vielen Stimmen in seinem Kopf. Während man sich in Gruma seit jeher unter der Platane, in Beppos Osteria oder vor Sciugars Friseursalon die schönsten Geschichten erzählt, darf er nichts davon preisgeben, was sich am Sterbebett zuträgt.

VINCENZO TODISCOS neuer Roman fängt die magische Atmosphäre einer Kindheit in einem italienischen Bergdorf ein, wo die Tradition des Erzählens in besonderer Weise lebendig ist. Jede Geschichte bringt ein neues Stück der dunklen Vergangenheit zutage, und verstört muss Nerì anhören, welche Spuren der Krieg in Gruma, auch in seiner Familie, hinterlassen hat.

Vincenzo Todisco

Der Geschichtenabnehmer

Roman

Atlantis

Dieses Buch erscheint mit freundlicher Unterstützung
der Schweizer Kulturstiftung Pro Helvetia und
der Kulturförderung Kanton Graubünden / SWISSLOS.
Autor und Verlag bedanken sich dafür.

www.atlantisliteratur.ch
Lektorat: Daniela Koch
Covergestaltung: Lara Flues
Coverabbildung: © Kelvin Hudson / Millennium Images, UK
Satz: Tristan Walkhoefer, Leipzig
Gesetzt aus der Stempel Garamond LT / 240140
Druck und Bindung: GGP Media GmbH, Pößneck
Auch als E-Book erhältlich
ISBN 978 3 7152 5041 0

Das Leben ist nicht das, was man gelebt hat, sondern das, woran man sich erinnert und wie man sich daran erinnert – um davon zu erzählen.

Gabriel García Márquez

Wenn die klassische Welt untergeht, wenn alle Bauern und alle Handwerker tot sind, wenn es keine Glühwürmchen, keine Bienen, keine Schmetterlinge mehr gibt, wenn die Industrie den Kreislauf der Produktion unaufhaltsam gemacht hat, dann ist unsere Geschichte zu Ende.

Pier Paolo Pasolini

Gruma

1.

Walter hält den Brief von La Fran in seiner Hand. Er hat ihn drei Mal gelesen. Es ist eine Einladung. La Fran kündigt ihre Hochzeit an.

In Gruma bewege sich schon lange nichts mehr, steht im Brief. La Fran wolle neu beginnen, aber das sei nicht möglich, solange die alte Zia Filina nicht ihre Ruhe finde. Deswegen müsse Walter die Einladung annehmen und sein Versprechen einlösen, seiner Tante vor dem Sterben zuzuhören.

Die Hochzeit finde am dritten November statt, nach dem Fest der Heiligen und der Toten. Walter bliebe also genug Zeit, sich auf den Weg nach Gruma zu machen.

La Frans Handschrift kommt Walter fremd vor. Er senkt den Arm und dreht den Blick zum Fernseher, der von morgens bis spät in der Nacht eingeschaltet ist.

Die Mutter sitzt drüben am Küchentisch und schlürft ihre Suppe. Sie kratzt lautstark die letzten Reste zusammen, als wollte sie nicht glauben, dass der Teller leer ist. Walter erhebt sich schwerfällig vom Sofa, tritt in die Küche und geht an der Mutter vorbei. Sie schaut kopfschüttelnd auf seine schlammverkrusteten Schuhe.

»Hat es Post gegeben?«, fragt sie.

Walter hört weg.

Die Mutter steht auf und geht vor sich hin flüsternd an

den Herd, um einen Kräutertee zu kochen. Walter tritt einen Schritt zurück, den Brief von La Fran immer noch in der Hand.

Die Küche ist so niedrig, dass Walter den Kopf einziehen muss. Überall an den Wänden hängen Fotos aus der Zeit seiner Kindheit in Gruma. Tagsüber und auch am Abend sitzt die Mutter stundenlang am Tisch und starrt mit müden Augen im sorgendurchfurchten Gesicht auf die Bilder. Sie mäkelt herum wie eine Betrunkene, dass sich Walter die Ohren zuhalten muss.

»La Fran will heiraten«, sagt Walter doch noch.

»La Fran?«, staunt die Mutter, ohne den Blick von der Wand abzuwenden.

»Es steht im Brief, den wir heute erhalten haben. Es heißt, bring Elvira mit, du bist also auch eingeladen.«

»Sie wartet immer noch auf dich, die alte Hexe«, seufzt die Mutter, »jetzt schaltet sie noch La Fran ein.«

Walter betrachtet den Hinterkopf der Mutter. Er denkt, woran er schon oft gedacht hat, den Hammer zu holen, um ihr von hinten den Kopf einzuschlagen. Einfach die Fotos von der Wand abzunehmen, das würde sie nicht töten. Sie würde nur nicht mehr aufhören zu weinen.

»Im Brief steht auch, dass sich La Fran wünscht, ein von dir geschneidertes Hochzeitskleid zu tragen.«

Die Mutter sucht mit dem Blick das Foto, auf dem La Fran als junge Frau unter der Platane vor der Osteria ihrer Eltern steht.

»Im November? In einem Monat, da ist es kalt in Gruma. Und La Fran ist doch sicher über fünfzig, was will die jetzt noch heiraten?«

Die Nachbarin vom oberen Stock tritt ohne zu klopfen in die Wohnung, weil sie Zucker braucht. Die Mutter empfängt sie gespielt freundlich. Walter reibt sich die Nase mit dem Handrücken, setzt sich, kreuzt die Hände hinter dem Nacken. Er starrt schadenfreudig auf die Nachbarin. Es überkommt ihn die alte Lust nach Totengesichtern.

»Elvira, wie der mich anschaut«, sagt die Frau und weicht Walters Blick aus.

»An manchen Tagen«, beklagt sich Elvira, der Nachbarin zugewandt, »mag ich mich gar nicht erst anziehen. Hier ist es so eng und feucht.«

Walter macht eine brüske Bewegung, um der Nachbarin noch mehr Angst einzujagen.

»Sag ehrlich«, sagt die Mutter, indem sie sich an die Stuhllehne festklammert, »gehe ich schon sehr krumm?«

»Nein, Elvira«, stottert die Nachbarin, fährt mit ihren Händen durch die Luft und macht sich ohne Zucker fluchtartig wieder davon.

»Wieso tust du das?«, fragt Elvira.

Sie setzt sich wieder vor den leeren Suppenteller. Im Fernsehen beginnt die Tagesschau. Walter beobachtet, wie die knochigen Hände seiner Mutter den Löffel umklammern, sieht, wie sich ein ganzes Leben in ihr Gesicht eingefurcht hat. Elvira schrumpft jeden Tag etwas mehr. Walter erinnert sich, dass sie sich damals in Gruma jeden Morgen nach vorne beugte, die Hände bis zu den Füßen streckte und wie ihre langen, dichten Haare auf den Fußboden fielen.

»Sie will also immer noch, dass du zurückkommst«, murmelt Elvira.

»Es ist nur La Fran, die heiraten will, Zia Filina hat nichts damit zu tun.«

»Und du fällst darauf ein. Es geht nicht um La Fran, es ist sehr wohl deine Tante Filina, sie hat es eingefädelt, glaub mir!«

Dann sagt Elvira mit nach innen verdrehten Augen, sie wisse nicht, wie sie die Kälte des vergangenen Winters überstanden habe. Ob sich Walter erinnern könne, wie oft sie vom Fieber geplagt gewesen sei, wie sie tagelang nichts gegessen habe.

Walter weiß nicht, wohin er seine Beine ausstrecken soll, die für die Wohnung zu lang sind.

Es läutet an der Tür. Es ist Ronny, der Hausbesitzer. Er kommt, um die Miete einzufordern.

»Ihr seid im Rückstand.«

Ronny hat eine Flasche Wein in der Hand. Er öffnet die Flasche, holt drei Gläser und füllt sie. Er sagt, dass dieses Jahr im Garten kaum etwas gewachsen sei, weil der Boden bis im März gefroren war. Dann sagt Elvira, sie finde so viele Sachen nicht mehr. Sie suche sie überall, aber sie finde sie nicht. Sie sagt, dass all das Suchen ihr Kopfschmerzen bereite. In Gruma, damals, habe sie nie Kopfschmerzen gehabt. Nur der Tigerbalsam, den sie auf die Schläfen streiche, verschaffe ihr etwas Linderung, sonst würde sie es manchmal nicht mehr aus dem Bett schaffen. Und sie sei es leid, mit offenen Augen im Dunkeln zu liegen und darauf zu warten, dass die Nacht vorbeigehe.

Ronny unterbricht sie, um zu sagen, der Wein schmecke köstlich. Walter hört halb zu, und halb schaut er aus dem Fenster.

Weder Walter noch Elvira haben bemerkt, dass Ronny die Wohnung wieder verlassen hat. Sie hören, wie er im oberen Stock Akkordeon spielt und so fest mit dem Fuß den Takt schlägt, dass die Decke über ihren Köpfen zittert.

»Vergiss diesen Brief, vergiss deine Tante, für uns gibt es kein Gruma mehr«, sagt Elvira, bevor sie sich vom Stuhl erhebt.

2.

Die Mutter findet nur dank der Tabletten in den Schlaf. Walter steht allein in der Küche. Hinter ihm in der Spüle und auf der Küchenfläche das schmutzige Geschirr, das niemand abwaschen will, vor ihm die Wand mit den Fotos, im Wohnzimmer die Geräusche des Fernsehers.

»Gruma war einmal unser Zuhause, und du warst Grumas Kind«, hat die Mutter vor dem Zubettgehen gesagt.

Walter schlägt mit der Faust gegen die Wand. Er will nicht an Gruma erinnert werden. Die Stimme der Mutter ist immer da, selbst wenn sie schon längst schläft.

Auf dem Tisch der Brief von La Fran und das Brot vom Vortag. Hartes Brot wirft man nicht weg, mahnte Zia Filina. Zia Filina konnte manchmal so herrisch auftreten, dass der Mutter die Tränen aus den Augen rannen. Sie schüttelt den Kopf, wenn sie an die Stimme ihrer Schwester zurückdenkt.

Wenn die Mutter im Nebenzimmer schläft, spürt Walter noch mehr die Fremdheit, die sich zwischen ihnen breitgemacht hat. Sie spielt so oft die Traurige, dass Walter das Gefühl hat, unter einem Schatten zu leben. Er betrachtet die Fotos an der Wand. Links von der Tür ein Bild, da ist er bei Zia Luana auf dem Arm, und eines, da sitzt er mit Zio Fredo auf der Lambretta. Weitere Fotos zeigen Zia Filina bei der Gartenarbeit, eine Kinderschar vor der Schule und immer wieder La Fran, einmal Arm in Arm mit Walter. Und dann rechts und links und oben und unten noch viele andere Schwarz-Weiß-Aufnahmen. Walters Familie, Sciugar mit dem Akkordeon und vor seinem Friseursalon, Don Pietro, ganz Gruma klebt stumm an den Küchenwänden. Die Bilder stammen von Zio Fredo oder vom Merlo, dem selbst ernannten Dorffotografen, die Mutter weiß es nicht mehr so genau. Am Türrahmen hängt ein Passfoto von Walter, da ist er etwa zwanzig, zur Erinnerung, dass er einmal ein hübscher Bursche gewesen sei, sagt die Mutter. Er hatte pechschwarze Haare, deshalb hat ihn seine Familie, allen voran Zia Filina, Nerino oder, noch kürzer, Nerì genannt.

Tagsüber spricht Elvira stundenlang mit den Fotos. Sie erinnert sich, wie sie damals in Gruma alle in der Küche saßen, wie Zia Filina um den langen Tisch kreiste, aus den Augenwinkeln ihre Gäste überwachte und immer wieder die Teller füllte, als wären sie alle kurz vor dem Verhungern. Wie Zia Luana die ganze Zeit aufstand, um nach dem Braten zu sehen, wie sie die Herdklappen öffnete, mit der großen Kelle die Suppe rührte. Alle redeten, aßen und lachten, auch Filina, damals noch, und wie Zio Fredo so hastig aufsprang, wenn ein Gast hereinstürmte, dass sein Stuhl umstürzte, was das allgemeine Gelächter nur noch mehr anheizte. All diese Erinnerungen will die Mutter immer wieder aufkommen lassen. Sie ernährt sich vom Schmerz. Und obwohl Walter sie bittet, damit aufzuhören, weil sonst die Stimmen in seinem Kopf lauter werden, spricht sie weiter und weiter, bis Walter einen Teller gegen die Wand schmettert.

Wie schnell das alles verflogen sei, sagt dann die Mutter sichtlich eingeschüchtert, wie schnell so vieles für alle Zeit vorbei sei.

Morgen früh muss Walter zur Arbeit. Fünfundzwanzig Jahre Fließband in der Schokoladenfabrik. Walter hat jeden Tag gezählt, jede Stunde, in der die Maschinen ihm den Kopf zugedröhnt haben. Wenn er abends nach Hause kommt, ruft Ronny irgendetwas aus dem Fenster. Walter schaut nicht hoch. Die Mutter sitzt in der Küche und starrt auf die Bilder an der Wand.

In der Fabrik hat Walter gelernt, nicht auf seine zitternden Hände zu achten, mit geschlossenen Augen am Fließband zu stehen, damit er nicht dem Anblick seiner Kollegen ausgesetzt ist. Viel zu oft hat er das Bild ihrer vom letzten Atemzug verzerrten Gesichter vor sich gesehen und es sofort ausgemerzt, so wie man mit ein paar Drehbewegungen eine Zigarette ausdrückt. Den Stimmen, die seinen Kopf heiß werden lassen, kann er hingegen nicht ausweichen. Sie brummen wie ein Wespennest zwischen seinen Schläfen.

Walter ist unschlüssig, ob er den Brief von La Fran zerreißen soll. Er möchte die aufkeimende Erinnerung ersticken, aber es ist so still im Haus, dass die Stimmen noch stärker in ihn fahren. Also muss er den Fernseher aufdrehen oder Wasser kochen oder das Ohr an den brummenden Kühlschrank kleben. Aber die Augen, die aus den Fotos herausblicken, lassen ihn nicht los. Sie folgen seinen Bewegungen, bis er sich hinsetzen muss. Er bekommt keine Luft. Er steht auf und öffnet das Fenster. Er geht nach draußen, wo ihn die Nacht erwartet. Sie ist immer da, wie damals in Gruma, mit unzähligen Sternen am Himmel, aber auch stockfinster, stürmisch, kalt und im Sommer oft würzig duftend, mit dem Zirpen der Grillen und dem Taubenflattern unter dem Gebälk des alten Hauses. Sie ist jede Nacht da, die Nacht, bietet aber keine Zuflucht.

Walter geht wieder ins Haus und irrt noch einige Zeit in der Wohnung umher. Der Fernseher flimmert. Walter schaltet ihn nicht aus. Die Mutter behauptet, sie schlafe besser, wenn er läuft.

Das Fenster bleibt geöffnet. Die Kirchturmuhr schlägt zwei. Walter hört, wie Ronny in der oberen Wohnung aufsteht und die Toilette aufsucht. Walter wartet noch eine Weile, bis es wieder ruhig ist. Dann legt er sich ermattet hin.

Grumas Getöse lässt in seinem Kopf endlich etwas nach. Er hört, wie im Nebenzimmer die Mutter schnarcht. Er schläft, aber nur kurz, eine Stunde vielleicht. Es brennt in seinem Hirn. Er steigt aus dem Bett und wandert durch die Wohnung. Er tastet sich durch die Dunkelheit bis in die Küche, schaltet das Licht ein und blickt auf den roten Fleck, den der vergossene Wein auf der Tischdecke hinterlassen hat. Er geht durch den Korridor, steckt den Kopf ins Zimmer der Mutter und schaut ihr einen Moment lang beim Schlafen zu.

Dann legt er sich wieder hin. Er wird höchstens noch zwei, drei Stunden schlafen, und beim Aufwachen wird er das übliche flaue Gefühl im Magen spüren.

Er steigt noch einmal aus dem Bett, um das Fenster zu schließen. Er stellt den Fernseher leiser. In vier Wochen ist November. Elvira hat gesagt, sie rieche bereits den Winter.

Walter überkommt das Gefühl, alles um ihn herum würde zerfallen. Da nützt nur noch eins, nachgeben, sich zurückträumen, Grumas Stimmen die Stirn bieten und sich über Schleichwege in der Erinnerung verlaufen, zurück auf die alte Matratze, die auf einem Federrost lag. Eine kleine Bewegung genügte, und das ganze Bett wippte und schaukelte wie ein Boot auf den Wellen, sodass sich das Kind genüsslich in den Schlaf wiegen konnte.

3.

Walter war sieben, als eines Abends Zia Filina ins Haus stürmte und verkündete: »Deine Zeit ist gekommen!«

Sie nahm den Neffen an die Hand und führte ihn zum uralten Gino, der schon seit zwei Tagen im Sterben lag. Eine Woche zuvor hatte der kerngesunde Gino plötzlich über Schmerzen im Rücken geklagt, die bald in beide Beine ausstrahlten und sie taub werden ließen. Die Familie hatte den gelähmten Gino ins Bett getragen, von dem er sich nicht mehr erheben sollte. Er atme schwer und gebe keine Antwort mehr. Der Tod stehe ihm ins Gesicht geschrieben, aber er sei noch nicht bereit. Dieser Schwebezustand ließ halb Gruma den Atem anhalten.

Als Filina an die Tür klopfte, öffnete Ginos Tochter. Filina versicherte ihr, der kleine Walter sei nun neu dafür bestimmt. Man ließ ihn eintreten, Filina musste draußen bleiben.

Ginos Tochter führte Walter ins Sterbezimmer und ließ ihn mit ihrem Vater allein. Walter nahm auf einem Stuhl Platz, der für ihn dort bereitstand. Filina hatte ihm beim Herkommen in aller Eile erklärt, er müsse einfach nur Geduld aufbringen und so lange am Bettrand ausharren, bis der alte Gino von sich aus in sich gehen würde. Walter würde sicher merken, wann dieser Moment käme. Er müsse jetzt einspringen, Gruma könne nicht länger warten. Olmo, der schon lange mehr der Flasche als den Sterbenden zugetan war, sei unauffindbar.

Walter saß also im Sterbezimmer und wartete, eine Stunde, zwei, drei. Nach vier Stunden wurden seine Ohren und der Kopf heiß, die Augen röteten sich. Er blieb trotzdem still sitzen, und irgendwann passierte es. Ginos ausgetrocknete Lippen deuteten eine Regung an, die Augenbrauen hoben sich, das bleiche Gesicht färbte sich rosa. Walter rückte näher, weil er nicht verstehen konnte, was der alte Mann sagen wollte.

Zuerst kamen die Worte nur spärlich aus Ginos Mund. Er sprach zögernd, verschluckte Silben und ganze Wörter. Nach einer Weile aber löste sich die Starrheit seiner Zunge. Walter hatte sich an den Bettrand gesetzt und horchte. Als ob sich langsam die Schleusen der Erinnerung öffneten, begann Gino zu erzählen, einmal zaghaft gestikulierend, dann ruhig und gelassen eine Litanei aufsagend. Am Anfang war nicht klar, worauf er hinauswollte, aber dann hob er die Hand und zeigte dem Kind die einzigen zwei Finger, den Daumen und den Zeigefinger, die er an der rechten Hand noch hatte. Es hieß, dass Gino die anderen Finger beim Holzspalten verloren hätte, aber jetzt schüttelte er den Kopf. Es sei so lange her, sagte Gino. Er sei der Dorfälteste, ob Walter das wisse, geboren noch im letzten Jahrhundert, und er habe in seinem Leben so manches erlebt. Aber jetzt gehe es um die verlorenen Finger. Das sei noch vor dem großen Krieg, dem ersten, gewesen. Bei ihnen Zuhause hätte eine Magd gearbeitet, und Gino habe es auf sie abgesehen gehabt, weil sie so schöne Rundungen hatte. Alles an ihr sei rund gewesen, die Brüste, die Hüften, der Hintern, der Mund, die Augen, kugelrunde Augen, und er habe nicht widerstehen können. Immer, wenn sie allein waren, habe er sie angefasst, er habe seine Hände auf die Brüste und auf den Hintern gelegt. Sie sei dabei erstarrt, habe nichts gesagt, außer »Nein, nein, nein …«, immer nur das eine Wort, aber Gino konnte nicht damit aufhören, im Gegenteil, er zog das wehrlose Mädchen an sich, umklammerte es, griff ihm zwischen die Beine. Rosa habe sie geheißen, aber er habe immer Rosina zu ihr gesagt, Rosina rotondina, rundes Röschen. Wenn sie mit zwei Kesseln in der Hand zur Quelle hochstieg, lauerte er ihr auf. Er wartete, bis die Kessel voll waren und Rosina sich an den Abstieg machte. Er sprang im richtigen Moment aus dem Gebüsch hervor und fasste sie überall an. Rosina konnte sich nicht wehren, weil sie in jeder Hand einen mit Wasser gefüllten Kessel trug, sie konnte nur »Nein, nein« rufen. Und einmal sei er ihr mit offener Hose bis in die Scheue nachgeschlichen. Sie habe sich hinter einem alten Holztisch verschanzt, sei dort gestanden, zitternd, mit den Augen flehend. Er sei langsam auf sie zu um den Tisch gegangen, und als er nach ihr greifen wollte, habe sie blitzschnell eine Axt hinter dem Rücken hervorgeholt, und wenn er nicht einen Schritt nach hinten gemacht hätte, hätte es nicht nur die drei Finger erwischt.

Der alte Gino lachte und weinte zugleich, indem er Walter seine verstümmelte Hand entgegenstreckte.

Er unterbrach den alten Mann nicht, als spürte er, damit den Zauber zu brechen, von dem sie im nun worterfüllten Zimmer beide erfasst worden waren. Er unterbrach Gino nicht, als dieser mehrmals Anlauf nahm, um zu beschreiben, wie er seine drei Finger am Boden angestarrt habe, wie Rosina die Axt immer noch auf ihn gerichtet hielt und dann das Blut aus seiner Hand zu fließen begann.

Walter hörte zu. Und je länger es ging, desto unwirklicher kam es ihm vor. Er hatte das Gefühl, der Raum löse sich auf und die Zeit bliebe stehen. Gino hatte mehrmals eine längere Pause einlegen müssen, um seine Geschichte zu Ende zu erzählen. Es war wie eine langsame Entblößung gewesen, bei der der alte Mann jegliche Zurückhaltung abgelegt hatte, denn es gab keine Scham mehr.

Der Greis und das Kind schauten einander in die Augen. Walter erkannte eine große Zufriedenheit in Ginos Blick, als hätte er sich vor dem endgültigen Abschied noch einmal ins Leben zurückversetzt gefühlt. Als er dann schließlich erzählte, wie die Magd die Axt hat fallen lassen und aus der Scheune gerannt sei, deutete sein Mund ein leises Lächeln an. Er holte tief Luft.

»Nein, nein«, sagte er, »das hat mich nicht kleingekriegt, was sind schon drei Finger weniger.«

Gino hatte trotz der Verstümmelung sein Leben lang den Beruf des Bodenlegers ausgeübt. In Gruma war er dafür angesehen, dass er den unebenen Platz vor der Kirche und um die große Platane herum neu gepflastert hatte. Er zeigte Walter, wie er mit der verstümmelten Hand die Steine aus dem Korb holte. Den verbliebenen Daumen und den Zeigfinger benutzte er wie eine Zange, um die Steine festzuhalten. Er setzte sie mit Richtschnur und Hammer in den Sand, alles Handarbeit, und auf Knien. So konnte er ständig seine verstümmelte Hand anschauen und an Rosina denken. Wenn einmal ein Stein nicht passte, suchte er in den Körben so lange, bis er den richtigen fand, Kante an Kante habe es sein müssen. Er füllte Loch um Loch, bis die ganze Piazza eben war und kein Stein mehr locker.

»Mit diesen beiden Fingern habe ich alles gemacht«, sagte er und streckte sie Walter entgegen, als müsste er ein letztes Mal einen Stein in die Zange nehmen.

Dann war es vollbracht. Es folgte ein lang gezogenes Seufzen, Gino fielen die Augen zu, danach war es still.

4.

Walter hatte die Feuerprobe bestanden, und Filina fühlte sich darin bestätigt, als Erste in ihrem Nerì den neuen Geschichtenabnehmer erkannt zu haben. Also packte sie den Neffen und machte sich auf, Olmo zu suchen, damit er seinem Nachfolger das Zepter übergeben konnte.

Sie fanden den Alten unter einem Baum liegend, zitternd, barfuß, mit hochgekrempelten Hosenbeinen und völlig durchnässt vom nächtlichen Regen. Er hatte sich einmal mehr in einer der vielen Osterien von San Giorgio volllaufen lassen und den Heimweg nicht mehr gefunden. Zia Filina merkte sofort, dass es nicht gut um Olmo stand. Sie sagte zu Walter, er müsse ihr jetzt helfen. Sie versuchten, Olmo unter den Armen zu fassen und ihn hochzuheben. Er war zu schwer. Zia Filina redete auf ihn ein, »dass du mir *ja* nicht stirbst, bevor du ihm das Geschichtenabnehmen beigebracht hast«.

Olmo antwortete nicht und schien mehr als nur zu schlafen. Filina wischte ihm mit ihrem Taschentuch, das sie immer im Ärmel trug, die Stirn und den Mund ab und schüttelte ihn vorsichtig. Als Olmo immer noch keine Regung zeigte, sagte sie zu Walter: »Du bleibst hier und passt auf ihn auf!«

Sie eilte nach Hause – schnell konnte Filina damals noch rennen! –, holte eine Flasche Wein, ein Glas Essig, ein Glas Honig, befahl ihrer Schwester Luana, eine warme Suppe zu kochen, und eilte zu Olmo zurück, der immer noch reglos dalag. Walter hatte sich auf den Boden gesetzt und spielte mit ein paar Steinen. Zia Filina träufelte Olmo den Wein über die Lippen, strich sich etwas Honig auf den Finger und schob ihn in Olmos Mund, dann nahm sie wieder das Taschentuch, tunkte dessen Ende in den Essig und fuhr damit über Olmos Stirn. Endlich gab er ein Lebenszeichen von sich, indem er die Augen öffnete und Filina entgeistert anstarrte. Sie richtete ihn auf, lehnte ihn an den Baum. Er atmete schwer. Der nächtliche Rausch hatte ihm arg zugesetzt.

Im noch schwachen Sonnenlicht der dünnen, flirrenden Morgenluft sah Olmo tatsächlich wie eine Ulme aus. Seine Haut war rau und grob, wie eine mit sich kreuzenden Rippen durchfurchte Rinde.

»Kannst du aufstehen?«, fragte Filina den alten Mann, der aber seufzend den Kopf schüttelte.

»Das ist Walter, Nerì, mein Neffe«, sagte sie und zeigte auf Walter, »er ist der Nächste, du musst es ihm beibringen, hörst du!«

Olmo nickte.

»Du bist dir sicher?«, fragte er.

»Ja, ja, ganz sicher«, antwortete Filina hastig.

Sie ließ Olmo einen Schluck Wein nehmen und gab ihm ein bisschen Honig auf die Zunge.

»Er soll näher kommen, ich sehe ihn nicht«, stöhnte er.

Zuerst kam aber Luana mit der Suppe. Filina nahm sie ihr ab und löffelte Olmo etwas davon in den Mund. Er aß, trank immer wieder einen Schluck Wein, bis es ihm etwas besser ging.

Filina zog Walter näher und sagte:

»So, das ist Walter, du bringst ihm jetzt das Geschichtenabnehmen bei, es ist deine Pflicht!«

»Ich weiß«, stöhnte Olmo.

»Er hat es ein erstes Mal gemacht, er war beim alten Gino, aber er muss noch lernen, er ist der Nächste, du kannst nicht mehr«, sagte Filina.

Olmo nickte. Sein Gesicht hatte etwas Farbe angenommen. Er atmete immer noch schwer. In der Zwischenzeit war es warm geworden, unter dem Baum blieb es kühl.

»Du musst jetzt gehen«, sagte Olmo zu Filina, »das Kind soll sich zu mir setzen.«

Walter gehorchte. Olmo richtete sich noch etwas weiter auf und drückte den Rücken fest gegen den Baumstamm. Der Schmerz entriss ihm eine Grimasse. Er wollte sprechen, seine linke Hand deutete vage in die eine, seine rechte in die andere Richtung. Filina, die noch immer dastand, bückte sich zu ihm und verabreichte ihm einen letzten Löffel Suppe.

»Es geht, es geht«, sagte Olmo mit einer etwas kräftigeren Stimme, »du musst jetzt gehen, wir machen das schon.«

Filina zögerte noch einen Moment, aber dann ließ sie die beiden allein.

Olmo begann schleppend zu sprechen:

»Nerì«, stotterte er, »du hast wirklich pechschwarze

Haare, und was bist du nur für ein schmächtiger Kerl. Zeig dich. Ja, ja, du bist es, ich kann es spüren. Du bist der Nächste.«

Neunundzwanzig lange Jahre habe er das Geschichtenabnehmen inne, sagte Olmo. Er war sichtlich gerührt, seinen Nachfolger neben sich zu haben. Er erklärte ihm, den Sterbenden die Geschichte abzunehmen, sei in erster Linie eine Geduldsprobe, Walter habe das bei Gino sicher schon erfahren.

Olmo legte eine etwas längere Pause ein, um die nächsten Sätze im Kopf zu ordnen:

»Du bist von nun an ein Geschichtenabnehmer, ein Zuhörer, zuhören ist wie stilles Atmen, wie …«

Olmo konnte nicht weitersprechen. Zia Filina stand plötzlich wieder da. Sie bückte sich zu Olmo. Er hob die Hand, um sie wegzuschicken.

»Du bist noch nicht fertig«, rüttelte sie an ihm, »komm, ich helfe dir.«

Sie setzte sich neben den alten Mann, richtete seinen Kopf etwas auf.

»Zehn Tage … neun Nächte und zehn Tage, das war meine längste Geschichtenabnahme …«, stöhnte Olmo und hob den Zeigfinger, weil ihm die Worte nicht mehr kamen.

Zia Filina zog das Taschentuch aus ihrem Ärmel, benetzte eine Ecke mit Essig und Speichel und tippte damit auf Olmos Schläfe. Dann wandte sie sich zu Walter. Olmo habe ihr einmal gesagt, die Erzählung der Sterbenden könne so etwas wie eine Beichte sein, manchmal ein Geständnis oder einfach eine Erinnerung, umsonst sei es nie. Viele Sterbende suchten ihr Leben lang nach den Worten, die ihnen plötzlich wie von selbst über die Lippen kämen, und den meisten würde die Geschichtenabnahme große Zufriedenheit schenken.

»Das ist doch so, Olmo?«

Olmo nickte. Er hatte sich etwas ausruhen können. Seine Lippen hatten sich blaugrau gefärbt.

»Und du bist derjenige, der ihnen diesen Trost schenkt«, flüsterte er.

Olmo bewegte den Kopf hin und her, er hob die Hand, wedelte in der Luft, um Zia Filina dazu zu bewegen, sich wieder zu entfernen. Zia Filina gehorchte wider Willen. Sie stand auf und ging ein paar Schritte fort.

»Wenn du nicht gehst, sage ich nichts mehr!«, warnte sie Olmo.

Zia Filina verschwand. Olmo schloss die Augen. Er wisse ja nicht, wie es für Walter bei Gino gewesen sei, machte er weiter, aber vielleicht habe er gemerkt, dass der Glückszustand so weit gehen könne, dass der Sterbende, kurz bevor er die Augen endgültig schließt, dem Tod ins Gesicht lache.

Walter nickte. Olmo stöhnte: »Siehst du.«

Das sei ja schließlich das Besondere an der ganzen Sache, fuhr Olmo nach einer langen Pause fort, in Gruma habe der Tod nie das letzte Wort.

»Das klingt jetzt für dich alles etwas fremd, ich weiß, aber du musst ihnen dein Ohr schenken, jeden Satz, jedes Wort aufsaugen und in deinem kleinen Schädel lange mit dir herumtragen, denn …«

Olmo musste schon wieder innehalten, nach Luft ringen. Mit der gleichen Handbewegung, mit der er Zia Filina weggeschickt hatte, bedeutete er jetzt Walter, er solle ganz nah an seinen Mund kommen. Walter rückte näher. Sein Ohr berührte Olmos Lippen. Walter werde es von selbst merken, flüsterte er, die Sterbenden, denen er die Geschichte abnehmen wird, lebten noch lange in ihm weiter.

»Auch in deinem Herzen, in deinem Bauch, überall dort,

wo Platz ist. Und in deinem Kopf wird es lauter. Gib mir noch einen Schluck Wein«, unterbrach sich Olmo.

Walter nahm die Flasche und gab ihm einen Schluck. Es floss ihm etwas Suppe, vermischt mit Kautabaksaft und Wein, aus den Mundwinkeln. Walter reichte ihm das Taschentuch. Olmo wischte sich die Lippen und hustete. Walter müsse aufpassen, nahm sich Olmo wieder zusammen, aber die Geschichtenabnahme verlaufe nicht immer reibungslos. Die Sterbenden schauten nach innen, dort könne es auch dunkel sein, und spätestens dann merkten sie, dass die Zeit nicht immer alle Wunden heilt.

»Wenn es lange dauert, spürst du ein Brennen in den Händen«, hauchte Olmo, »weil du dich an die Bettlehne klammerst, und selbst wenn es warm im Zimmer ist, wird dein Gesicht weiß vor Anstrengung. Du musst dir auf die Lippen beißen, atme tief ein und schlag dir mit einer Hand an den Hinterkopf, damit er abkühlt.«

Es folgte eine ganz lange Pause. Walter spürte, wie Olmos Atem in sein Ohr drang.

»Merkst du dir das auch alles?«

Walter nickte.

Ganze Tage und Nächte könne es dauern, bis alles gesagt sei. Und Walter müsse eines verstehen, und er müsse sich auch daran gewöhnen, Geschichtenabnehmer spürten und hörten mehr als andere, das könne er ihm jetzt nicht alles genau erklären, Walter werde es mit der Zeit ganz von selbst merken.

Olmos Kopf kippte zur Seite. Walter richtete ihn wieder auf. Es war Mittag geworden. Die Sonne knallte. Schweißperlen rannen über Olmos Gesicht. Er war fiebrig. Nach einer Weile öffnete er die Augen wieder und deutete dem Kind an, es solle seine Hosenbeine noch etwas weiter hochkrempeln, bis zu den Knien. Walter fasste den hellgrauen Flanellstoff und zog ihn nach oben. Olmos Beine kamen zum Vorschein. Sie waren dürr wie Äste. Er verlangte nach einem weiteren Schluck Wein. Dann war die Flasche leer.

Olmo holte zwei, drei Mal tief Luft. Walter umklammerte seinen Kopf, als wäre er ein Ball, und drückte ihn an sein Ohr.

In Gruma sei kein Greis von dieser Welt gegangen, flüsterte Olmo, bevor er nicht erzählend dem Tod die Stirn geboten hätte.

»Sie merken es von selbst, wenn es so weit ist, sie sagen, ich bin bereit, und dann kommt jemand von der Familie und holt dich. Es kann auch mitten in der Nacht sein, oder wenn du am Essen bist, wenn du auf dem Klo sitzt, wenn du später bei einer Frau liegst. Wenn man dich holt, musst du alles liegen lassen. Es ist eine Bürde, Segen und Bürde zugleich, kannst du das verstehen?«

Olmo wartete nicht auf Walters Antwort.

In Gruma gebe es kein einsames Sterben, und der Tod überfalle die alten Menschen nur ganz selten hinterrücks.

»Aber merk dir, deiner Familie darfst du die Geschichte nicht abnehmen, das geht nicht!«

Olmos Zunge war schlaff, sein Kopf schwer, aber plötzlich durchfuhr ein Schauder seinen Körper, wie ein elektrischer Schlag, als würde er sich selbst noch einmal wach rütteln wollen. Seine Stimme wurde etwas kräftiger. Walter hielt weiter seinen Kopf.

»Und damit es klappt, musst du immer schweigen, keine Frage, keine Antwort, nichts, du sollst ihnen ja die Worte nicht in den Mund legen, sondern sie aus ihnen herauskommen lassen, hast du kapiert!«

Olmo schloss die Augen, zog schmerzgepeinigt die Beine hoch, löste den Kopf aus Walters Händen und stützte das

Kinn auf die Knie. Das erlaubte ihm, den Nacken zu entspannen. Er öffnete das linke Auge und sah schräg zu Walter hoch. Er legte eine weitere Pause ein, die mehr als eine Minute dauerte, holte tief Luft, als müsste er für eine nächste, alles entscheidende Strecke Anlauf nehmen, und sagte:

»Jetzt kommt das Wichtigste, das musst du dir in deine kleine Birne einbrennen: Nichts von all dem, was im Sterbezimmer passiert, darf jemals nach außen gelangen. Verstehst du? Du sollst nur zuhören, nie etwas sagen, nichts aufschreiben, die Stimmen bleiben da drin«, und er tippte mit dem Zeigfinger auf Walters Stirn. Dann schloss er die Augen und sprach wieder ganz leise. Er wirkte jetzt plötzlich schwerelos.

»Die Stimmen bleiben da drin, hast du kapiert!«, wiederholte er, »und du wirst sehen, sie sind jedes Mal anders, manche scharf wie Dolche, andere tönen sanft und weich, weil eine angenehme Tiefe ihren Klang wärmt, die einen sind kühl und klar, andere fahren dir direkt in den Bauch, aber alle bleiben dann in deinem Kopf und lassen dich nicht mehr in Ruhe. Dafür bist du nicht allein, allein sein ist schrecklich.«

Olmo konnte nicht mehr, er lag nun da, erschöpft, zitternd wie ein geprügeltes Tier. Er versuchte trotzdem, sich noch einmal aufzurichten, verzichtete aber gleich wieder darauf, schloss die Augen, sein Kopf neigte sich zur Seite, und er kippte um.

Walter rührte ihn nicht an. Er betrachtete den regungslosen Körper. Es wurde still unter dem Baum, und Walter hörte auf einmal Ginos Stimme in seinem Kopf. Er lachte. Es war, als kitzelte ihn etwas im Innern.

5.

Die zweite Stimme, die sich in Walters Kopf einnistete, war die von Olimpia Baccini. Die alte Frau lag im Sterben. Ihre Töchter hatten es tagelang nicht wahrhaben wollen, aber Olimpia selbst hatte nach Walter verlangt. Die beiden Töchter holten ihn direkt von zu Hause ab. Während die eine ihn an die Hand nahm, schickte die andere einen Verwandten nach San Giorgio, um der Schreinerei mitzuteilen, man könne mit dem Sarg loslegen. War die Geschichtenabnahme einmal eingeläutet, konnte man sicher sein. Man musste den fertiggestellten Sarg manchmal ein bisschen warten lassen, aber keine Geschichtenabnahme hatte das Ende mehr als Olmos berühmte neun Nächte und zehn Tage hinausgezögert.

Als Walter ins Zimmer trat, schlief Olimpia. Er nahm auf dem bereitgestellten Schemel Platz und wartete. Nach mehr als einer Stunde öffnete Olimpia ihr rechtes Auge. Sie winkte Walter zu, er solle näher treten. Sie packte seinen Arm.

Bei Olimpia ging es um all die lieben Menschen, die sie in ihrem Leben verloren hatte. Im Angesicht des Todes sprach sie über den Tod, zuerst über den ihrer Mutter, die im Wochenbett gestorben war. Sie habe sie nur von einem Foto gekannt, ihre Mammina. Sie zog mit der freien Hand das Foto unter dem Kissen hervor und zeigte es Walter. Darauf war eine hagere und knochige Frau mit einem strengen Blick zu sehen. Olimpia küsste das vergilbte Foto und schob es wieder unter das Kissen. Dann ihr Vater, fuhr sie fort, der bei der Arbeit von einem Gerüst gefallen war und sich das Genick gebrochen hatte, dann ihr älterer Bruder, der im Krieg umgekommen war, ihre Freundin Giuditta, an einer Lungenentzündung gestorben, ihr Cousin Cristoforo, den eine Geschlechtskrankheit dahingerafft hatte, ihre arme kleine Nichte Firmina, die im Teich ertrunken war. Je mehr Verstorbene sie aufzählte, desto fester drückte sie Walters Arm. Walter musste sich mit der anderen Hand an der Bettlehne festklammern, so wie Olmo es ihm gesagt hatte, um von Olimpias Redeschwall nicht fortgeschwemmt zu werden. Er hatte in Gedanken versucht, die Verstorbenen mitzuzählen, bis er nicht mehr nachkam.

Dann ermattete Olimpia und ließ Walters Arm los. Von der Hitze im Raum gepeinigt, wischte er sich mit der Hand über die Augen, zog die Schuhe aus, ging barfuß ein paar Schritte im Zimmer umher, stieß sich bei dem spärlichen Licht den Zeh am Bettpfosten und setzte sich wieder zu Olimpia. Nach so vielen Toten waren jetzt beide wie betrunken. Auch deswegen hielt Walter die Augen geschlossen. Olimpia hatte eine lange Pause eingelegt, als müsste das, was folgen sollte, zuerst trittfest werden. Als sie endlich neu ansetzte – jetzt war ihr Schwager an der Reihe, der mit dem Oberkörper unter die Motorsäge geraten war –, hörte Walter, wie die anderen Kinder von Gruma draußen den Ball gegen die Mauer schossen und durch den Garten tobten. Im Haus hingegen war es still. Olimpia hatte vielleicht um die dreißig Verstorbene aufgezählt, als sie plötzlich innehielt und Walter direkt in die Augen schaute.

»Nur einem habe ich den Tod gewünscht. Meinem Mann, du kennst ihn, Dorio. Das Blaue vom Himmel hat er mir am Anfang versprochen, aber dann nur Osteria und Herumlungern, Herumlungern und Osteria. Fünf Kinder hat er mir beschert und mich Tag und Nacht schuften lassen, elender Nichtsnutz. Tausendmal habe ich mir seinen Tod herbeigesehnt, aber er hat alles überlebt, das gelbe Fieber, den Töffunfall, und als er in den großen Teich gefallen ist, hat man ihn wieder herausgefischt. Er ist vom Apfelbaum da draußen gestürzt und hat sich nur den Kopf aufgeschrammt, alles hat er weggesteckt, dieser Halunke, um mir das Leben schwer zu machen, und jetzt wird er mich noch überleben.«

Olimpia hielt einen kurzen Moment inne, holte noch einmal tief Luft, bekam aber nicht genug, hechelte und gab zu verstehen, dass sie nichts mehr hören und sehen konnte. Kein verständliches Wort kam mehr aus ihrem Mund. Kurz vor Mitternacht war es vollbracht. Olimpia atmete nicht mehr.

Walter blieb noch eine Weile neben der Toten sitzen, löste seine Hand aus ihrer Starre, nahm seine Schuhe, kroch zitternd aus dem dunklen Zimmer und tastete sich die Wände entlang bis ans Ende des Korridors. Dort hatte Olimpias Familie die ganze Zeit gewartet, die beiden Töchter zuvorderst. Sie empfingen Walter, indem sie sich alle mehrmals verbeugten. Die Töchter eilten ins Sterbezimmer. Man hörte sie weinen. Die anderen führten Walter in die Küche. Die Familie musste den Geschichtenabnehmer verpflegen, so war es üblich.

Flüstern und leises Gehen waren die Voraussetzung für ein Gelingen der Geschichtenabnahme. In der Küche sprachen nun aber plötzlich alle laut und deutlich, lachten sogar, alle gleichzeitig. Nur Dorio, Olimpias Mann, das Gesicht von einem grau melierten Bart verdeckt, saß stumm in einer Ecke. Er wirkte verloren und hielt den Blick gesenkt. Die anderen beachteten ihn nicht. Nun waren auch die beiden Töchter in der Küche. Alle fielen einander in die Arme, umarmten den kleinen Walter ein ums andere Mal, riefen sich Erinnerungen an die Verstorbene zu und öffneten die Fenster, damit endlich frische Luft ins Haus wehen konnte. Einige Verwandte verbeugten sich ein zweites und drittes Mal.

In der Küche wimmelte es nur so von geschäftigen Frauen, in der Zwischenzeit waren auch noch die Nachbarinnen gekommen. Die einen kochten, redeten durcheinander, die anderen zogen den Tisch aus, breiteten ein rot-weiß kariertes Tuch darüber und verteilten Teller, Gläser und Besteck. Es waren auch Kinder zugegen, die laut Reime aufsagten und um den Tisch hüpften. Sie zeigten auf Walter und klatschten in die Hände. Er stand da, mehr dösend als wach, und ließ alles über sich ergehen.

Dorio schaute ihn beschämt aus seiner Ecke an, und Walter schaute zurück. Der Blickkontakt zwischen den beiden wurde unterbrochen, als das Essen auf den Tisch kam. Die Männer griffen zu, die Frauen sorgten dafür, dass Walter reichlich zu essen und zu trinken bekam. Auch während der Mahlzeit wollte das Gelächter nicht nachlassen, als hätte man die tote Olimpia, die im dunklen Zimmer ausgestreckt auf dem Bett lag, bereits vergessen. Dem war aber nicht so. Man redete über sie, man verabschiedete sich essend und trinkend von ihr. Walter staunte, wie, nachdem er Olimpia über ihren Mann fluchen gehört hatte, sie in der Erinnerung der Verwandten als eine herzensgute Ehefrau, Mutter und Großmutter beschrieben wurde. Olmo hatte ihm gesagt, er würde bemerken, wie aus der wahren Geschichte, die er nach der Abnahme in sich trug, die Verbliebenen eine andere machten, das sei der heikelste Moment. Dann erst recht nichts sagen! Deshalb erwiderte Walter Dorios suchenden Blick nicht mehr und schaute nur noch auf seinen Teller.

Nachdem die Familie ihn satt gefüttert hatte, wurde er auf die Straße entlassen, wo ihn die beiden Tanten Luana und Filina in Empfang nahmen. Sie legten ihrem Nerì eine Decke um die Schultern und führten ihn nach Hause.

6.

Zia Filina war fortan noch ruheloser. Sie wusste von der Bürde, die das Geschichtenabnehmen bedeutete, und sie fühlte sich für ihren Nerì verantwortlich. Sie hatte seine Bestimmung im Traum gesehen – Zia Filina träumte viel, manchmal sogar im Wachzustand. Sie glaubte, sich nun einiges erklären zu können, angefangen bei Walters Geburt.

Elvira war von den Wehen wie vom Gewitter überrascht worden. Die Schmerzen seien in kurzer Zeit so heftig geworden, dass man sie auf dem Küchenboden festhalten musste. Einer stillen Vorahnung folgend sei sie, Filina, sofort zur Stelle gewesen. Die Körperbewegungen nachahmend beschrieb sie Walter, wie sie Elvira hochgehoben und in den Schuppen getragen habe. Geschichtenabnehmer, das habe Olmo sicher gesagt, kämen in der Regel im Sommer zur Welt. Und dieser Sommer sei heiß gewesen. Es hatte monatelang nicht geregnet, Gruma habe geglüht, der Teich sei nur noch eine Pfütze gewesen, und die Krähen hätten ihre Schnäbel in die trockene Erde gesteckt. Für die Geburt sei einzig der Schuppen infrage gekommen, wo es immer etwas kühler war.

Elvira lag also auf dem staubigen Boden. Filina sprach ihr zu, forderte sie auf, ihre Kräfte zu sammeln, um das zu überstehen, was vor ihr lag. Frauen, die einen Geschichtenabnehmer gebären, dürfe man unter der Geburt nicht anfassen, erzählte Filina weiter. Sie habe es wegen ihrer Träume geahnt und deswegen ihre Schwester allein gelassen.

Sie habe ihr Ohr an die Tür gedrückt. Drinnen sei ein Gewitter aus Stöhnen, Beißen, Kratzen und Weinen losgegangen. Bis Walter endlich den ersten Schrei von sich gegeben habe. Filina sagte, sie werde diesen Moment nie vergessen.

Sie habe die Tür geöffnet und sei in den Schuppen getreten. »Deine Mutter lag auf dem Boden, und du zappeltest neben ihr wie ein kleiner Käfer.«

Sie habe die Nabelschnur durchgeschnitten, habe ihn aufgehoben und an ihm gerochen.

»Geschichtenabnehmerkinder haben diesen sonderbar krautigen Geruch, wie Lavendel nach dem Regen«, erklärte Zia Filina. »Und dann fragte ich deine Mutter, ob sie schon einen Namen für dich habe.«

Elvira sagte sofort, Walter, weil sie von Walter Chiari so angetan war, dem eleganten Schauspieler aus dem Fernsehen mit der Stimme, als sei er immer erkältet.

»Nerino, Nerì«, habe Filina hinzugefügt, während sie den Neugeborenen in ein Tuch gewickelt und vorsichtig auf Elviras Brust gelegt habe.

»Du hattest ein Büschel pechschwarzer Haare auf deinem Schädelchen, dass es aussah, als hätte man dir einen Wollknäuel angeklebt. Niemand nannte dich Walter, alle sagten Nerì.«

Ob sich wirklich alles so zugetragen hatte, wie es Filina erzählte, oder ob das alles nur aus ihren Träumen kam, wusste Walter nicht, denn seine Mutter sprach nie von der Geburt. Sie war nicht einmal verlobt gewesen und hatte nie sagen wollen, wer Walters Vater war.

Für eine junge Frau bedeutete in Gruma ein uneheliches Kind eine Schande. Und wenn Elvira deswegen nicht verspottet wurde, dann wohl nur dank ihrer älteren Schwester Filina, vor der man im Dorf und in der ganzen Gegend bis einschließlich San Giorgio großen Respekt hatte.

»Wie konntest du so etwas Dummes anstellen«, habe sie mit ihrer Schwester geschimpft, »hast die ganze Zeit auf den blauen Prinzen gewartet, und jetzt das!« Sie habe ihr aber vom ersten Tag an versprochen, für sie und das Kind einzustehen.

Das tat Filina dann auch, und Walter sollte erst später erfahren, welche Folgen seine Geburt in der Familie hatte.

Geschichtenabnehmer war Walter trotzdem geworden, Filina betrachtete es als eine Revanche: »Er kann so gut zuhören wie sonst keiner«, gab sie jedem zurück, der etwas an Walter auszusetzen hatte.

Und wie oft sie auch »Mein Nerì« sagen mochte, ihr Neffe gehörte jetzt ganz Gruma. Sie musste ihn mit den anderen teilen.

An den Totenbetten bekam Walter Geschichten erzählt, Filina erzählte ihm seine eigene. Sie sagte ihm, vielleicht zum Trost, wie gut er in seinen ersten Jahren als Wunderkind in Gruma aufgehoben war.

»Du bist immer so schmächtig gewesen«, fügte sie hinzu.

Und sie bekreuzigte sich und dankte der heiligen Maria, denn sein erstes Lebensjahr habe Walter nur mit Glück überlebt, so oft sei er krank gewesen, habe Schübe von Nesselfieber gehabt und unter Asthma und Keuchhusten gelitten. Filina erinnerte sich, wie schweigsam und unscheinbar er gewesen war, mit einem blassen Gesicht, das man im Kindergewimmel leicht übersah. Als kleiner Knirps saß er lieber bei den Erwachsenen, als mit den anderen zu spielen. Sie habe bemerkt, dass er ein unglaubliches Gedächtnis hatte und die Dinge, die geschehen würden, im Voraus spürte. Sie hatte früh erkannt, dass er die Welt um sich herum auf seine Art wahrnahm und deshalb etwas seltsam und abwesend wirkte, sodass man ihn ans Essen und Trinken erinnern und am Abend ins Bett tragen musste, weil er sonst auf dem Stuhl einschlief. Sie habe ihm dann immer etwas vorgesungen.

Walter liebte Musik, er konnte nicht genug davon bekommen. Als er sechs war, hat Elvira bereits einen Kassettenrekorder für ihn aufgetrieben. Walter hatte eine ganze Sammlung Kassetten, die er in den Rekorder steckte und unzählige Male hintereinander hörte.

Noch lieber verweilte er in Beppos Osteria, wo in einer Ecke eine große Jukebox stand, die die Lieder viel lauter als der Kassettenrekorder spielen konnte. Schon mit sieben kauerte Walter dort auf dem Boden und hielt stundenlang das Ohr an den Bauch des Automaten. Später sollte die Musik helfen, die Stimmen der Verstorbenen zu übertönen. Beppo hatte ihn oft vor Schließung des Lokals wecken müssen, weil er an die Jukebox gelehnt eingeschlafen war. Wenn Walter die Augen öffnete, lag er da und wusste nicht mehr, wo er zu Hause war. So war es schon am Tag nach der ersten Geschichtenabnahme beim alten Gino gewesen. Zia Filina kam in die Osteria, hob Walter vom Boden auf und sagte zum kopfschüttelnden Beppo, dass es für jeden Menschen einen Moment gibt, in dem alles beginnt.

7.

Die Stimmen in Walters Kopf wurden von Mal zu Mal aufsässiger. Nach der Geschichtenabnahme blieb er ein bis zwei Tage stumm und abwesend, als versuchte er, alles wieder zu vergessen, was ihm im Sterbezimmer anvertraut worden war. Aber er vergaß nicht, er verdaute. Er hatte die ganze Zeit ausgeharrt, um Wort für Wort die Rätsel zu ergründen, die in der Erinnerung des Sterbenden wohnten, und jetzt war sein Kopf zum Bersten voll. Ihn auszuhorchen, so etwas fiel niemandem ein. Jeder wusste, dass diese Mühe umsonst gewesen wäre. Also ließ man ihn in Ruhe.

Don Pietro, damals schon über sechzig, kam sich bei der ganzen Sache mit der Geschichtenabnahme elend unnütz vor. Er wartete meist draußen vor dem Sterbezimmer, gab vor, in seiner Bibel zu lesen, richtete aber vergebens die Ohren auf die verschlossene Tür. Er durfte erst hinein, nachdem Walter seine Pflicht erfüllt und der Sterbende die Augen bereits geschlossen hatte. Wenn der Priester Walter auf der Türschwelle kreuzte, fragte er:

»Ist er tot?«

»Er ist verloschen«, antwortete Walter.

Don Pietro trat nach kurzer Zeit gesenkten Hauptes wieder heraus. »Was soll ich noch?«, murmelte er und ging nach Hause.

Dort erwartete ihn Erminia. Sie war keine Geistliche, wohnte aber bei den Nonnen, die für den Kindergarten zuständig waren. Der Kindergarten lag zwei Schritte vom Pfarrhaus entfernt, sodass Erminia im Nu für Don Pietro da sein konnte. Sie sorgte dafür, dass in der Kirche alles blitzblank aussah. Sie verbrachte viele Stunden damit, den Staub von Kerzen, Statuen und Bänken abzuwischen, und hatte immer das leidende Gesicht des am Kreuz sterbenden Jesus vor Augen. Für sie gab es nie etwas zu lachen, schon gar nicht, wenn sie sich nach der Abendmesse in ihr Zimmer bei den Nonnen zurückzog und allein war. Erminia hatte eine schwierige Kindheit gehabt, sie stammte aus einer kinderreichen und bitterarmen Familie und hatte nie geheiratet. Sie folgte Don Pietro auf Fuß und Tritt und teilte alle seine Ansichten, auch die Skepsis gegenüber der Geschichtenabnahme. Deshalb, wenn niemand es sah, zog sie Walter an den Haaren und zischte ihm zu, er solle mit dieser Sache aufhören.

Walter hörte nichts. Nach dem Geschichtenabnehmen war er auf sich allein gestellt. Es plagten ihn Albträume und ein hartnäckiges Dröhnen an den Schläfen. Wenn er es nicht mehr aushielt, flüchtete er sich zum großen Teich. Er zog sich aus, legte sich im Wasser auf den Rücken, hielt die Ohren unter Wasser und ließ sich tragen. Er schloss die Augen, wartete geduldig und lauschte in die Tiefe hinein, bis die Stimmen allmählich dem dumpfen Wasserton wichen. Nun atmete er geräuschvoll ein und aus, sein Brustkorb hob und senkte sich, sein Puls hämmerte gegen die Ohren. Er öffnete die Augen und blickte zum Himmel. Im Sommer, bei schönem Wetter, stand die Luft still, und die Sonne blendete ihn. Im Herbst schob der Wind die Wolken hin und her.

Elvira stieg irgendwann zum Teich hoch und setze sich ans Ufer, leise »Walter, Walter …« rufend, um ihn nicht zu erschrecken.

Die wenigsten in Gruma konnten schwimmen. Wasser war nicht ihr Element. Deshalb auch die Angst, der Teich könnte Walter nicht zurückgeben. Elvira konnte nichts anderes tun als warten und hoffen. Natürlich erschien nach kurzer Zeit auch Zia Filina. Auch sie konnte nicht schwimmen, schaffte es aber nicht, still sitzen zu bleiben und zu warten. Sie rief: »Nerì, Nerì, komm da raus!« Sie warf Steine ins Wasser, zog den Rock hoch und wagte sich ein paar Schritte hinein. Ihre Schwester Elvira verdrehte die Augen. Filina musste aufgeben, sonst wäre sie auf dem glitschigen Untergrund ausgerutscht und womöglich noch ertrunken. Es kamen auch andere Dorfbewohner, um Walter beim Wasserliegen zuzusehen. Es sprach sich nämlich schnell herum: »Walter fa il morto.« Der, der den Sterbenden zuhörte, machte den Toten. Es war ein stiller Moment, bei dem das geschwätzige Gruma gern dabei war.

Am Teichrand hin- und herschreitend, verlor Zia Filina nach einer Weile die Geduld. Sie rief lauter nach ihrem Neffen, aber er nahm sie nicht wahr, so wie er die Schaulustigen nicht wahrnahm. Er hatte die Arme ausgebreitet und ließ sich von der Laune des Teichs auf dem Wasserspiegel um die eigene Achse treiben. Manchmal hob er den Kopf, um den Windhauch in seinen Haaren zu spüren und das Rascheln der Blätter zu hören. Zia Filina winkte ihm zu. Er sah sie nicht. Seine Atmung wurde flacher, seine Gesichtszüge entspannter. Zia Filina dachte, das sei ihrem Rufen zu verdanken, sie konnte nicht wissen, dass das Wasser die Stimmen in Walters Kopf leiser machte.

Dann kam der Moment, in dem alle verstummten. Walter ließ sich langsam bis zum Grund sinken. Unten angekommen, spürte er den glitschigen Boden an seiner Haut. Er hielt den Atem an, so lange er konnte, bis das schlammgrüne Wasser ihn in einen Halbschlaf versetzte. Da wurden die Stimmen in seinem Kopf zu einem Gesang.

Zia Filina sollte ihm jedes Mal von Neuem erzählen, wie alle um den Teich herum gespannt warteten, bis er wieder auftauchte. Das konnte eine Minute, sogar zwei dauern, hatte Filina gezählt. Sie beschrieb ihm, wie Elvira die Augen schloss, wie sie, Filina, ihre Finger ins feuchte Gras krallte und die anderen erwartungsvoll aufs Wasser starrten und warteten, bis Walter eine Bewegung andeutete. Niemand von ihnen konnte wissen, dass er dort unten mit den Stimmen eins geworden war. Er ließ sich bis zum Teichrand treiben. In dem Moment, als er die Augen öffnete und von unten zur Wasseroberfläche hochschaute, erschraken die Schaulustigen und traten zurück.

Walter tauchte wieder auf. Es war aber noch nicht genug. Er blieb weiter liegen, bis das kühle Wasser seine Ohren betäubte, bis er zum Seegrund hineinhorchend ein dunkles Summen in seinem Kopf spürte. Alles um ihn herum wurde unscharf. Es war ihm, als schwebte er über dem Teich. Er empfand eine seltsame Mischung aus Trauer und Verlorenheit. Es fühlte sich aber nicht an wie Sterben, er wusste ja, wie das Sterben war, es kam ihm eher wie Träumen vor. Er war aus der Zeit gefallen, die Stimmen in seinem Kopf hatten aufgehört zu singen. Der Teich hatte sie gezähmt.

Aus dem Augenwinkel erblickte er seine Mutter und seine Tante. Mit langsamen Bewegungen ging er ans Ufer. Er stieg aus dem Wasser. Er hatte ganz blaue Lippen. Sein bleiches Gesicht strahlte. Die Tante nahm ihn in Empfang, indem sie ihn in eine Decke wickelte, seine Mutter rieb ihm die Haare trocken. Dann gingen sie nach Hause, zogen ihn aus und begossen ihn mit heißem Wasser, um die Kälte vom Körper abzuwaschen.

8.

Nach dem Tauchgang im trüben Teichwasser kam Walter ganz zur Ruhe. Zwar war keine der Geschichten ausgelöscht, aber für eine Weile waren sie in einer Schublade irgendwo in seinem Kopf abgelegt. Die Familien, die vor Kurzem einen Angehörigen verloren hatten, verbeugten sich vor ihm. Und wenn es jemandem nicht gut ging, wenn man von der Plage der Traurigkeit befallen wurde, das kam auch in Gruma vor, brachte man sie oder ihn zu Walter. Man setzte sich ihm gegenüber und man sah einfach in seine Augen, in denen die Geschichten in Form eines Strahlens blühten. Es war wie eine kleine Kur. In diesen Momenten war Walter mehr denn je Grumas Prinz.

Nach einer Geschichtenabnahme durfte er sogar für zwei, drei Tage in der Schule fehlen. Er schlenderte dann durch die Gegend, trat unangemeldet in die eng aneinandergebauten Häuser. Wenn sich seine Mutter um ihn sorgte, sagte Zia Filina, dem Kind könne nichts zustoßen. Ob sie nicht bemerkt habe, wie wachsam seine Augen wirkten, der Blick eines Tieres, das die Welt in jeder Sekunde neu für sich entdeckt. Und es war wirklich so, dass, wenn Walter die Menschen und die Dinge anschaute, sein Auge schon weiter war, suchend, drängend, manchmal auch flüchtend.

Es wurde ihm zu essen und zu trinken angeboten, und er dufte sich überall hinsetzen und ausruhen. Die Stimmen in seinem Kopf begleiteten ihn wie sanfte Spielgefährtinnen. Wenn er abends heimkehrte, konnte er vor Müdigkeit kaum mehr stehen. An seinem achten Geburtstag bekam er ein eigenes Bett mit einer weichen Matratze, die auf einem Federrost lag und bei jeder Bewegung hin- und herschaukelte.

Eines Tages, nachdem er im Teich gewesen war, stieg er erstmals allein über den Schotterweg zur Kapelle della Rocca hoch und konnte von dort oben über die Hügel des Apennin sehen – den Namen hatte er von Zio Fredo gelernt –, die sich gegen Süden hin weit abwärts bis zur Ebene wellten. Er sah auf Gruma herab, ringsherum nichts als Felder, vereinzelt Bäume, Strohballen, die Höfe. Gegen Norden türmte sich ein Berg auf, der Monte Grasso, der Walter wie ein Riese vorkam, auf den er sich aber trotzdem ein Stück hochtraute. Auf dem Weg traf er gebückte Bauern mit Feuerholz auf dem Rücken und frei laufende Schafe. Auch dort kannte man ihn. Er wurde gegrüßt, immer wieder gab es welche, die sich verbeugten, weil sie wussten, dass er ihnen irgendwann einmal im Sterbezimmer zuhören würde.

Ein solcher Zustand der Ausgeglichenheit dauerte bis zur nächsten Geschichtenabnahme. Die Aufforderung, er solle sofort kommen, konnte ihn überall erreichen, so wie es Olmo gesagt hatte. Walter wurde ins Sterbezimmer geführt, er setzte sich auf den Stuhl, und es begann von vorne.

Nachdem es vollbracht war, läutete die Totenglocke, man öffnete das Seelenfenster, und es wurde gefeiert – das war in Gruma der Hergang der Dinge. Es gab keinen Grund, die Trauer in die Länge zu ziehen. Grumas Verstorbene hatten ihre Geschichte in Walters Kopf zurückgelassen, das war ein großer Trost.

Wenn aber der Scirocco, der über Gruma fegte, durch Ohren und Nase in Walter eindrang und die Stimmen aufwiegelte, setzte er sich an den Küchentisch, presste beide Hände an die Schläfen und flüsterte: »Seid still, seid für einen Moment still!«

Elvira stellte den Fernseher ab, selbst wenn der Walter Chiari seinen Auftritt hatte, und setzte sich zu ihm. Sie wagte es kaum, ihn zu berühren, weil er ihr unheimlich war. Da konnte nur noch Zia Filina helfen. Sie schob ihre Schwester zur Seite, drängte sie sogar aus der Küche, nahm den Neffen in ihre Arme und brachte ihn ins Bett. Sie legte ein Kissen unter seinen Kopf, steckte ihm in Thymian- und Lavendeltinktur getränkte Wattebüschel in die Ohren und streichelte ihm ein Lied singend die Schläfen, bis er einschlief. Sie blieb eine Weile bei ihm und schaute dann jede halbe Stunde vorbei, um sich zu vergewissern, dass er noch ruhig atmete.

Unter diesen Umständen machten sich Walters Beschwerden, das hartnäckige Fieber, das Asthma, das Nesselfieber, besonders bemerkbar, ließen aber nach ein paar Tagen wieder nach.

Einmal jedoch, als Walters Atmung fast nur noch ein Hauch war – die Kälte des Teichs und der Druck des Scirocco hatten ihm zu sehr zugesetzt – und Filina das Schlimmste befürchtete, wartete sie am Bettrand, bis er endlich aus dem Fieber erwachte. Eine Kerze, die sie in der Hand hielt, beleuchtete sein Gesicht. Als seine Atmung allmählich wieder an Kraft gewann, öffnete ihm Zia Filina behutsam die Augen und fixierte seine Pupillen. Walter schaute sie entgeistert an. Filina beugte sich über ihn und flüsterte ihm ins Ohr: »Nerì, eines Tages wirst du auch mir meine Geschichte abnehmen. Das musst du mir versprechen.«

Walter blieb stumm. Sein Blick verriet den Schreck, den diese Bitte verursachte. Filina legte die linke Hand auf seine Stirn.

»Du musst es mir versprechen!«

Walter wollte die Lippen bewegen, um Nein zu sagen und seine Tante daran zu erinnern, dass es verboten war, aber Filina klemmte seine Worte ab, indem sie übers Kreuz die rechte Hand auf seinen Mund presste.

»Versprich es mir einfach!«

Und weil Walter nicht nachgeben wollte, schob sie ihre Hand etwas nach oben, bis sie auch die Nasenlöcher zudrückte. Walter sah sie erschrocken an. Er spürte das Gewicht der Hand auf seinem Gesicht. Es kamen ihm Tränen. Er versuchte mit beiden Händen, sich von dem Griff seiner Tante zu befreien, er strampelte und wand sich, gab aber aus Erschöpfung auf. Er zögerte noch einen Moment und nickte schließlich mit den Augen.

Filina nahm ihre Hand zurück. Ein Stoß ging durch ihren Körper. Sie wusste wohl selber nicht, was in sie gefahren war. Sie erhob sich, geriet ins Wanken, trat einen Schritt zurück und musste einen zweiten nachsetzen, um das Gleichgewicht zu halten.

9.

Seit jenem Tag verlor Filina kein Wort mehr über das erzwungene Versprechen. Sie schielte auf den Neffen, um herauszufinden, ob er sich erinnerte. Walter erinnerte sich sehr wohl. Das Zugeständnis, das er im Fieberwahn seiner Tante gemacht hatte – war es überhaupt dieselbe Tante gewesen, nicht eher ein Geist? –, war ihm unheimlich. Er wollte nicht daran denken. Ihre Blicke prallten so fest aufeinander, dass Filinas Stimme dabei zitterte. Das Unbehagen legte sich mit der Zeit, die Unbeschwertheit aber war verloren.

Dass ein Geschichtenabnehmer nicht dichtgehalten hatte, war nur zwei Mal passiert, wusste Zia Filina. Das erste Mal vor dem Jahrhundert, in dem sie lebten. Eine alte Frau habe dem damaligen Geschichtenabnehmer, einem gewissen Ermanno Castelli, anvertraut, sie hätte ihren jüngsten Sohn, den letzten von sechs Kindern, nicht mit ihrem Ehemann gezeugt. Sie gab dem Geschichtenabnehmer den Namen des anderen preis. Der Geschichtenabnehmer sagte es weiter, und daraus entstand eine Familienfehde, die über zehn Jahre Gruma vergiftete.

Das zweite Mal nach dem ersten großen Krieg, 1920, um genau zu sein – Zia Filina kannte sogar die Jahreszahlen. Der alte Pietro Zardi, genannt Pietron, von ihm gebe es sogar irgendwo ein Foto, habe dem damaligen Geschichtenabnehmer, einem Glauco del Casone, den Namen eines Jungen verraten, der Jahre zuvor in einem Streit einen Gleichaltrigen umgelegt hatte. In der Folge kam es zu einem Rachemord, einem Unschuldigen wurde eine Axt in den Schädel gerammt, und weitere Tötungen folgten. Da infolge des Krieges nur wenige Männer im Dorf waren, nahm man auch die Kinder ins Visier. Ein Wahnsinn! Walter wolle doch nicht, dass so etwas wieder passiere, sagte Zia Filina. Geschichtenabnehmer, die nicht schweigen könnten, seien schlecht für Gruma, und ihre Zeit sei schnell abgelaufen, denn sie würden früher oder später in den Strudel der Ereignisse, den sie zu verantworten hätten, hineingezogen, und man fände sie tot hinter einer Scheune oder auf einem Feld.

»Du machst ihm Angst«, protestierte Elvira.

Filina schob ihre jüngere Schwester einmal mehr zur Seite und sagte, das müsse sein.

10.

Die rund fünfzig Häuser in Gruma platzten alle aus den Nähten. Es gab den Kindergarten, die Schule, einen Postschalter, und in einer Ecke seiner Osteria führte Beppo ein winziges Lebensmittelgeschäft, wo man das Wichtigste, Salz, Zucker, Mehl, Zigaretten und Kaffee, kaufen konnte. Alles andere holte man bei den Bauern, oder man ging nach San Giorgio.

Einer, der jeden Samstag nach San Giorgio fuhr, war Sciugar. Mit richtigem Namen hieß er Giovannino. Er führte einen kleinen Friseursalon, der an Beppos Osteria angebaut war. Wenn Walter vor der Osteria herumlungerte, holte ihn Sciugar in seinen Laden, setzte ihn auf einen Stuhl und ließ ihn zuschauen, wie er den Leuten die Haare schnitt. Sciugar war der Gesprächigste im ohnehin gesprächigen Gruma. Und weil er so viel zu erzählen hatte, brauchte er jemand, der ihm zuhörte. Walter hielt es am längsten aus.

Sciugar war schon über dreißig und lebte mit seinem Vater zusammen, den alle Bibo nannten. 1942 war Bibo in Afrika von den Engländern mit vielen Tausend anderen italienischen Soldaten gefangen genommen worden und hatte sich nie davon erholen können. Er saß oft für sich allein in Beppos Osteria und murmelte: »Die Wüste ist die wahre Hölle.«

In Gruma hieß es, Sciugar müsse sich besser um seinen Vater kümmern, aber er liebte es, sich am Samstagabend schick anzuziehen, sein weißes Hemd in Kölnischwasser zu tränken und nach San Giorgio zu gehen, die ausländischen Touristinnen aufreißen, wie er prahlte. Und weil er behauptete, ihnen den Zucker für den Kaffee auf Englisch anzubieten, nannte man ihn in Gruma Sciugar. Er schnitt auch Walter die Haare. Zia Filina verlangte einen millimeterkurzen Schnitt, dem Sciugar nur ungern einwilligte, weil er fand, mit langen Haaren, so wie er sie selbst trug, kämen Männer viel besser bei Frauen an. Zia Filina ermahnte ihn, dem Kind keine dummen Sachen über Frauen und andere Ablenkungen beizubringen, aber Walter hörte ihm gern zu. Sciugars Geschichten waren so anders als jene, die er von den Sterbenden erzählt bekam, sie handelten von der Zukunft, von dem, was Walter einmal alles erleben, von den Frauen, die er verführen und den Reisen, die er unternehmen würde. Walter stieg mit kurzem Haarschnitt und neuer Lebenslust von Sciugars Friseurstuhl herunter.

Frisch herausgeputzt, hatte er noch stärker das Gefühl, die Häuser, der Dorfplatz, der Brunnen, die Trockenmauern, die Feldwege, alles in Gruma sei nur für ihn da. Rund ums Dorf herum, weit oben an den Hängen oder weiter unten, wo die Hügel abflachen, lagen verstreut Weiler und Bauernhöfe, an denen Walter bei seinen Streifzügen vorbeikam. Zu jeder Familie gehörten Großeltern, Tanten und Onkel, die zusammen mit den Eltern und den Kindern das Haus füllten. Es wimmelte nur so von Kindern und jungen Leuten. Die Alten merkten nicht, dass sie alt wurden. Sie wurden selbst wieder zu Kindern, und der Kreis schloss sich.

Sciugar freute sich, wenn er sah, dass Walter auch ein ganz normales Kind sein konnte. Er billigte die Sache mit der Geschichtenabnahme nicht.

»Das tut dir doch nicht gut«, sagte er zu Walter, wenn Tante Filina nicht dabei war. Und wenn jemand im Sterben lag, hätte er am liebsten Walter nach San Giorgio mitgenommen und ihn mit Eis und ein paar Runden im Karussell, das dort auf dem Hauptplatz die Kinder beglückte, verwöhnt.

Sciugar konnte aber nichts machen. Er konnte nur zusehen, wie Walter auch an die Beerdigungen gehen musste. Gruma war das einzige Dorf weit und breit, wo man nicht schwarz gekleidet dort erschien. Die Beisetzung der Alten, die sich vor dem endgültigen Abschied freierzählt hatten, war ein Fest, das eingeläutet wurde, nachdem die Dorfältesten ehrfurchtsvoll ihre Mützen vom Kopf genommen hatten. Das war das Zeichen, dass die Trauer überwunden war.

Vom Trauerfest gab es immer mindestens ein Foto. Gruma hatte nämlich einen Dorffotografen. Man nannte ihn Merlo, Amsel, weil er pechschwarze Haare und eine gelborange Nase hatte. Er machte nichts anderes, als den ganzen Tag zu fotografieren, Männer beim Kartenspielen, unter der Platane vor Beppos Osteria, Kinder, die Fußball spielten, Frauen beim Waschen oder Nähen, die Pfützen nach dem Gewitter, solche Sachen. Oder die Gesichter der Menschen bei einer Beerdigung – er meinte, nirgends sonst schauten sie so unverstellt in die Welt.

Merlo war ein leidenschaftlicher Raucher. Er aß die Zigaretten mehr, als dass er sie rauchte, deswegen machte er alles mit der linken Hand, die rechte brauchte er, um die Zigarette zu halten. Bei jedem Klick warf er die zur Hälfte gerauchte Kippe auf den Boden, um die Glut auszutreten.

Am nächsten Tag stand er auf dem Kirchplatz mit den Bildern des Vortages. Eine ohrenbetäubende Kinderschar eilte ihm voraus, Walter natürlich mittendrin. »Der Merlo ist da, der Merlo mit den Fotografien!«, schrien sie. Dann kamen auch die Erwachsenen dazu. Die Fotografierten wollten sehen, wie sie ins Bild gesetzt worden waren. Die Bilder, die ihnen gefielen, nahmen sie mit. Sie mussten nichts dafür bezahlen. Die Fotos der Trauerfeier musste man bei Merlo zu Hause holen.

»Das sind nicht irgendwelche Bilder«, meinte er, und es konnte vorkommen, dass er sich von manchen dieser Aufnahmen partout nicht trennen wollte.

Merlo wurde trotzdem von allen geschätzt. Er hatte die Gabe, Grumas Gewimmel und Getümmel in seinen Fotografien einzufangen. Dafür bekam er in Beppos Kneipe zu essen und reichlich Wein, der seine Nase von Tag zu Tag gelber werden ließ.

Am Tag nach einer Beerdigung fühlte sich Merlo unerklärlich traurig. Er rauchte nicht, er trank nicht, er lungerte stundenlang ums Dorf herum und knipste Bilder, die anders waren als sonst. Am Abend hingen sie schon in Beppos Osteria. Sie waren in Schwarz-Weiß, zeigten menschenleere Orte, einen einsamen Strommast, die Sitzbank unter der Platane, das verlassene Fußballfeld, den Teich, alles in gleißendem Licht, von Staubwolken umgeben, in Dunst gehüllt, eine flirrende Atmosphäre zwischen Sommerhitze und Herbstwetter. Es waren Abende, an denen die Jukebox schwieg und Beppo die Osteria schon um neun Uhr zumachte.

11.

Sein erstes Trauerfest hat Walter, drei Tage nachdem sich der alte an der Hand verstümmelte Gino bei ihm ausgesprochen hatte, erlebt. Die Frauen trugen farbige Schleier und Röcke, die Männer bunte Krawatten. Sciugar spielte Trauerlieder auf seinem Akkordeon. An der Hand seiner Tante konnte Walter sehen, dass auf dem Grabhügel üppig duftende Blumenkränze lagen und auf deren Schleifen Worte des freudigen Abschieds geschrieben standen, die ihm aber Zia Filina vorlesen musste, da er noch nicht richtig lesen konnte.

Nach diesem ersten Mal war Walter bei jeder Beisetzung dabei. Selbst wenn es in Strömen regnete, holten ein paar junge Männer nach der Zeremonie die Gitarre und die Klarinette aus den Häusern. Sie stellten sich auf dem Platz vor der Kirche auf und spielten ihre Musik. Die anderen, Frauen, Männer und Kinder, tanzten händeklatschend im Kreis. Walter stand mittendrin und freute sich. Sciugar gesellte sich mit seinem Akkordeon zu ihnen. Er setzte Walter auf seinen linken Oberschenkel, auf dem rechten stand das Akkordeon, und spielte, dass es eine Freude war. Das eigenartige Trauerfest dauerte bis tief in die Nacht. Am Schluss sang Sciugar zu allem Erstaunen mit beindruckend voluminöser Tenorstimme ein paar italienische Arien.

Don Pietro erschien immer wieder am Fenster des Pfarrhauses, um kopfschüttelnd das bunte Treiben zu missbilligen. Er verwarf die Hände, ein Zucken ging durch sein Gesicht. Es war nicht einfach, in Gruma Priester zu sein.

Als die Musik dann doch irgendwann verstummte, versammelten sich die Unermüdlichen unter der Platane vor Beppos Osteria und plauderten bis zum Morgengrauen. Walter saß jetzt auf dem Akkordeon und hörte zu.

Wie wortbesessen die Menschen von Gruma waren! Sie erzählten von den großen und kleinen Sorgen und Freuden des Lebens, von früher und von dem, was kommen würde, wurden ihren Klatsch los, stritten, scherzten, fluchten, beteten und träumten. Sehr oft, sobald Worte nicht mehr ausreichten, nahmen sie Hände und Füße dazu. Walter staunte, dass sie auf dem Sterbebett überhaupt noch etwas übrig hatten, das sie loswerden wollten.

Unter der Platane wagte man es, die Geschichtenabnahme anzusprechen. Einer fragte, ob es für ein Kind nicht zu viel sei, dem Sterben zusehen zu müssen. Ein Zweiter hatte einen anderen Gedanken. Wer infolge eines Unfalls plötzlich sterbe, dem könne die Geschichte nicht abgenommen werden. Ob das nicht ungerecht sei. Walter war manchmal drauf und dran, eine Antwort zu geben, ihnen zu erklären, da gebe es nichts Ungerechtes, denn, wie der alte Olmo ihm gesagt hatte, nur die Alten hätten ein ganzes Leben auf dem Buckel, das sie vor dem letzten Atemzug unbedingt abwerfen müssten. Zum Glück war Sciugar da, der sagte, man solle den Kleinen in Ruhe lassen, die Geschichtenabnahme gehe niemanden etwas an. Also schwiegen sie, auch wenn einige von ihnen erlebt hatten, wie es gewesen war, als man Walter einmal zu spät geholt hatte. Wie beim alten Giorgione, der einen plötzlichen Schlaganfall erlitten hatte und deswegen nicht mehr reden konnte. Er starb mit seiner auf den Lippen erstarrten Geschichte, was man an einer Grimasse erkannte, die man wie einen hartnäckigen Fleck nicht mehr wegbrachte. Die Familie war untröstlich, man weinte, warf die Hände in die Luft, fluchte sogar, denn man wusste, dass sich für lange Zeit ein Schatten über das Haus legen würde.

Solche Ereignisse lasteten schwer auf Gruma. Deswegen machte Sciugar unter der Platane den Clown und versuchte mit seinen Witzen und dem Akkordeon die Untröstlichen aufzumuntern.

So wie er und Walter hatten in Gruma die meisten einen anderen Namen als ihren Taufnamen. Das komme daher, dass die Lebensgeschichte eines Menschen, seine Taten und Missetaten, nicht in einem einzigen Namen Platz hatten, wusste Sciugar. Fredo, Walters Onkel, nennt man heute noch il Moro, weil seine Haut so dunkel ist. Zur Luisina vom großen Bauernhof sagte man Pecora, weil sie immer mit den Schafen unterwegs war, zu ihrem Mann Rubagall, weil er einmal einen Hahn gestohlen hatte, La Fran heißt richtig Franchina, Sibilla nannte man La Furia, weil sie einem Betrunkenen, der sie hinter der Theke anfassen wollte, eine schallende Ohrfeige verabreicht hatte, und Arturo, der Sohn des Gemeindeschreibers, der erste Mensch in Gruma, der eine Zahnspange hatte, wurde zu Boccaferrata. Nur wenige, Luana, Filina und ein paar andere, haben ihren eigenen Namen behalten. Für ihre Geschichte reichen wohl auch zwei Namen nicht aus.

Wenn die meisten nach dem stundenlangen Singen und Erzählen unter der Platane nach Hause gegangen waren, zählte Sciugar mit Walter alle Namen auf. Und als er vom vielen Reden endlich auch etwas müde war, schaute er Walter an und sagte:

»Morgen gehst du aber zur Schule, Kleiner! Mach es nicht wie ich. Als ich so alt war wie du, habe ich immer geschwänzt, und jetzt stehe ich da wie ein alter Esel und komme aus Gruma nicht mehr weg.«

12.

Zusammen mit der Kirche und Beppos Osteria bildete das Schulhaus, in dem auch der Kindergarten untergebracht war, eine Art Amphitheater um den Platz herum, der den Kindern als Tummelfeld diente. Das Gebäude war einst ein kleines Nonnenkloster gewesen, deswegen waren die Räume eng und klein. Für den Kindergarten waren immer noch die Nonnen, zwei an der Zahl, zuständig. Sie waren unscheinbare Gestalten, die, sobald sie ihre Kinder nach Hause entlassen hatten, sich in ihre Zimmer oder in die Kirche zum Gebet zurückzogen.

In der Schule saßen die Kinder alle zusammen in einem einzigen Raum. Gruma hat nie eine eigene Lehrerin aufbieten können, immer kamen sie von auswärts. Sie waren allesamt ledig und hatten bereits ein gewisses Alter. Gruma war die letzte Station, trotzdem nannte man sie Signorine Maestre. Sie mussten mit dreißig bis vierzig Kindern zurechtkommen, was ihnen große Anstrengungen abverlangte. Aber schon deshalb blieben sie nicht lange.

Walter war wie alle anderen Kinder mit sechs Jahren eingeschult worden. Auch im Schulzimmer verhielt er sich still und zurückhaltend. Nachdem er Geschichtenabnehmer geworden war, klopfte es manchmal an die Tür. Die Lehrerin, damals die Signorina Wanda Bertolini, machte auf, und der, der aufgeregt im Türrahmen stand, zuckte die Schultern, um anzudeuten, dass es leider nicht anders ging. Walter stand auf und verließ den Raum.

Wanda Bertolini war eine winzige und schmächtige, fast dürre Person. Ihr Aussehen war ihr das Wichtigste. Sie trug immer, auch während des Unterrichts, eine Handtasche bei sich, aus der sie alle zehn Minuten einen Lippenstift herausholte, mit dem sie über ihre Lippen fuhr. Sie hatte ein feine und melodiöse Stimme, es war, als sänge sie die Namen der Kinder. Nur wenn es an der Tür klopfte, legte sie beide Hände über die Augen, als würde die Sonne sie plötzlich blenden, und rief genervt mit einer kratzenden Stimme: »Geh, geh schon!«

Für sie hatte die Geschichtenabnahme etwas mit Aberglauben zu tun und bestärkte sie in ihrer Meinung, dass alle Bemühungen, den Kindern von Gruma die Wahrheit über die Welt beizubringen, müßig waren. Wanda Bertolini konnte den Kindern die Dinge nicht wirklich erklären. Sie fragten viel, und sie sagte: »Fragt nicht so dumm.« Nur bei Walter war sie verlegen und antwortete unbeholfen. Die Pyramiden hätten die Ägypter gebaut, versuchte sie zu erklären, wie genau, das könne sie nicht sagen, das lerne man erst später, und das Kolosseum sei das wichtigste Bauwerk der Römer, Walter solle sich damit zufriedengeben.

Irgendwann fragte Walter nicht mehr, und die Lehrerin ließ ihn in Ruhe träumen. Sie mochte den Kleinen, auch weil, wie sie oft sagte, ihre Namen mit dem gleichen seltenen Buchstaben W anfingen. Walter erklärte ihr, sein Name habe etwas mit dem Schauspieler Walter Chiari zu tun, ob sie ihn kenne. Wanda schüttelte den Kopf, von Fernsehen und Kino halte sie nichts. Sie fand einfach keinen Zugang zu Walter. Wenn er wieder einmal die Stimmen nicht aus dem Kopf bekam, schaute er während der Schulstunde wie betäubt aus dem Fenster und hielt sich mit beiden Händen die Ohren zu. Und wenn er ganz unverhofft das Totengesicht der Signorina Bertolini sah, schloss er reflexartig die Augen. Dann war nur noch seine Hülle im Schulzimmer. Walters Verhalten machte die Signorina Bertolini ratlos. Nach einem Ausweg ringend, nahm sie die Klasse ins Visier und verkündete, eine schöne Schrift sei das Wichtigste, und schreckte nicht davor zurück, ganze Seiten aus den Heften der Kinder auszureißen. Nur bei Walter wagte sie es nicht.

Manchmal, in seiner Träumerei gefangen, blieb Walter nach der Stunde allein zurück. Wanda trat dann an seine Schulbank, strich ihm mit der Hand über den Kopf und sagte: »Was bist du nur für ein seltsames Geschöpf.«

Wanda Bertolini fühlte sich in Gruma nicht wohl. Sie sagte, die Leute seien stur und abergläubisch, wegen des sumpfigen Teichs dringe ständig Feuchtigkeit ins Schulzimmer und trage zu solch mächtigen Gewittern bei, wie sie sie sonst nirgends erlebt habe.

13.

Wanda Berolini übertrieb nicht. Die ganze Gegend um Gruma herum war bekannt für die heftigen Gewitter. Wenn sich eines ankündigte, rannten alle ins Haus. Walter hingegen lief ins Freie und gab sich dem Sturm hin.

Er war neun Jahre alt, als an einem Tag über Gruma drei Gewitter auf einmal wüteten. Es ging kurz nach Mittag los. Walter saß im Garten und schaute den Ameisen zu, die eine dichte Kolonne zwischen der Hausmauer und dem Schacht gebildet hatten. Es grollte und donnerte, dunkle Wolken zogen heran, und ein warmer Wind kam auf. Es regnete kurz, aber heftig. Dann schien für eine Weile die Sonne. Walter war mit offenem Mund sitzen geblieben, um mit der Zunge die Regentropfen aufzufangen.

Kurz darauf, ganz unerwartet, waren die Wolken, die sich eben noch aufgelöst hatten, wieder da und türmten sich im Nu zu riesigen Wolkengebirgen über dem Dorf auf. Das Gewitter meldete sich mit einem einzigen Donnerschlag zurück und entlud sich mit einem Regensturm. Wie Nägel schossen die Tropfen vom Himmel. Elvira wollte hinausrennen, um Walter ins Haus zu holen, aber Filina hielt sie zurück: »Lass ihn, er braucht das!«

Während der Regen rundum Pfützen bildete, sah Walter, wie der Marder in den Hühnerstall drang und sich das fetteste Huhn nahm. Kaum war der Räuber verschwunden, war es wieder still. Walter wischte sich den Regen vom Gesicht und leckte sich die Lippen.

Kurz darauf folgte der dritte Akt, etwas Gewaltiges, eine wahre Sintflut stürzte vom Himmel. Plötzlich stand Merlo mit einem schwarzen Regenmantel mitten im Gewitterchaos. Er knipste wild mit seiner Kamera herum und schrie Walter an, er solle verschwinden, im Gewitter dürfe kein Kind auf seine Bilder. Walter rührte sich nicht von der Stelle. Das Gewitter tobte immer heftiger. Es hagelte nussgroße Körner. Sie schossen wie Gewehrsalven auf Merlos Kamera. Der Fotograf hob die Faust und schrie zu den Wolken, steckte seine Kamera unter den Regenmantel und rannte nach Hause. Walter blieb allein zurück. In kurzer Zeit schwollen der Fluss und der Teich an, mehr als eine halbe Stunde ging das so, bis der Himmel plötzlich wie leer gefegt war und die Sonnenglut die Eidechsen an den Hauswänden in kürzester Zeit erstarren ließ. Walter saß immer noch da, er hatte von den Hagelkörnern nur ein paar blaurote Flecken an den Armen abbekommen. Jetzt durfte Elvira in den Garten, um ihren Sohn zu holen, der verträumt und sanft lächelnd dasaß.

An Gewitter war man gewöhnt, aber ein dreifaches hatte man noch nie erlebt. Filina sagte, es sei wie ein Totenlied zur Musik des Teufels gewesen. Der Teufel lasse sich nicht fotografieren, sagte sie dem Merlo, der nach Ausreden für sein Scheitern suchte. Und dass nichts Schlimmeres passiert war, sei dem kleinen Walter zu verdanken, der dort draußen dem Weltuntergang getrotzt hatte, prahlte sie. Sie nutzte jede Gelegenheit, um die Leute von Walters Besonderheit zu überzeugen, was gar nicht nötig war, aber Zia Filina war sich nie einer Sache wirklich sicher.

Am Abend danach wurde Walter wieder einmal fiebrig. Ein böser Husten drang aus seiner Lunge.

»Es ist wegen der Nässe und der Kälte«, sagte Elvira, aber

Filina trieb ihre Schwester aus dem Zimmer. Auch Luana schickte sie weg: »Ich kümmere mich um ihn.«

Sie wachte die ganze Nacht bei Walter, legte ihm in Essig getränkte Tücher auf die Stirn, tropfte ihm Zitronenwasser auf die Lippen und flüsterte ihm »Schlaf, Nerì, schlaf jetzt« ins Ohr.

Filina hatte ihre eigenen Mittel. Als sie merkte, dass der Husten schlimmer wurde, so schlimm, dass er dem Neffen den Hals zuschnürte, stieg sie mitten in der Nacht mit einer Petroleumlampe in der Hand zum Teich hoch und holte drei dicke braune Nacktschnecken, die sie Walter auf die Brust legte. Dasselbe tat sie am darauffolgenden Tag noch einmal, weil sie behauptete, der Schleim würde die Heilung anregen. Sie legte insgesamt neun Schnecken auf Walters Brust. Als das Schlimmste überstanden war, vergewisserte sie sich, dass die Tür geschlossen war, und flüsterte:

»Dass du mir ja nicht wegstirbst, Nerì.«

14.

Nur wenige Tage nach seiner Genesung setzte sich Walter ans Bett der sterbenden Filomena. Er schaute sie sanft an, und sie blickte aus weit aufgerissenen Augen zurück. Sie war zweiundneunzig. Bis vor Kurzem hatte sie den ganzen Tag strickend auf ihrem wackeligen Stühlchen gesessen. Plötzlich, ein paar Tage nach dem Dreifachgewitter, stand sie auf und legte sich ins Bett. Ihre Familie rief nach Walter.

Eine Kerze in der Ecke des Zimmers holte das verzerrte Gesicht der Sterbenden aus dem Dunkel. Das Licht erhellte auch das Marienbild, das über dem Bett hing. Walter wartete gelassen, bis sich Filomenas ausgetrocknete Lippen bewegten. Die ersten Wortversuche konnte Walter nicht verstehen, es war eher ein Gewürge als ein Reden. Nur langsam tastend löste sich Filomenas Stimme. Auf ein paar zerstückelte Sätze folgte ein langer Atemzug. Walter rührte sich nicht. Kein Licht im Zimmer, nur die Kerze, und eine immer stickigere Luft. Walter atmete ruhig, er war bereits geübt. An Filomenas Sterbebett erfuhr er aber zum ersten Mal, wie das Lispeln und Flüstern der Todgeweihten in ihm ein wohliges Gefühl auslösten, das sich von den Füßen bis in die Haarspitzen ausbreitete, eine Entspanntheit, die ihn beinahe einschläferte. Er merkte, wie während der Geschichtenabnahme die Stimmen in seinem Kopf schwiegen, als ob auch sie der neuen Geschichte lauschten.

Nach vielen Unterbrechungen und langem Ausschweifen kam Filomena auf das dreifache Gewitter zu sprechen: »Ich habe ihn gehört, er hat nach mir gerufen, da habe ich mich hingelegt.«

Sie erklärte Walter, mit Gewittern sei nicht zu scherzen. Im Herbst 1945, der Krieg war gerade zu Ende, seien um Gruma herum die Flüsse und Teiche über die Ufer getreten, der Blitz sei eingeschlagen, und zu guter Letzt habe ein Erdbeben das Dorf durchgeschüttelt. Die darauffolgende Nacht hätten die meisten im Freien verbracht, aus Angst, die Häuser würden über ihren Köpfen zusammenstürzen.

»Ich war …«, Filomena überlegte lange, »… sechzehn damals.« Ihre Stimme hatte wieder an Kraft gewonnen. »Wir saßen da draußen und schauten den Himmel an. Er war voller Sterne. Ich habe nie mehr einen solchen Himmel gesehen. Wir hatten Angst, aber der Himmel leuchtete. Ich erinnere mich, dass der Boden ganz aufgeweicht war vom vielen Regen.«

Filomena legte eine Pause ein. Ihr Blick verfinsterte sich. Sie sagte, es gab ein anderes Mädchen, Maria, ein oder zwei Jahre älter als sie, es lebte ganz allein, weil es beide Eltern verloren hatte. Filomena mochte das Mädchen nicht, weil es von den jungen Männern so begehrt wurde. Sie wisse nicht, woher ihr der düstere Gedanke plötzlich gekommen sei, aber als sie alle da draußen auf den Morgen warteten, habe sie gerufen:

»Sie ist's gewesen, ich hab's gesehen, sie war oben in der Kapelle und hat auf das Jesuskreuz gespuckt, ich habe sie gesehen, und dann ist das Gewitter losgegangen, und die Erde hat gebebt, sie ist schuld.«

Sie habe auf die arme Maria gezeigt und so laut gerufen, dass alle es hören konnten. Niemand habe gesagt, sie solle damit aufhören. Im Gegenteil, plötzlich seien alle Blicke auf Maria gerichtet gewesen, und von diesem Tag an sei die Arme immer schief angeschaut worden. Es war so, als hätte Filomena auf Maria gespuckt und der Schandfleck wäre einfach nicht mehr weggegangen, nicht einmal als Maria ihr leidtat. Bei jedem Unglück, jeder Krankheit, jedem Missgeschick zeigte man fortan auf Maria. Es hieß, sie richte den *malocchio*, den bösen Blick einer Hexe, auf die anderen, und man solle sie meiden. Maria sperrte sich zu Hause ein. Sie ließ niemand mehr herein. Sie wurde krank, ohne dass man im Dorf davon Notiz genommen hätte, und starb, so jung, einsam und verlassen und ohne Geschichtenabnahme. Da legte Filomena nochmals eine Pause ein.

»Das Erdbeben war im Herbst 1945, von 1940 bis 1945 war Giangi Geschichtenabnehmer, Maria ist im Januar 1946 gestorben, das weiß ich noch, weil es so kalt war, und Olmo hat erst im Sommer begonnen … Also hatten wir niemand, als sie starb …«

Sie kniff die Augen zusammen vom vielen Nachdenken und sagte, wenigstens sei sie nicht schuld daran, dass Maria ohne Geschichtenabnahme gehen musste.

»Aber das ändert ja nichts. Don Pietro sagt in der Kirche,

wir fänden da oben einen Platz. Ich weiß nicht, ich habe nie zugegeben, dass die Sache mit Maria gelogen war. Ich habe immer gehofft, die Leute würden es vergessen, und ich hätte ihr sagen wollen, dass es mir leidtut, aber sie ist nicht mehr aus ihrem Haus gekommen.«

Filomena brauchte einen ganzen Tag, um von dieser Nacht im Freien zu erzählen, um das Unrecht, das sie Maria angetan hatte, aufzurollen. Dann aber schlief sie friedlich ein. Walter atmete tief durch. Er spürte, wie die Geschichte eine neue Stimme in seinen Kopf pflanzte und ihn für einen Moment ganz erfüllte. Er wartete noch eine Weile, stand auf und trat aus dem Totenzimmer. Danach die üblichen Umarmungen der Familienangehörigen, das Essen und die beiden Tanten, die ihn auf der Straße mit weit ausgebreiteten Armen »Nerì, Nerì« rufend empfingen. Walter hörte sie nicht. Der Ton war weg, nach der Geschichtenabnahme war Gruma für ihn auf lautlos gestellt.

Nach einer Weile stellte sich aber etwas Neues in Walters Kopf ein, das Verlangen nach neuen Geschichten. Nach dem Teich, der Jukebox oder dem Gewitter fühlte er sich reingewaschen und wieder im Gleichgewicht, aber gleichzeitig leer und worthungrig.

15.

Nerì, Nerì, Nerì … fährt es gleichzeitig mit dem schrillen Klingelton durch Walters Ohr. Er öffnet das rechte Auge. Nerì, Nerì, Nerì … Sein eigener Name hallt in seinem Kopf. Er quält sich aus dem Bett. Draußen graut der Morgen. Die Mutter schläft. Walter hat noch seine Kleider an. Er muss nur die Schuhe anziehen. Der unruhige Schlaf, die wirren Träume und die Erinnerung haben ihn betäubt. Er hebt

La Frans Brief vom Fußboden auf. Gruma ist jetzt auch im Wachzustand da, so aufdringlich wie schon lange nicht mehr. Das Verlangen, sich von Geschichten zu nähren, ist im Schlaf zurückgekommen. Walter wäscht sich das Gesicht, hält den Kopf unters kalte Wasser. Er klopft an die Tür der Mutter und ruft:

»Ich geh jetzt.«

Er wartet nicht, bis die Mutter antwortet.

Die Treppe knarrt. Ronny ist schon draußen und fegt den Vorplatz. Walter winkt ihm zu. Ronny ruft, der Müllsack liege schon seit einer Woche vor der Tür. Walter stolpert darüber. Ronny ruft: »Du bist ein Tollpatsch!« Walter überquert die Straße. Die kleine Ortschaft, in der er seit über zwanzig Jahren lebt, ist grau und unbedeutend. Er und die Mutter nennen sie nie beim Namen, sie sagen einfach nur »Dorf«. Den Weg bis zum Bahnhof geht Walter blind, torkelnd, vorbei an der Kirche, die die Mutter jeden Sonntag aufsucht, vorbei an dem Altersheim auf dem Hügel.

Als Walter den Bahnhof erreicht, sind die Barrieren schon unten. Der Zug ist wie üblich zum Bersten voll. Walter bleibt im Gang stehen. Die Luft ist stickig. Der Zug rüttelt durch die Gegend. Grumas Dächer, die klebrig nassen Sommernachmittage, Zia Filinas Gesicht, die Zimmer der Sterbenden, all die Erinnerungen flackern vor Walters Augen auf, fahren wie Stromschläge durch seinen Körper. Die vielen Geschichten, die in all den Jahren in seinem Kopf geschlummert haben, blubbern jetzt in den Ohren. Er fühlt den Brief der La Fran in seiner Tasche. Der Zug hat die Stadt erreicht. Walter bleibt stehen, bis alle anderen draußen sind. Dann steigt er aus. Auch den kurzen Weg vom Bahnhof bis zur Schokoladenfabrik geht er wie blind. In der Umkleidekabine schweigen die Männer. Sie grüßen sich flüchtig.

Dann treten sie der Reihe nach in die Halle. Die stumpfsinnige Arbeit am Fließband ist wohltuend, und der Maschinenlärm staucht Walter zu einem kleinen Punkt zusammen und fegt seinen Kopf leer. Es überkommt ihn noch stärkere Müdigkeit.

In der Pause liest er wieder La Frans Brief. Er rechnet nach, wie alt Zia Filina jetzt ist. Sicher über neunzig. Und La Fran, La Fran muss um die fünfundfünfzig sein. Er versucht sich vorzustellen, wie Zio Fredo aussehen mag, und fragt sich, was wohl aus Teresa geworden ist. Und die Sibilla? Ob Sciugar noch lebt? Und Manu? Was macht Manu? Ist er noch mit Iris zusammen? Walter klopft sich den Puderzucker von den Kleidern und kehrt ans Fließband zurück.

Gregorius, der Grieche, ist der Einzige, mit dem Walter ein paar Worte wechselt. Auch die anderen Kollegen kommen aus südlichen Ländern, von denen sie sehnsüchtig träumen. Gregorius macht Überstunden, weil er das Studium seines Sohnes bezahlen muss. Er spricht immer so laut, schon fast ein Schreien, um den Maschinenlärm zu übertönen. Er sagt, ihm fehle die Wärme seiner Heimat.

»Ich hingegen habe kein Zuhause«, meint Walter.

»Das merkst du erst jetzt?«, lacht Gregorius, indem er etwas spöttisch durch die Zähne pfeift.

Der Abteilungschef macht die Runde. Die Arbeiter schweigen und geben sich mehr Mühe.

»Siehst müde aus«, sagt der Chef zu Walter.

Walter zuckt mit den Schultern und hält dem Blick seines Vorgesetzten stand. Diese plötzliche Lust an schmerzhafter Erinnerung, die seit letzter Nacht in seinem Gehirn fiebert, macht ihn aufmüpfig. Er weicht nur zögernd einen Schritt zur Seite, damit der Chef, kopfschüttelnd, vorbeigehen kann.

Die Frühschicht endet um halb fünf.

Auf der Rückfahrt ist der Zug weniger voll. Walter setzt

sich. Er gibt sich seiner Erschöpfung hin. Er greift ein weiteres Mal zu La Frans Brief. Er schaut aus dem Fenster. Die Mutter hat recht, man kann schon den Winter spüren.

16.

Ende November hat Beppo immer die Stühle unter der Platane fortgeräumt. Während der Wintermonate schloss er seine Osteria bereits um zehn Uhr, weil er mehr Schlaf brauchte. Man traf sich dann in den Häusern. Und als die Alten nächtelang im Kreis saßen und einander anstarrten, brachten die Rauchschwaden des Kamins vergessene Erinnerungen hervor. So wie es bei den ersten Menschen gewesen sein musste, meinte Sciugar, wenn aus den Flammen, aus dem Geiste des Rauches, immer neue Geschichten entstanden. Im Winter wurde Sciugar nachdenklich und sprach ein bisschen wie ein Studierter. Er wollte nicht allein sein. Er brachte seinen Vater Bibo mit und gesellte sich zu den Alten oder kam zu Zia Filina auf Besuch. Er philosophierte stundenlang vor sich hin, manchmal sogar mit ein paar Tränen in den Augen, und saß danach gähnend da und wartete, bis es heller wurde. Walter saß ebenfalls vor dem Kamin und hörte zu.

Grumas Winter, dessen feuchte Kälte sonst alles lähmte, trieb die Kinder nach draußen. Sie versammelten sich auf der Piazza und warfen so lange Schneebälle gegen die Kirchentür, bis Don Pietro und Erminia ihnen nachrannten. Walter stand mittendrin und lachte. Er warf aber nicht, er kam nicht so weit, er formte die Schneebälle und reichte sie den anderen. Nachdem sich die Kinderschar aufgelöst hatte, stand Walter noch eine Weile auf dem Platz und formte weitere Schneebälle, die er zu einer kleinen Pyramide aufstapelte.

La Fran war die unbestrittene Anführerin der Kinder. Sie stiftete sie zu Mutproben an. Sie warfen sich in den eiskalten Teich, ließen sich den steilen Hang des Monte Grasso hinunterrollen, sprangen von einem Dach zum anderen oder versteckten sich abends hinter den Friedhofsmauern.

Zia Filina war wachsam wie nie sonst. Sie ließ Walter nur dann mit den Kindern losziehen, wenn La Fran dabei war. La Fran nahm Walter huckepack und sagte, er solle seine Beine fest um ihre Hüfte klammern. Walter durfte auch ihren Nacken küssen, an ihren Haaren kauen und mit den Armen ihren Brustkorb umklammern.

La Fran hatte vor nichts Angst, nicht einmal vor Elisas Vater, den man Pugno nannte, weil er allen Widrigkeiten des Lebens mit seinen Fäusten begegnete. Pugno war Don Pietros ältester Bruder. Der zweite Bruder war Messmer und durfte mit seiner Frau und seinem Sohn Manu im Pfarrhaus wohnen. Elisa war älter als die anderen Kinder, fast schon eine junge Frau, aber unterwürfig und ängstlich. Manu war ihr kleiner Cousin. Pugno sagte immer, seine beiden Brüder hätten sich woanders ins gemachte Nest gesetzt und ihm das marode Bauernhaus der Eltern überlassen. Sein Groll war im Laufe der Zeit gestiegen. In Beppos Osteria, vor einem Glas Wein, erzählte er, wie gern er Matrose geworden wäre und die Meere überquert hätte.

Pugno besaß Kühe und Ziegen, aber er hatte vor allem immer das größte und fetteste Schwein in der Umgebung, das er jedes Jahr mit einer eigenen Mischung aus Hafer, Malz, Wasser, Maismehl und viel Zucker mästete und schließlich schlachtete. Neben dem Stall stand eine Remise, die vor allem Walter anlockte, weil es dort viel zu entdecken gab.

Pugno war launisch. Einmal vertrieb er die Kinder, einmal öffnete er ihnen die Remise. Er mochte seinen Neffen Manu. Er hatte sich immer einen Sohn gewünscht. La Fran schaute er auf eine seltsame Weise an. Er berührte sie, wollte sie auf den Schoß nehmen und wollte sie, wenn die anderen Kinder nach Hause gingen, in der Remise behalten. Walter blickte er schief an. Die Sache mit der Geschichtenabnahme war ihm nicht geheuer. »Mich kriegst du nicht«, fauchte er ihn an, »vorher verfüttere ich dich dem Schwein.« Walter ließ sich nicht beeindrucken, einmal, weil er Pugnos Angst vor der letzten Stunde spürte, und dann, weil Manu und La Fran, seine besten Freunde, auch immer da waren.

Pugno kam jeden Tag mit Holz aus dem Wald und stapelte es in der Remise. Er setzte sich an seinen Platz am Küchentisch und schaute seine Frau und die Kinder grimmig an. Manu war oft da und nahm Walter mit. Holzscheite knackten im Ofen. Während der Mahlzeit durften nur Pugno und Manu sprechen. Pugno sagte, Manu solle doch zu ihm ziehen, er könne einen zweiten Mann im Stall und auf dem Feld gut gebrauchen. Das sei doch kein Leben für einen Jungen, im Haus eines Pfaffen, mit der lästigen Erminia, die peinlich auf einem Notizblock notierte, wer in der Kirche war und wer nicht. Pugno mied die Kirche. In seinen Flüchen kamen abwechselnd Gott, die Mutter Maria, Jesus und alle Heiligen vor. Nach dem Essen ging er mit den anderen Männern in Beppos Osteria Grappa trinken. Die Kinder nutzten seine Abwesenheit, um in die Remise auf Entdeckungsreise zu gehen. Wenn Pugno spätabends betrunken nach Hause kehrte, schlug er seine Frau. Sie schlug zurück. Er schlief dann auf der Ofenbank ein.

Die Remise war auch der Ort, wo Pugno seine Tochter Elisa mit dem Schneidebrett schlug. »Beug dich über den Holzbock«, hörte man seine Stimme donnern. Er nahm das Brett von der Wand und schlug viermal mit voller Wucht auf Elisas Hintern. Walter wusste es, weil er, so schmächtig, wie er war, sich in der Remise gut verstecken und alles sehen konnte. Elisa zeigte die blauen und roten Stellen La Fran, die Fäuste machte. Sie sagte: »Ich werde dich rächen!«

In der Remise schworen sich La Fran, Walter und Manu ewige Freundschaft. Elisa legte ebenfalls ihre Hand auf die der Kinder. Sie weinte und trat mit den Füßen gegen den Rapid, den ihr Vater zum Mähen brauchte.

»Lasst mich das machen!«, sagte La Fran.

Am darauffolgenden Tag spazierte sie mit dem Huhn an der Leine, das Elisas Mutter fürs Abendessen hätte schlachten wollen, durchs Dorf. Pugno rannte ihr nach, erwischte sie aber nicht. Am Abend war er wie üblich betrunken, und am nächsten Morgen hatte er es vergessen.

Aber je mehr La Fran Elisas Vater ärgerte, desto häufiger hatte Elisa ein blaues Auge und violette Flecken an den Armen oder Beinen. Ihre Mutter schaute weg, hörte auch weg, wenn ihre Tochter weinte. Sie hatte immer in der Küche zu tun, rupfte ein Huhn oder holte Gemüse aus dem Garten.

Als sie einmal am Tisch saßen und Pugno nicht zu Hause war, sagte Elisa weinend, sie würde bald einmal einen Mann heiraten, der gut zu ihr wäre, und sie würde nie mehr zurückkommen. Die Mutter wies auf ein von Merlo geknipstes Bild, das Pugno bei der Feldarbeit zeigt. Sie schaute Walter an und meinte: »Dir wird er einmal seine Missetaten beichten müssen, dieser Schurke!«

17.

Wenig später setzte La Fran ihren Plan um, Elisa ein für alle Mal zu rächen. Sie führte die Kinder in Pugnos Schweinestall. Sie hatte sich vorgenommen, den Eber aufzuhetzen.

Die Kinder sollten mit Stecken auf ihn einschlagen. Sie gab den ersten Hieb. Alle machten es ihr nach, traktierten den aufgeschreckten Eber und ließen ihn so aus dem Stall. Draußen wiegelten sie ihn noch weiter auf und trieben ihn Richtung Dorf. La Fran setzte sich an die Spitze des Trosses, sogar vor den Eber, und nahm Walter an die Hand.

Als man im Dorf das erste Brüllen des Ebers vernahm, rannten Zia Filina und Zia Luana ans Fenster und riefen verzweifelt »Nerì, Nerì«, aber es war zu spät. Der randalierende Eber, fleischgewordenes Gewitter, das Grumas Häuser erzittern ließ, kam schon um die Ecke gerannt. Er raste außer sich vor Wut die steile Straße hinunter. Er stieß gegen die Türen, rannte quer über die Straße, drehte sich mehrmals um die eigene Achse und schoss weiter hinunter Richtung Kirchplatz. La Fran, die Walter jetzt huckepack trug, blieb stehen, drehte sich um, schrie »Komm her, komm her« und rannte, sobald der Eber sie im Blickfeld hatte, wieder los. In den Häusern schrien die Frauen, sie riegelten die Türen ab, schlossen die Fenster. Die Männer stürmten heraus, die einen gingen auf die älteren Knaben los, die sie als Drahtzieher vermuteten, die anderen versuchten das erzürnte, 250 Kilo schwere Tier zu bändigen, aber das machte alles nur noch schlimmer. Wer konnte, sperrte die Seitengassen mit Schubkarren oder Fässern ab und flüchtete sich wieder ins Haus.

Der Eber war außer Rand und Band. Irgendwann kam er unten auf dem Kirchplatz an, aber auch dort war es unmöglich, ihn einzufangen. La Fran war außer Atem und konnte nicht mehr. Sie stolperte und ließ Walter los. Er stand wie zur Salzsäule erstarrt dem Eber gegenüber. Das Tier umkreiste ihn mehrmals, als wollte er dem wehrlosen Opfer zuerst imponieren. Mutig stürmte Don Pietro aus dem Pfarrhaus, das Kreuz in der linken Hand haltend und mit der rechten dem Kind zuwinkend, um es aus der Erstarrung zu holen und zur Flucht zu bewegen. Erminia kam hinterher, um Don Pietro aufzuhalten, aber er schrie sie an, ins Haus zurückzugehen. Er versuchte, das Kreuz dem wie vom Teufel besessenen Tier entgegenhaltend und ein Gebet stotternd, der aufgebrachten Naturgewalt Geist und Seele auszutreiben, musste aber schleunigst wieder zurück in Richtung Haus rennen. Erminia hatte die Tür offen gelassen und wartete auf der Schwelle. Der Eber rannte Don Pietro nach und prallte mit dem Kopf gegen die Tür, die Erminia gerade noch rechtzeitig zugeschlagen hatte. Er blieb einen Moment benommen stehen, drehte sich um und starrte wieder auf Walter, der sich nicht von der Stelle bewegt hatte. Sie standen sich reglos gegenüber. La Fran, die sich wohl erst jetzt der Tragweite ihres Streiches bewusst wurde, hielt die anderen Kinder zurück. Es war der Moment, in dem in Gruma alles hätte in die Brüche gehen können. Walter zitterte vor Angst, der Eber vor Erschöpfung. Das Tier schaute ihm direkt in die Augen, sammelte seine Kräfte zum Angriff. Aber da stand plötzlich Zia Filina neben Walter. Mit beiden Händen richtete sie eine Heugabel gegen das Biest. Es stürmte auf sie zu. Zia Filina hielt ihm standhaft die Gabel entgegen und stach mit der Spitze in sein linkes Auge. Trunken vor Wut und Verzweiflung drehte sich der Eber mehrmals um die eigene Achse, er war wahnsinnig geworden, rannte an der Kirche vorbei auf den Abgrund zu und stürzte schließlich in den Bach, wo er mit dem Kopf aufschlug und sofort tot war.

Wie ein Lauffeuer verbreitete sich die Nachricht des verendeten Ebers, der von Filina blind gestochen worden war. Das ganze Dorf eilte herbei. Die einen blieben auf dem Kirchplatz stehen, um auf Walter einzureden, der stumm in den Armen seiner Tante lag, die anderen stiegen zum

Fluss hinunter, um das verunglückte Tier zu sehen. La Fran machte sich aus dem Staub, weil Pugno fluchend angestürmt kam. Zia Luana war mit einer Decke in der Hand herbeigeeilt, in die sie Walter einwickelte. Er wollte aber nicht nach Hause. Zia Filina nahm ihn an die Hand und folgte den Schaulustigen.

Unten am Fluss schaute Pugno ganz gekrümmt auf seinen blutüberströmten Eber. Schon surrten Fliegen um den Kadaver. Pugno schlug mit den Händen um sich. Die Luft um ihn herum zitterte. Beim Herkommen hatte er schon alle Heiligen verflucht, und es kamen ihm jetzt keine mehr in den Sinn. Manu, der mit der ganzen Sache nichts zu tun hatte, stand hinter ihm. Pugno sagte, ohne sich umzudrehen: »Manu, hol den Hänger!« Manu rannte los und kehrte kurz danach auf dem Traktor sitzend zurück. Pugno und ein paar Männer hoben den toten Eber hoch. Wortlos stieg Pugno auf den Traktor und fuhr weg.

18.

Was auch immer in Gruma passierte, für den Tag der Befana, den sechsten Januar, traf Zia Filina jedes Jahr lange im Voraus ihre Vorbereitungen. Das hatte seinen Grund. Am Tag der Befana wäre Walter als Säugling beinahe gestorben. Seine Mutter, die damals gern das Tanzbein schwang, hatte sich das Fest nicht entgehen lassen wollen. Schon ab Nachmittag wurde traditionsgemäß in Beppos Osteria getanzt und *vin brulé* getrunken. Elvira legte das Kind in einen Korb und nahm es mit. Als es wegen der lauten Tanzmusik nicht mehr zu beruhigen war, brachte sie es in ein Zimmer im oberen Stock. Das Tanzfest nahm Fahrt auf, und Elvira dachte nicht mehr an ihren Sohn. Erst nach ein paar Stunden kam Beppos Frau zufällig in das Zimmer und entdeckte das unterkühlte Kind. Walter war bleich, mit blau gefärbten Lippen, und wirkte leblos. Man wickelte ihn rasch in warme Decken und stellte den Korb vor den Kamin. Elvira konnte nicht mehr aufhören zu weinen. Jemand hatte Filina geholt, die mit weiteren Decken angerannt kam. Sie hob das Kind auf, schüttelte es, rieb es mit den Händen. Dann packte sie ihre Schwester an den Haaren und schleifte sie über die ganze Tanzfläche. Elvira blieb mit zitterndem Kinn am Boden liegen und wischte sich die Tränen aus den Augen.

»Fortan kümmere ich mich um das Kind«, fauchte Filina und ließ sie dort liegen.

Filina behauptete, die Befana habe dem Kind das Leben gerettet, sie habe Beppos Frau dazu gebracht, in das Zimmer im oberen Stock zu gehen. Dem wollte Filina von nun an gedenken.

Die Befana war keine Hexe, vielmehr eine Wohltäterin, aber Filina gelang es nicht, sich so zu kleiden, dass sie den Kindern keine Angst einjagte. Sie trug einen langen, aus Stofffetzen zusammengenähten Rock, über die Schultern einen gestrickten alten Schal, graue Strümpfe, Schuhe mit einer halb abgerissenen Sohle, die ihre Knöchel noch spitzer aussehen ließen. Die grau melierten Haare hingen wie Strohhalme unter dem breiten Hut, und die Nase, von der Winterkälte gerötet, stach wie ein Schnabel aus ihrem Gesicht hervor.

Den Vortag verbrachte Filina damit, Nüsse, Orangen, Bonbons und gedörrte Feigen zusammenzusammeln. In der Nacht füllte sie unzählige Socken mit diesen Leckereien, holte Walter aus dem warmen Bett, und frühmorgens gingen sie aus dem Haus. Gemeinsam klopften sie an Grumas Türen. Die Kinder nahmen ehrfurchtsvoll und mit großen Augen die gefüllten Socken entgegen. Kein einziger war mit Holzkohle gefüllt, was den unartigen Kindern der umliegenden Dörfer und von San Giorgio durchaus blühen konnte.

Walters Aufgabe war es, die gefüllten Socken aus dem Sack herauszunehmen und den Kindern zu übergeben. Zia Filina klopfte strahlend den Schnee von ihren Schuhen. Walter an Befanas Seite bedeutete nämlich, dass an diesem Tag keine Geschichtenabnahme stattfinden konnte. Und in der Tat, in den fast zweiundzwanzig Jahren ist in Gruma niemand am sechsten Januar gestorben. Einmal musste eine Geschichtenabnahme am frühen Morgen unterbrochen werden. Die Sterbende hatte am Morgen des siebten Januar mit ihrer Geschichte dort weitergemacht, wo sie zwei Abende zuvor stehen geblieben war.

Die Runde endete ungefähr um zwei Uhr nachmittags. Nun folgte der zweite Teil, das Essen für das ganze Dorf zu machen. Vieles hatten Luana und Elvira schon Tage zuvor vorbereitet. Unter Filinas Aufsicht wurde dann den ganzen Nachmittag gekocht. Bis um sieben Uhr war der Tisch gedeckt.

Zia Filina war auch sonst eine ausgezeichnete Köchin, aber für diesen einen Abend übertraf sie sich. Sie verwendete nur die allerbesten Zutaten und arbeitete nach geheimen Rezepten. Am Abend der Befana war Walters Zuhause der Inbegriff der Gastfreundschaft. Es gab Unmengen an Essen, und zu den bekannten Gesichtern, Beppo, Sciugar, Don Pietro mit der unzertrennlichen Erminia, Merlo, Manu, La Fran, gesellten sich Leute, die Walter zuvor noch nie gesehen hatte. Filinas großzügige Einladung hatte sich bis nach San Giorgio herumgesprochen. Es war keine Anmeldung nötig, man konnte einfach kommen und sich an den Tisch setzen. Nachdem Don Pietro das Tischgebet gesprochen hatte, durften die Gäste zugreifen. Walter saß mittendrin, ließ die Beine vom hohen Stuhl baumeln, genoss das laute Gerede, das seinen Kopf leer spülte, die Nähe und Wärme der Körper, die sich um den großen Tisch drängten, spürte, wie sich die Ellbogen berührten, und sah zu, wie man einen Schluck aus dem Glas des anderen nahm und vom selben Teller aß, denn es gab nicht genug Geschirr für alle. Er sog den Geruch von gedünsteten Zwiebeln, geriebenem Knoblauch, der Kruste des geschmorten Fleisches ein; der Duft von Zia Filinas Gewürzen, vermengt mit dem der Menschen um ihn herum, war wie eine aromatische Umarmung.

Zia Filina, die ihr Befana-Kostüm abgelegt hatte, schaute quer über den Tisch, sprach viel und mit ungewohnter Hast. Irgendwann holte Sciugar sein Akkordeon hervor, und der Merlo knipste Fotos. Manchmal wurde es so laut, dass Filina ihre beiden Schwestern und die Gäste mit den Händen dirigierte. La Fran und die anderen Kinder drängten nach draußen, aber Walter wollte nicht mit.

Wenn Filina ein paar Gläser Wein zu viel getrunken hatte, wiederholte sie den Gästen zugewandt: »Dass ihr mir meinen Nerì ja gut behandelt!«

Mit ihrer Großzügigkeit wollte sie nicht nur der Befana ihren Tribut zollen, sondern auch Grumas Gunst befördern.

19.

Wenn die Familie zusammensaß und auch Zia Filina sich ausnahmsweise einmal hinsetzte, sagte Elvira, Walter müsse doch wie die anderen Kinder sein dürfen. Sie rief: »Walter, versteck dich!«, und tat dann lange so, als würde sie ihn nicht finden. Es war ein Spiel, zu dem sich alle im Haus hinreißen ließen. Wenn sie das Kind gefunden hatten, hob Zio

Fredo Walter in die Höhe, sagte ihm, er solle die Arme ausstrecken, und wirbelte ihn durch die Luft. »Du fliegst, du fliegst …«, rief er. Oder er ging mit ihm in die Scheune und setzte ihn auf die Vespa, die alle Lambretta nannten. Walter hielt das Steuer mit gestreckten Armen, drehte mit der rechten Hand am Gas und machte »Wrrrmmm, wrrmmm …«. Das war auch wie Fliegen.

Die Einzige, die sich kaum mit Walter abgab, war seine Cousine Teresa. Sie war insgeheim auf den kleinen Nachzügler eifersüchtig und hatte ohnehin keine Zeit, mit ihm zu spielen. Sie wurde von den beiden Tanten dazu erzogen, sich um den Haushalt zu kümmern, um später eine gute Ehefrau zu werden. Sie hatte viele Aufgaben, auch ums Haus herum, und wenn die beiden Tanten einmal nichts für sie zu tun hatten, verzog sie sich in die Scheune und wollte allein sein.

Außer dem Nähen hatte Elvira als Einzige keine weiteren Aufgaben im Haus. Sie war die jüngste der drei Schwestern und hatte keine Aussicht, ihren Fehler, der Walter ein vaterloses Aufwachsen bescherte, wiedergutzumachen. Ihr Mittun im Haus wäre ohnehin überflüssig gewesen. Ihre beiden Schwestern bereiteten das Essen vor, bestellten den Garten, holten Wasser vom Brunnen, trugen die Wäsche in den Schuppen und den Brotteig zum Gemeinschaftsofen. Sie gönnten sich nie eine Pause, und ihr Tag endete spät in der Nacht. Walter lag oft schon im übergroßen Bett, in dem gelegentlich auch Zia Filina schlief, und lauschte lange vor dem Einschlafen noch dem Tuscheln und Fuchteln der beiden Tanten.

Tagsüber sprachen die Frauen kaum miteinander, kreischten einander aber schonungslos an, wenn sie Streit bekamen, was ziemlich oft vorkam. Walter steckte sich dann die Finger in die Ohren.

Bei guter Laune jedoch sangen Filina und Luana, jede ein

anderes Lied. Es waren auch falsche Töne dabei, aber die beiden Stimmen vereint, eine oben in den Schlafzimmern und die andere unten in der Küche, ergaben zusammen etwas Schönes, dem Walter entzückt zuhörte.

Im seltenen Zustand der unbeschwerten Lebensfreude tanzten die beiden Tanten sogar. Filina führte, Luana hielt so gut wie möglich Schritt. Elvira und Walter schauten zu. Die beiden Tanten kreisten eng umschlungen um den Tisch und durchtanzten alle Räume im Erdgeschoss, manchmal flogen sie an Walter und seiner Mutter vorbei, sogar ein Stück weit die Treppe hoch, leichtfüßig wie zwei Mädchen. Sobald sie den Takt sicher in den Beinen fühlten, ließen sie einander los und tanzten beide in eine andere Richtung, mit den Armen weit ausholend. Sie tanzten zur Mazurka, die aus einem alten Plattenspieler erklang, den sie nur zu diesem Zweck in Betrieb nahmen. Walter klatschte in die Hände, seine Mutter half ihm auf den Tisch, und dort tanzte er auf seine Art mit.

Teresa nahm nicht teil, sie fand ihre Mutter, ihre Tanten und vor allem den kleinen Walter albern. Sie sagte, die Musik sei altmodisch, sie würde viel lieber zur Jukebox in Beppos Osteria tanzen, wie La Fran und die Sibilla es taten, und beschwerte sich, das ihr das nicht erlaubt war. Beim Tanzen konnten die beiden Tanten über die missmutige Schnute, die Teresa zog, nur noch lachen. Sonst aber waren sie ernster Miene. Alles, was sie taten, war aufs Verzichten und Sparen ausgerichtet.

Sie verbrachten nicht nur am Tag der Befana viel Zeit mit Kochen, auch sonst machten sie alles selbst und wollten möglichst wenig einkaufen. Deshalb hatte Zio Fredo einen Vorratskeller eingerichtet. In tiefen Holzregalen standen Einmachgläser mit Zucchini, Bohnen und Artischocken. Was der Garten nicht hergab, Maiskörner, Essiggurken und bestimmte Früchte, fand sich in den Dosen, die Zio Fredo auf dem Markt in San Giorgio einkaufen musste.

Die große Bedeutung, die die beiden Schwestern dem Essen beimaßen, kam nicht von ungefähr. Sie sagten, sie hätten als Mädchen den Krieg erlebt, die deutschen Besatzer im Haus gehabt und viele Entbehrungen ertragen müssen. Wenn sie vom Krieg sprachen, standen die beiden Tanten still, umarmten sich und begannen zu weinen.

»Ich will mich nicht daran erinnern«, sagten sie sich gegenseitig, aber die Männer mit den Maschinengewehren und dieses schreckliche Wort, »Halt!«, das ihnen damals so oft durch Mark und Bein gegangen war, konnten sie nicht aus ihrer Erinnerung verbannen. Also weinten sie noch eine Weile. Sie schlossen auch Walter in ihre Arme und lehrten ihn, man müsse sich in guten Zeiten wappnen für die schlechten, die bestimmt einmal wiederkommen würden.

Zwei Tanten, ein Onkel und eine Mutter umsorgten Walter wie eine zarte Blume. Die treibende Kraft war aber in allen Belangen Zia Filina, deren Augen scharf und aufmerksam jede Kleinigkeit erspähten. Sie war ständig um irgendetwas in Sorge, als lauerte das Unheil gleich um die Ecke. Selbst wenn tagsüber alles reibungslos verlaufen war, blieb sie vor dem Zubettgehen eine Weile still in der Mitte der Küche stehen, als wollte sie dem Ausgang des Tages nicht trauen. Und so kam es, dass der Kummer ihr schon früh die Farbe aus den Haaren trieb und Schmerzen in die Kniegelenke einpflanzte.

20.

Zio Fredo war der ruhige Pol im Haus. Seine Passion waren die Lambretta und seine Bücher. Er hatte keine Schule besucht und war trotzdem belesen. Er arbeitete als Kellner in einem Nobelhotel in San Giorgio, wo die Heilquellen aus dem Felsen sprudelten, die bei Touristen aus aller Welt so beliebt waren. Er fuhr um zehn Uhr mit seiner Lambretta los. Walter durfte ein kleines Stück auf dem Hintersitz mitfahren, musste dann aber absteigen und, nachdem ihm Zio Fredo einen Klaps auf die Wange gegeben hatte, zurück zu den Tanten rennen, die wie zwei Madonnen im Türrahmen auf ihn warteten.

Von den vornehmen Leuten, die San Giorgios Schwefelheilquellen aufsuchten, hielt Zia Filina nichts. Sie spottete, die würden in der *piscia del diavolo*, dem stinkigen Urin des Teufels, baden, und verlangte von Zio Fredo, sich in der Scheune die Schuhe auszuziehen und die Hände zu waschen, bevor er ins Haus trat.

Nach dem Abendessen steckten Zio Fredo und Walter ihre Köpfe zusammen. Fredo erklärte Walter Dinge, die der Kleine nicht wissen konnte, weil es sie in Gruma nicht gab, in San Giorgio hingegen schon. Fredo hatte ein Bild aus einer Zeitschrift ausgeschnitten und zeigte ihm den Elefanten, den er einmal in einem Zirkus gesehen hatte. Oder er legte eine Ansichtskarte auf den Tisch, die er aus einer Stadt, die Pisa hieß, erhalten hatte. Walter sah den weißen schiefen Turm, der auf die Seite zu stürzen drohte, und wollte ihn mit seinem Finger aufhalten. Einen so schönen Turm dürfe man nicht umkippen lassen, der Elefant könne ihn doch wieder gerade machen, meinte er.

Ob aus Büchern, von Ansichtskarten oder der eigenen

Phantasie entspringend, Zio Fredos Geschichten waren weitaus harmloser als jene, die Zia Filina erzählte. Dennoch regte sie sich darüber auf, denn was Fredo berichtete, konnte aus ihrer Sicht für Walter Gefahren bergen. Wenn der Onkel sagte, er sei auf dem Heimweg den »Zigeunern« begegnet, schaltete sie sich gleich ein und ermahnte Walter, er solle mit diesen Leuten kein Wort wechseln, ihnen aus dem Weg gehen, denn sie würden die Kinder mitnehmen und nie mehr zurückbringen. Oder wenn Zio Fredo die farbigen Sportwagen der vornehmen Gästen beschrieb, sagte Zia Filina, Walter dürfe nicht allein auf die Straße, denn diese Leute würden mit ihren rasenden Autos die Kinder totfahren. Walter entgegnete, dass ein solches Auto, das, wie Zio Fredo schwor, zehnmal schneller als die Lambretta war, nur leider noch nie in Gruma aufgetaucht wäre. Zio Fredo gab dem Kind recht. Zia Filina griff nach dem Besen und schlug damit auf die Tischkante, sodass Zio Fredo klein beigab.

Er las Walter aus seinen Büchern vor und erzählte ihm so, was da draußen in der Welt alles passierte. Fredos Geschichten musste Walter nicht wie bei der Abnahme in seinem Kopf einsperren, sondern sie hatten Flügel und nahmen ihn mit auf Reisen.

In einem Buch, das Walter immer wieder durchblättern wollte, gab es die Abbildung eines fliegenden, lang gezogenen Luftballons. Zio Fredo erklärte ihm, das sei der Zeppelin, so etwas wie ein riesiges Schiff, das fliegen konnte. Weiter hinten im Buch gab es eine Doppelseite, die im Detail zeigte, wie dieser Zeppelin gebaut war und aus welchen Teilen er bestand. Walter stellte sich vor, wie die Reisenden in den Passagierräumen saßen, wie sie im edlen Speisesaal dinierten, wie sie dann in ihren Schlafkabinen träumten. Ein solcher Zeppelin, erklärte ihm Zio Fredo, sei einmal bis nach Amerika geflogen, kurz vor der Landung aber explodiert und abgestürzt.

In der Nacht ging Fredo manchmal mit Walter in den Garten, um ihm den Sternenhimmel zu zeigen. Er erzählte ihm, ein Kosmonaut namens Juri Gagarin sei als erster Mensch da oben herumgeflogen und später seien dann drei weitere Männer mit einer Rakete auf dem Mond gelandet.

Immer wieder holte Fredo Bücher hervor, die er in allen erdenklichen Winkeln des Hauses, unter dem Bett, in einer Truhe, hinter dem Vorhang, aufbewahrte. Er musste sie nicht gerade verstecken, aber sie durften auf keinen Fall unnötig Platz wegnehmen, denn Filina hielt nicht viel davon, was in den Büchern stand. Sie war überzeugt, dass nur die Arbeit mit den Händen einen Wert hatte. Die meisten in Gruma dachten so.

Onkel Fredo hingegen hatte früh erkannt, dass Walter seine Träume hatte, das Meer, eine eigene Lambretta, um damit bis ans Ende der Welt zu fahren, und später eine Liebe, wie sie andere Jungen auch hatten, aber Zia Filina wollte nicht, dass der Onkel mit diesem Gerede und den Büchern solche Sehnsüchte nährte. Ein Geschichtenabnehmer war dafür bestimmt, für immer in Gruma zu bleiben, zumindest solange er sein Amt innehatte, und danach war man alt, vom vielen Sitzen gekrümmt, von den vielen Geschichten benebelt, und wollte nirgendwo mehr hingehen.

21.

Barnabas letzte Stunde hätte lange noch nicht schlagen müssen, fünfundsechzig war in Gruma kein Alter, aber er war schwer krank. Seine Söhne hatten ihn ins Spital von San

Giorgio gebracht, wo man ihnen mitteilte, dass man für ihren Vater nichts mehr tun könne. Also holten sie ihn wieder nach Hause. Man hatte ihnen eine Anzahl Morphiumspritzen mitgegeben, aber nach ein paar Wochen ließ ihre Wirkung nach. Als die Schmerzen unerträglich wurden und Barnabas Beine den Körper nicht mehr tragen konnten, sagte er keuchend: »Holt den Kleinen!«

Barnaba wollte nicht, dass Walter zu nah an sein Bett trat. Er sollte auf seinem Stuhl sitzen bleiben. Die Schmerzen machten Barnaba das Reden zur Qual. Er legte immer wieder den Kopf in den Nacken, weil seine Nase blutete. Zu jeder vollen Stunde trat einer seiner Söhne ins Zimmer und spritzte ihm eine Dosis Morphium in den Oberschenkel.

»Dein Großvater, Giuè«, legte Barnaba mit schmerzverzerrtem Gesicht los, »du hast ihn nicht gekannt, der war eine Welt für sich, ein Haudegen sondergleichen! Was haben wir uns gestritten!«

Walter war nun schon viel erfahrener und gelassener. Er konnte die ungeheure Kraft spüren, die während der Geschichtenabnahme in die Sterbenden fuhr, selbst wenn sie schwach waren, Schmerzen hatten und ihre Atmung zusehends flach wurde, und er konnte diese Kraft zurückgeben. So schaffte es Barnaba, dem Kind von seinem Großvater Giuè zu erzählen. Der sei nie zum Scherzen aufgelegt gewesen, alle hätten Angst vor ihm gehabt. Und eine Mordskraft in den Armen habe der gehabt, er habe immer die größten Steine aus dem Acker geschleppt. Mit über vierzig sei er während des Krieges mit den Partisanen in die Berge gezogen. Die Faschisten hatten seiner jüngeren Schwester schmutzige Dinge angetan und die Deutschen seinen besten Freund umgebracht. Giuè sei danach von Hass und Rache besessen gewesen. Er habe es sich zur Aufgabe gemacht, mindestens einen Deutschen oder Faschisten pro Tag umzubringen.

Barnaba hatte keine Kraft, um Walter zu erklären, was es mit den Deutschen und den Faschisten genau auf sich hatte. Er winkte ständig mit der Hand ab, um anzudeuten, Walter solle nicht fragen, auch wenn Walter gar nicht vorhatte, irgendetwas zu fragen. Also quälte sich Barnaba weiter durch die Sätze, die zaghaft aus seinem Munde kamen. Als Trophäe war Giuè ein deutsches Militärfahrrad geblieben. Er hatte den jungen, aber stämmigen Soldaten eigenhändig vom Velo gezerrt und niedergestochen.

Nach dem Krieg hätten alle anderen in Gruma das Grauen und die Entbehrungen vergessen wollen und sich über das Leben freuen, Giuè hingegen sei grimmig geblieben.

»Zu jener Zeit hatte ich eine Liebe in San Giorgio«, seufzte Barnaba, »spätabends schlich ich mich in eure Scheune, dort, wo du angeblich geboren bist, und holte mir dieses Velo deines Großvaters. Ich riskierte damit Kopf und Kragen, aber ich wollte zu meiner Liebe. Ich radelte nach San Giorgio, legte mich zu ihr, küsste, umarmte sie und ... na, du weißt schon ... und schaffte es, noch vor Tageseinbruch wieder in Gruma zu sein, um das Velo zurückzustellen.«

Das sei immer gut gegangen, fügte Barnaba hinzu, Giuè habe nie etwas gemerkt. Eines Nachts aber sei er, Barnaba, in einer scharfen Kurve gestürzt, und das Velo habe ganz verbogen auf dem Asphalt gelegen. Wie das passieren konnte, war Barnaba unerklärlich, denn er kannte die Strecke inzwischen wie seine Westentasche. Hinter der Kurve lag wohl ein Stein auf der Straße, den er nicht gesehen hatte, und dass er nach dem Sturz selber noch heil war, sei ein Wunder gewesen. Er habe nur ein paar Kratzer an den Armen und auf der Stirn abgekommen, aber das Velo war dahin. Er habe kurz entschlossen den Blechhaufen auf seine Schultern genommen, sei den Hang hochgeklettert und habe das Velo in die tiefe Schlucht hinuntergeworfen.

Am nächsten Morgen habe Giuès Stimme ganz Gruma aus dem Bett geholt:

»*Porco di un cane*, mein Velo, wer hat mein Velo gestohlen?«

Er sei von Tür zu Tür gegangen, er habe die Männer aus ihren Häusern gezerrt, habe dem einen oder dem anderen sogar ins Gesicht geschlagen, aber niemand habe ihm sagen können, wo das Velo war.

»Er konnte so in Rage geraten, dein Großvater. Er hat auch mich am Kragen gepackt und angeschrien: Hast du mein Velo genommen? Ich habe natürlich nichts gesagt, er hätte mich umgebracht.«

Die Sache mit dem Velo habe Giuè nie vergessen. In den darauffolgenden Wochen und Monaten habe er immer wieder die Ställe und Scheunen durchsucht, sei in die Keller gestiegen und habe den Wald durchstreift.

»Die ganze Aufregung, das Geschrei und seine Mordskräfte haben ihm für einmal nichts genutzt, er hat sein Velo nicht zurückbekommen.«

Diesen letzten Satz sprach Barnaba voller Genugtuung aus. Er lachte sogar kurz, was ihm aber wieder das Blut aus der Nase trieb. Er drückte das Taschentuch auf das halbe Gesicht und sagte, das sei nur die Vorgeschichte gewesen. Walter habe seinen Großvater Giuè nicht gekannt, aber er habe bei ihnen zu Hause immer das Sagen gehabt. Seine drei Töchter hätten ihm, ohne mit der Wimper zu zucken, gehorcht, Fredo habe keine Widerrede gewagt, und die kleine Teresa sei ihrem Großvater möglichst aus dem Weg gegangen.

Viel früher, etwa bis zur Geburt von Teresa, lebte auch

Großmutter Maria noch, aber sie starb an einer heimtückischen Krankheit. Der Verlust seiner Frau habe Giuè noch grimmiger gemacht.

»Frag deine Tante Filina, er war nur noch zum Abendessen zu Hause und erst wieder spät in der Nacht. Die restliche Zeit verbrachte er auf dem Feld oder in der Osteria.«

Barnaba sprach nun hastiger, wie in einem fiebrigen Wettlauf. Das Blut war um die Nasenlöcher herum zu einer Kruste geronnen.

»Und dann kam das mit deiner Mutter, ihre Schwangerschaft, das war wirklich zu viel für ihn.«

Die meisten im Dorf hätten gemerkt, dass Elvira ein Kind erwartete. Sie war nicht verlobt und wollte nicht sagen, von wem es war. Niemand habe es gewagt, Giuè darauf anzusprechen. Er habe es eines Abends in der Osteria erfahren, beim Kartenspielen.

»Ich saß mit am Tisch. Der Merlo, Sciugar und Giuè spielten also Karten. Es herrschte wie immer diese Spannung. Giuè war ein guter Kartenspieler, konnte aber schlecht verlieren. An jenem Abend sei es gut für ihn gelaufen, er habe sogar gelacht und drei Runden spendiert. Der Merlo hatte fast alles verloren, es blieb ihm nur noch sein Fotoapparat. Er schäumte vor Wut. Plötzlich sagte er:

»Giuè, was hört man da, du wirst jetzt also wieder Großvater.«

Giuè, der schon ein paar Gläser zu viel geleert hatte, sei Merlo an den Kragen gesprungen und habe ihm mit der Faust die eh schon rote Nase blutig geschlagen. Das sei erst der Anfang gewesen.

»Und weißt du, was ich getan habe? Ich bin zu euch nach Hause gerannt und habe den Frauen gesagt, sie sollen Elvira wegschicken, Giuè bringe sie sonst um, er habe schon die Axt in der Hand!«

Filina habe Elvira am Arm gepackt, sie aus dem Haus gezerrt und zur Fattoria Grande gebracht.

»Du verdankst mir dein Leben, mein Kleiner!«, seufzte Barnaba mit leichtem Kopfschütteln, um die Nase vom neuen Blut zu befreien, »erinnere deine Tante gefälligst daran!«

Kaum waren die Frauen aus dem Haus geflüchtet, sei Giuè tatsächlich mit einer Axt aufgetaucht. Er habe die Tür aufgetreten, sei ins Haus gestürmt und habe begonnen, alles zusammenzuschlagen, was ihm unter die Finger kam.

»Er hat mich nicht einmal gesehen, dieser unverbesserliche Choleriker, so in Rage war er.«

Zurück von der Fattoria Grande, habe sich Filina mit Luana und Teresa in der Scheune eingesperrt. Giuè habe wie ein Besessener gegen die Tür getreten. Nach einer Weile habe er es aufgegeben und sei in die Osteria zurückgekehrt, um sich weiter volllaufen zu lassen.

Fortan war die Osteria auch der Ort, an dem er sich die meiste Zeit aufhielt. Niemand durfte ihn ansprechen, nicht einmal anschauen sollte man ihn. Er saß in einer Ecke, trank und trank, murmelte etwas vor sich hin und hielt sich den Kopf, als würde dieser zerspringen.

An dieser Stelle musste Barnaba eine längere Pause einlegen. Einer seiner Söhne trat mit der Spritze ins Zimmer, aber Barnaba sagte: »Nein, nicht mehr!«

Dann schwieg er eine Weile. Jetzt floss ihm auch Blut aus den Ohren.

»Ich bin gleich fertig, verdammt!«

Er holte tief Luft und setzte zum Endspurt an.

Nach zwei, drei Monaten, als ihr Bauch schon ganz rund war, sei Elvira nach Hause zurückgekehrt. Giuè habe sie mit der immer gleichen Axt in der Hand erwartet, aber Filina habe ihm eine zweite Axt entgegengehalten. Das sei dem wie um Jahre gealterten Giuè eine Schmach zu viel gewesen. Er sei wie eine leere Hülle zusammengesackt und habe fortan nichts mehr gesagt.

»Filina und Fredo mussten ihn jeden Abend aus der Osteria holen, weil er nicht mehr vom Tisch aufstehen konnte. Eines Abends, etwa einen Monat vor deiner Geburt, wollte er den Kopf, der neben einer umgestürzten Weinflasche lag, einfach nicht mehr hochheben. Fredo rüttelte an ihm, und Giuè fiel mit offenem Mund zu Boden. Er war tot.«

Dann sagte Barnaba, er hätte kurz danach Elvira gefragt, ob er sich um sie kümmern dürfe.

»Niemand wollte sie mehr, ich hätte sie genommen, aber sie hat Nein gesagt, ich sei zu alt. Ich hätte auf dich aufgepasst, Kleiner, sag es deiner …«

Barnabas Gesicht war mitten im Wort festgefroren. Er sank in sich zusammen, als hätte man ihm das Rückgrat aus dem Körper gezogen.

22.

Barnabas Erzählung ließ Walter ganz ermattet zurück. Was er über seinen Großvater erfahren hatte, eine Geschichte, die ihm sonst niemand, weder die Tanten noch seine Mutter, erzählen wollte, ließ ihn nicht mehr los.

Barnabas Söhne, das übliche Essen, die beiden Tanten vor der Tür, Walter ließ alles über sich ergehen. Zu Hause angekommen, hätte er gern seine Mutter und die Tanten gefragt, weshalb sie nie von Nonno Giuè sprachen, weshalb Zia Filina die wenigen Fotos des Großvaters weit hinten in einer Schublade versorgt hatte, weshalb seine Mutter Barnaba nicht hatte heiraten wollen, was mit diesen Partisanen und deutschen Soldaten los war, all das hätte er wissen wollen, aber er durfte nichts von der Geschichtenabnahme preisgeben, also fragte er auch nicht.

Barnabas Stimme klang aber besonders laut in seinem Kopf nach, und den Geruch von Tod bekam er diesmal fast nicht mehr aus der Nase.

Er blickte fortan seine Mutter mit anderen Augen an. Etwas hatte sich nach Barnabas Geschichte verschoben.

Elvira hatte sich damit abgefunden, dass ihre beiden Schwestern ihr das Aufziehen des kleinen Nerì abgenommen hatten. Die Betreuung eines Geschichtenabnehmers war eine sehr anspruchsvolle Aufgabe, zu der sie Elvira von Anfang nicht für fähig gehalten hatten. Deswegen vielleicht hatte Filina nie geheiratet und Luana nur ein Kind gehabt. Schon als junge Frauen hatten beide nicht besonders schöne Gesichter, Filina schlimmer als Luana, markiges Kinn und hervorstechende Backenknochen, Gesichter, die Sonne, Wind und Regen standhielten, aber nicht zum Anschauen waren.

Elvira hingegen stach heraus, ein Wunder fast. Schwarze, mandelförmige Augen, rund geformter Körper, viel, aber wirklich viel schlankere Hüften als ihre beiden älteren Schwestern und eine so rosadünne Haut, die sich an der Sonne sofort rot färbte. Doch was nützte ihr die Schönheit. Ihr Leben war gezeichnet. Mancher hatte ein Auge auf sie geworfen, aber auf eine Frau, die ein uneheliches Kind hatte, so schön und anmutig sie auch sein mochte, ließen sich die Männer von Gruma nicht ein. Barnaba wäre eine Ausnahme gewesen, das wusste nur Elvira selbst, und Walter hatte es nun auch erfahren.

Elvira hatte sich immer mehr zurückgezogen. Sie gab sich ganz ihrer einzigen Leidenschaft hin, dem Schneidern. Sie nähte stundenlang im dämmrigen Licht des Hauses. Sie hatte keinen Schneidertisch, aber Fredo hatte ihr eine alte Nähmaschine aus San Giorgio mitgebracht. Sie entwarf und fertigte eigenständig Kleidungsstücke an. Sie besaß unterschiedlich große Nadeln, meterlange Fäden und Stoffe in allen Farben. In einer Schachtel voller Knöpfe suchte sie nach den passenden für die Manschetten der Hemden. Viele Frauen aus Gruma brachten Hemden und Hosen ihrer Männer, dass Elvira sie anpasste. Sie nähte, indem sie ihre Augen woandershin richtete, dorthin, wo Teresa sich die Haare glatt strählte und Walter Zio Fredos Bücher durchblätterte.

Sie arbeitete geduckt und schien in ihren Händen nach etwas zu suchen, was sie sonst im immer gleichen Alltag nicht fand. Beim Nähen waren ihre Finger flinke Tierchen, mit denen Walter am liebsten gespielt hätte. Aber nichts konnte Elvira in ihrer Arbeit stören, nicht ihr Sohn, nicht der laut aufgedrehte Fernseher, nicht einmal ihre beiden Schwestern, wenn sie mit Besen und Eimer durchs Zimmer rumpelten.

Inzwischen kamen Kunden auch aus San Giorgio zum Maßnehmen. Manchmal, wenn es eine kurze Sache war, warteten sie in der Küche oder nahmen vor dem Kamin Platz. Filina legte Holz nach, und Luana bot ihnen Kaffee und Likör an. Sie plauderten lebhaft, und wenn einmal Walter zugegen war, schwiegen sie verlegen und wandten den Blick von ihm ab. Vielen Leuten war der Geschichtenabnehmer nicht geheuer, weil sie das Gefühl hatten, er könne in ihr Inneres sehen. Zia Filina schickte ihn nicht weg. Im Nebenzimmer hörte man die Nähmaschine rattern. Die Kundinnen warteten schweigend, bis Elvira fertig war.

Dann begann Elvira, Hochzeitskleider zu schneidern. In kurzer Zeit hatte sie sich spezialisiert. Sie verstand es, jedes Stück Stoff in Schönheit zu verwandeln. Die jungen Bräute kamen, um die halb fertigen Kleider anzuprobieren. Sie standen vor dem Spiegel und fragten Luana oder Filina, ob das Kleid ihnen stand. Sie waren so aufgeregt, dass sie keine Notiz von Walter nahmen. Elvira selber sagte nichts. Sie saß daneben, die Nadeln zwischen die Lippen gepresst und mit Schweißperlen auf der Stirn. Die jungen Frauen schauten sich im Spiegel an, fuhren mit den Händen über den Stoff, als wäre er eine neue Haut. Waren sie zufrieden, hüllte Elvira das frisch genähte Kleid in dünnes Papier ein und legte es auf den Tisch. Filina zog das Geld ein und verabschiedete die Kundinnen.

Elviras Hochzeitskleider waren sogar über San Giorgio hinaus gefragt, aber das änderte nichts an ihrer Wehmut. Walter sah zu, wie seine Mutter von Tag zu Tag einsamer wurde, wie alle Wärme aus ihren Augen wich, wie sie Gespräche mit sich selbst führte und dabei mit dem Finger über den Stoff strich. Manchmal nahm sie Walter zur Seite und flüsterte ihm zu:

»Wir zwei sollten wegziehen.«

Es war ein kurzer Moment der Auflehnung, als würde sie unerwartet aus ihrer Resignation herausfinden, und Walter merkte, wie ihre Schönheit vor Kummer verwelkte.

Darüber war Walter aber keineswegs betrübt. Er ließ sich wie in einem Schwebezustand von den zwei Tanten durch den Tag treiben. Im Sommer, wenn die Fenster offen standen und er draußen unterwegs war, hörte er von Weitem ihre Stimmen, die ihn vor diesem oder jenem warnten und jeden Abend, wo immer er sich auch befand, zur selben Zeit nach Hause riefen.

Wenn er im Haus seiner Mutter begegnete, sah er sie an, als

wäre sie eine Fremde. Sie stand vor ihm und fragte: »Warst du heute artig?« Sie fragte nie, bei wem er gewesen war, als wollte sie sich in ihrer Ohnmacht nicht eingestehen, ein Kind zu haben, das ihr für immer ein Rätsel bleiben würde.

Am Sonntag ging sie nach San Giorgio ins Kino. Allein. Das war ihre zweite Leidenschaft geworden. Sie saß immer in der ersten Reihe. Walter wollte mitgehen, aber sie sagte: »Sie holen dich womöglich mitten aus dem Film heraus, bleib besser hier.«

Elvira allein im Kino, das sprach sich herum. Man berichtete bis nach Gruma, sie starre die ineinandergeknoteten Paare an und weine dabei.

Dafür durfte Walter mit seinem Onkel Fredo ins Kino. Dieser hatte keine Bedenken, mit dem Neffen alle möglichen Filme zu sehen. Einige flößten Walter Furcht ein, andere vermochten ihn regelrecht zu verzaubern. Er saß da, an den Fingernägeln kauend, und wartete zitternd auf den Beginn der Vorstellung. Wenn das Licht ausging, das im Saal plaudernde Publikum verstummte, der Projektor angeworfen wurde und auf der Leinwand der Löwe brüllte, versank Walter in eine andere Welt. Er nahm Zio Fredos Hand und hielt sie fest. Die andere Hand krallte sich in den Stoffsessel. Zio Fredo ließ seinen Neffen gewähren und teilte mit ihm diesen erstaunten Blick und das wilde Glücksgefühl, das Walter nirgends sonst spürte. Zio Fredo hatte mit dem Kinobetreiber vereinbart, dass Walter, wenn er selbst im Hotel Dienst hatte, im Kinosaal sitzen bleiben und denselben Film mehrmals hintereinander sehen durfte. Er holte ihn nach ein paar Stunden wieder ab. Walter wartete mit leer gefegtem Kopf neben der Kasse.

Nach dem Kino überhäufte Walter seinen Onkel mit Fragen. Weshalb die Indianer das Bleichgesicht hatten laufen lassen, ob die Wolkenkratzer jener Stadt, Nuiorche, dem Erdbeben standhalten würden, ob je einmal ein Raumschiff über Gruma fliegen würde. Zu Hause ging es so weiter, er erzählte die Filme seiner Mutter und seinen Tanten, nahm den Besen und zeigte ihnen, wie er dem schrecklichen weißen Hai die Augen ausstach. Er war tagelang damit beschäftigt, die Szenen nachzuspielen. Sein Körper spielte allein, er musste nichts denken. Irgendwann bekam er dann genug davon und ging wieder nach draußen.

23.

La Fran musste mehr und mehr ihrem Vater in der Osteria helfen, aber sie fand immer noch Zeit, die Kinder anzuführen. Sie schleppte ihre Schwester Sibilla mit und versäumte es nie, Walter abzuholen. Manu war nicht immer dabei. Don Pietro sagte, er müsse Klavier üben, und ließ ihn nicht nach draußen.

Gruma war regelrecht vernarrt in seine Kinder. Man nannte sie *creature*, und damit meinte man nicht nur, dass sie Teil waren von dem, was man in Gruma unter Schöpfung verstand, sondern vielmehr, dass sie der Schöpfung gleichzustellen waren.

In früheren Zeiten hatte jede Familie damit rechnen müssen, krankheitsbedingt ein Kind oder mehr zu verlieren. Das hatte die überlebenden umso wertvoller gemacht. Sobald aus einem Haus der erste Säuglingsschrei erklang, wurde gefeiert und gejubelt, ähnlich wie bei den Beerdigungen. Tod und Geburt lagen in Gruma sehr nah beieinander. Die Neugeborenen wurden in den Häusern herumgegeben und von allen wie kleine Trophäen liebkost und bestaunt. Filina hatte sich allerdings geweigert, ihren Walter herumzugeben. Sie hatte behauptet, der Kleine sei zu zierlich für solche Strapazen. Ihre übertriebene Sorge um ihn hatte im Schuppen begonnen, als sie die Nabelschnur durchgeschnitten hatte, und sollte für immer anhalten.

Wurde einmal eine Frau trotz der ehelichen Bemühungen nicht schwanger, versammelte sich das ganze Dorf vor ihrer Tür, Männer wie Frauen und auch Kinder, La Fran zuvorderst. Sie trommelten laut auf alten Blechtonnen und Pfannen herum. Walter stand etwas verloren da, den Körper windschief in der Menge, und versuchte sich mit den Armen einen Weg nach vorne zu bahnen. Die Tanten hatten ihm einen Pfannendeckel mit einer Schnur um den Hals gehängt und eine Kelle in die rechte Hand gedrückt. Walter trommelte schüchtern, aber auch stolz darauf, mit von der Partie sein zu dürfen.

Manchmal half die wilde Lärmerei, manchmal nicht. Wurde eine Frau partout nicht schwanger, sagte man *mula* zu ihr, Maultier. Gruma brauchte die Kinderschar, denn ihr oblag die Aufgabe, den auserwählten Geschichtenabnehmer, der meistens ein krankheitsanfälliger Sprenzel war, bis ins Jugendalter zu beschützen.

Genau deswegen war jede *creatura* ein Heiligtum, und die Kinder genossen absolute Narrenfreiheit. Bis zum fünften oder sechsten Lebensjahr spielten sie in allen Ecken von Gruma Fußball, liefen die Straße auf und ab und tobten bis tief in die Sommernacht auf der Piazza vor der Kirche herum. Hatten sie das siebte Altersjahr erreicht, begannen sie Grumas Umgebung zu erkunden.

Ohne La Fran wäre Walter ein Einzelgänger geblieben. Sie nahm sich seiner an. Aber für ihn, der an Asthma litt, der ungeschickter, kleiner und schmaler als alle anderen Kinder war, sollte es ein Kraftakt werden, ihre Abenteuer mitzumachen, denn sie scheuten keine Gefahr. Die Treibjagd von Pugnos Eber war nur eine unter vielen Mutproben gewesen. Keines der Kinder war so dreist wie La Fran. Sie war die Einzige, die, ohne mit der Wimper zu zucken, sich in den Brennnesseln wälzte, bis die Haut rot entflammte. Dann stand sie auf, kämpfte gegen die Tränen und rief: »Wer kann mir das nachmachen?«

Die Kinder senkten den Kopf und schwiegen.

»Also macht ihr, was ich sage«, rief La Fran und verteilte Spucke auf die geröteten Stellen an ihrer Haut, »und wir passen auf Walter auf!«

Von La Fran angeführt, folgten die Kinder dem Urvertrauen, in jeder Situation unbeschadet davonzukommen. Es gab keine Felswand, die sie nicht erklommen, keinen Bach, in den sie nicht bis zum matschigen Grund untertauchten, keinen Teich, den sie nicht durchschwammen, und wenn sie eine Viper sahen, packten sie sie beim Kopf und schauten ihr direkt in die Augen. Walter nahmen sie überallhin mit, oft mussten sie ihn tragen, weil ihm das Asthma den Hals zuschnürte und er nicht mit ihnen Schritt halten konnte, aber sie ließen ihn nie im Stich.

Nicht einmal vor den Blitzen machten die Kinder halt, und dort war Walter für einmal derjenige, der bis zuletzt furchtlos blieb, denn im Gewittergetöse war er in seinem Element. Grumas Erwachsene behaupteten, der Blitz würde regelrecht nach den Kindern suchen, wolle sie treffen und verglühen lassen, aber Walter war dem Blitz immer einen Schritt voraus. Er zeigte den anderen Kindern, wo sie stehen sollten und wann sie einen Schritt nach rechts oder nach links gehen mussten. Sie machten es ihm nach, sogar La Fran zeigte sich im Gewitter unterwürfig, während der Wind an ihren Kleidern zerrte und ihre Haare durchfuhr.

Überall, wo sie waren, halfen und warnten die Kinder einander. Einmal war Walter mit dem Kopf in den Treibsand geraten und hatte blind um sich geschlagen. Schon waren Manu und La Fran zur Stelle und zogen ihn heraus.

In Gruma sagte man, die Kinder hätten mehr als sieben Schutzengel. Diese Gewissheit machte sie noch übermütiger. Und weil die Erwachsenen wussten, dass die Schutzengel rasch aufgebraucht sein würden, erzählten sie den Kindern Schauergeschichten. Die Kinder zeigten sich beeindruckt, einzig Manu und La Fran spotteten darüber. Die furchterregendsten Erzählungen kamen einmal mehr aus dem Mund von Zia Filina. Sie versammelte die Kinder am liebsten in der Scheune und erzählte ihnen von der grauhaarigen Marchesa, die, ihren abgehackten Kopf unter dem Arm haltend, in der Nacht nach Kindern suchte, die ihr für eine Weile die Last des Kopfes abnehmen sollten. Oder von der *Bambina Elmina*, die von einem Bösewicht bei lebendigem Leib durch ein Loch in den Felsen gesteckt und zugemauert worden war und ihren eigenen Augapfel kauend nach den Kindern rief, um sie herzulocken und zu sich in den Felsen zu holen. Oder noch schlimmer vom Einbeinigen, der sich nachts in die Häuser schlich, um die Kinder in ihren Betten zu ersticken. Filina hielt Walter auf ihrem Schoß und ermahnte die Kinder. Wenn sie nicht auf ihren kleinen Nerì aufpassen würden, würden ihnen all diese schrecklichen Dinge zustoßen. Manu und La Fran musste sie rausschicken, weil sie unbeeindruckt zu den Geschichten lachten und vielleicht gerade dadurch zu verbergen versuchten, dass ihnen doch etwas unwohl war. Die anderen Kinder saßen da wie erstarrt.

Walter hingegen lächelte sanft, denn für ihn waren die Schauergeschichten harmlose Märchen. Er kannte ja den Tod. Den anderen Kindern war der Zugang zu den Totenzimmern verwehrt, weil die Alten nach dem letzten Atemzug einen ganz kleinen Kopf bekamen und einen Gesichtsausdruck hatten, der bis in die Knochen fuhr. Walter hingegen nahm diesen leeren Blick als ein unschuldiges Kinderstaunen wahr, das langsam verlosch, wie ein kleines Auflachen, das endgültig verhallte, sobald sich die Totenmaske auf das Gesicht des Verstorbenen legte.

24.

Schauer- und Abenteuergeschichten wechselten sich ab, tagsüber erzählte Zia Filina, abends Zio Fredo, wie in einem Wettkampf. Beim Sprechen verzog Zia Filina die Mundwinkel, sodass Walter ihre gelben Zähne sehen konnte. Ihre Augen glühten. Zio Fredo wartete, bis es im Haus ruhig wurde. Er nahm ein Buch aus dem Regal und schob seine Brille nach vorne. Ein weiteres Wunder, von dem er seinem Neffen ausgiebig erzählte, war das Meer. Fredo stand mit dieser Sehnsucht ziemlich allein da. Obwohl das Meer gar nicht so weit entfernt war – man musste nur den Hang bis zum Bivio und dann den Pass, der sich in Kurven über die Hügel zog, hinunterfahren, nicht mehr als zwei Stunden dauerte die Reise –, schien Grumas Bergvolk, allen voran Zia Filina, das Meer schon immer unvorstellbar weit entfernt zu sein. Nur wenige waren dort gewesen, Don Pietro, der auch Manu mitgenommen hatte, natürlich Sciugar, einmal auch Beppo. Zio Fredo hielt sich bedeckt. Er besaß aber Postkarten, die er in San Giorgio von den Hotelgästen erhalten hatte und auf denen das weite Blau zu sehen war. Er zeigte sie Walter. Zia Filina nahm sie ihm weg. Sie behauptete, in Gruma habe man nie Sehnsucht nach der Ebene verspürt und Walter müsse davon verschont bleiben.

Sciugar schien am besten über das Meer Bescheid zu wissen. Wenn er abends, unter der Platane, davon schwärmte, scharten sich die Jungen um ihn. Er erzählte ihnen von den hübschen Frauen, die sich freizügig der Sonne hingaben. Zur Verdeutlichung holte er den Kalender aus seinem kleinen Friseursalon. An gewissen Tagen, wenn Don Pietro auftauchte oder Zia Filina Walter zum Haareschneiden vorbeibrachte, musste Sciugar den Kalender abnehmen. Monat für Monat war dort eine Schönheit zu sehen, die sich in Bikini oder sogar nackt auf Booten oder Flößen rekelte. Sciugar erklärte, am Strand könne man genau solche Schönheiten antreffen. Diese Vorstellung trieb manchen Jungen das Fieber in den Kopf. Für sie waren die abgebildeten Frauen Nymphen, Liebesgöttinnen, wodurch das Meer etwas Verführerisches bekam. Sobald die Sache mit den halb nackten Körpern sich erschöpfte, fand Sciugar aber keine passenden Worte mehr, um zu beschreiben, warum das Meer einen Zauber in sich trug und mit dem Donnern der Wellen gleichzeitig seine Macht zur Schau stellte.

Für Walter wirkten die Berichte vom Meer märchenhaft und ungeheuerlich zugleich. In einem Buch von Zio Fredo hatte er die Abbildung des riesigen Moby Dick entdeckt. Zio Fredo hatte ihm auch die Geschichten von Kapitän Nemo, der es mit allen möglichen Meeresmonstern aufnahm, darunter eine Riesenkrabbe, erzählt. Das Schlimmste war aber *Der weiße Hai*, der Film, den Walter mehrmals im Kino, hauptsächlich durch die Spalten seiner Hand, gesehen hatte.

Die anderen Kinder hatten eine andere Vorstellung vom Meer, es war etwas Fernes, Unbestimmtes. La Fran spottete darüber. Das tat sie immer, wenn sie etwas nicht kannte oder nicht erklären konnte. Manu hingegen blieb schweigsam, als wäre die Tatsache, dass er mit seinem Onkel Don

Pietro das Meer gesehen hatte, ein Verrat an den anderen. La Fran behauptete, es sei ohnehin nicht nötig, bis zum Meer zu fahren. Sie führte Walter auf den Hügel hinter der Madonna-Kapelle, von wo man, so behauptete sie, bei schönem Wetter bis ans Meer sehen konnte. Sie prahlte, sie sei die Einzige, die so weit sehen könne. Die Erwachsenen gaben sich nicht die Mühe, nachzusehen, ob es tatsächlich stimmte, vielleicht waren es einfach nur Nebel und Dunst, die sich weit unten auf die Ebene legten. Die Kinder hingegen überhäuften La Fran mit Fragen, wollten, dass sie ihnen mit dem Finger zeigte, wo genau dieses berüchtigte Meer war.

Zio Fredo brachte einmal den Nachbarn Rino, der unter stechenden Gelenkschmerzen litt, ans Linderung versprechende Meer. Er setzte ihn auf den Hintersitz seiner Lambretta. Luana musste eine Schnur um die beiden binden, damit Rino nicht herunterfallen konnte. Dann fuhr Fredo los. Walter und die anderen Kinder rannten ihnen ein Stück hinterher und wollten noch nicht wahrhaben, dass sie als Erwachsene die Begeisterung fürs Unbekannte aufgeben würden.

Als die beiden am Abend zurückkamen, warteten Zia Filina und ein paar Neugierige gespannt vor der Kirche. Manche applaudierten, andere schüttelten den Kopf, wieder andere musterten Rino von Kopf bis Fuß, als suchten sie Spuren, die das Meer bei ihm hinterlassen hatte. Sie wollten wissen, wie es gewesen war.

»Nichts Besonderes«, antwortete er, »viel Wasser und eine Menge träger Leute, die den lieben langen Tag auf Liegen ausgestreckt verbringen oder die Füße ins Wasser halten. La Fran hat recht, hier haben wir es besser.«

Er fügte hinzu, das Meer habe ihn irgendwie an die Gewitter erinnert, die im Spätsommer über Gruma wüten, das pausenlose Tosen, das Möwengeschrei. Man fragte ihn, wie es um die Gelenkschmerzen stand.

»In der Tat etwas besser«, musste Rino zugeben.

»Dem Kleinen täte das Meer gut, gegen den Husten und das Asthma«, nutzte Zio Fredo die Gelegenheit, aber Filina wollte nichts hören. Ihr reichte, dass Rino gesagt hatte, beim Betrachten der Weite hätte er sich klein und unbedeutend gefühlt.

25.

Nachdem Walter zehn Jahre alt geworden war, musste Zia Filina aber über ihren Schatten springen und ans Meer fahren. Den ganzen Winter und Frühling lang hatte Walter so sehr an Asthma gelitten, dass er in manchen Nächten blau angelaufen war und zu ersticken drohte. Zia Filina hatte tage- und nächtelang neben dem nach Luft ringenden Bub gesessen. Fredo hatte mehrmals gesagt »Lass mich ihn ans Meer bringen, das wird helfen«, und nachdem eines Nachts Walter aus Sauerstoffmangel kurz weggetreten war, gab sich Zia Filina geschlagen. Aber sie wollte es selbst in die Hand nehmen. Bevor man ans Meer ging, behauptete sie, sei eine Pilgerwanderung zur Kapelle der Sant' Eterna, fast zuoberst auf dem Monte Grasso, notwendig.

Sie packte einen Rucksack, nahm Walter an die Hand, und sie zogen los. Nach Sant' Eterna ging man ohne Schuhe. Der Fußmarsch dauerte mehr als vier Stunden. Am Schluss hatten Tante und Neffe aufgeschürfte Fußsohlen, zwischendurch musste sie das Kind tragen, aber die Mühen hätten sich gelohnt, meinte Zia Filina, denn Sant' Eterna habe

Walter dermaßen liebevoll angeschaut, dass das Meer keine Bedrohung mehr sei und das Asthma bald daran ersticken würde.

Kurz darauf folgte die Woche am Meer. Es war August. Vor der Abreise hatte Zia Filina eine handgeschriebene Mitteilung an den Stamm der großen Platane vor Beppos Osteria geheftet: »Walter muss ans Meer! In dieser Woche darf niemand sterben!«

Zia Filina nahm auch Teresa mit, damit sie ihr helfen könne, auf Walter aufzupassen. Teresa war siebzehn, sie war schmal, in die Höhe geschossen, hatte Haare fast so schwarz wie Walter und wenig Lust, ihre Tante und den Cousin zu begleiten. Fredo hatte ihr zum Trost einen Fotoapparat mitgegeben.

Die sieben Tage am Meer folgten einem strengen Plan. Zia Filina wollte dafür sorgen, dass Walter möglichst viel Jod einatmete, denn, wie sie gehört hatte, darauf kam es an. So saß Walter bereits um sechs, als der Strand noch menschenleer war, im Sand. Teresa knipste Fotos. Es gibt ein Bild, auf dem man Walter unter dem Sonnenschirm sitzen sieht, und ein anderes, wo er zwischen spielenden Kindern steht und ins Leere blickt. Teresa trug einen dunkelgrünen Badeanzug mit roten Tupfen. Sie durfte sich nicht allzu weit vom Sonnenschirm entfernen und nur alle zwei Stunden kurz ins Wasser gehen.

Was im Laufe eines jeden Morgens passierte, war für Walter ein Ereignis. Mit den Leuten, die nach und nach an den Strand strömten, füllte sich alles um den Sonnenschirm herum mit Stimmen. Um zehn war der Strand zum Bersten voll. Überall Kinder, die Fußball spielten, Sandburgen bauten oder Muscheln sammelten, Jünglinge, die wegen Teresa Zia Filinas Sonnenschirm belagerten, und jüngere Frauen, die ebenfalls Kinder hüteten und bei Zia Filina für einen Schwatz haltmachten. Aus Radios tönte Musik. Walter kam nicht aus dem Staunen heraus. Er stand da und horchte dem Stimmengewirr, das sich nicht in seinem Kopf, sondern um ihn herum ausbreitete, sich mit dem schäumenden Schlagen der Wellen vermischte und mit dem Wind, der nie abflaute und Tante Filinas Kleid hochflattern ließ.

Er machte sich ein Spiel daraus, die einzelnen Stimmen aus dem Gewirr herauszufiltern, die dann abwechselnd für eine Weile den Part der Solostimme übernahmen. Zio Fredo hatte ihm einmal die Geschichte der Sirenen, die den Abenteurer Odysseus in ihren Bann ziehen wollten, vorgelesen. Vielleicht waren unter den vielen Stimmen, die vom Meer kamen, auch jene der Sirenen? Auf jeden Fall konnte sich Walter am Meer leichter aus seinem Kopf herausziehen. Und in seinem Staunen und Horchen versunken stand er natürlich im Weg, weil er im Zeitlupentempo herumspazierte oder sich nicht von der Stelle rührte, sogar um die Mittagszeit, wenn die Leute mit nackten Füßen über den glutheißen Boden hüpfen mussten. Einmal trampelte er aus Versehen auf eine Sandburg. Ein kräftiger blonder Lockenkopf erhob sich und rammte ihm die Faust ins Gesicht. Walter fiel benommen um. Er stand auf und schaute, vor Schmerz und Hitze hechelnd, seinen Angreifer an. Der andere, immer noch in Kampfposition, äffte ihn nach.

Dann erklang Zia Filinas Solostimme:

»Walter, was ist? Komm sofort hierher!«

Walter hielt sich die schmerzende Backe und rannte zu seiner Tante, die den ganzen Tag in ihrem geblümten Flanellkleid unter dem Sonnenschirm saß.

»Was hast du dort gemacht? Du musst jetzt tief einatmen, riechst du das Salz? Das tut dir gut. Aber was hast du, du blutest ja.«

Tante Filina griff nach einer Ecke ihres Kleides, benetzte es mit etwas Speichel und wischte das Blut von Walters Nase.

Gegen Nachmittag band Filina sich ihr Kopftuch um. Sie hielt die rechte Hand wie einen Schirm über die Augen, um nach Teresa und Walter Ausschau zu halten. Ab und zu senkte sie die Hand und schaute dem Meer herausfordernd ins Gesicht.

»Komm, iss, die Merenda ist fertig.«

Ins Wasser durfte Walter nicht, nicht einmal in Begleitung von Teresa. Das Eintauchen im Teich konnte Zia Filina noch ertragen, das Meer aber war ihr zu mächtig, uferlos, sie sagte, dort würde ihr Nerì verloren gehen.

Zurück vom Meer, erzählte Walter Zio Fredo, er habe die Stimmen der Sirenen gehört. Teresa ließ die Fotos in San Giorgio entwickeln. Als sich herumsprach, Fredo habe die Bilder vom Meer in die Osteria gebracht und La Fran habe sie an die Wand gehängt, kam der Merlo sofort vorbei. Er betrachtete sie mit misstrauischem Blick, während seine Nase röter und röter wurde, bis er verkündete, dass diese Fotos nicht echt sein konnten, gemalt vielleicht, aber nicht mit einem Fotoapparat gemacht. La Fran ließ sie noch eine Weile hängen, bis sie niemand mehr beachtete.

Nach dem Aufenthalt am Meer, oder war es eher der heiligen Eterna zu verdanken, ging Walters Asthma tatsächlich zurück. Er konnte jetzt wie die anderen Kinder herumrennen, ohne dass er sich nach kurzer Zeit mit blauen Lippen und nach Luft schnappend hinlegen musste.

26.

Nach all den Jahren fern von Gruma überkommt Walter an manchen Abenden immer noch die Sehnsucht nach dem Aufgehobensein, das er bei der Geschichtenabnahme erlebte.

Er flüchtet sich dann in die Kneipe. Er setzt sich ans äußere Ende des Stammtischs und trinkt ein Bier. Die anderen Männer sind nicht seine Freunde. Walter hat keine Freunde, weder in der Fabrik noch in der Kneipe. Er wechselt nur ein paar Sätze mit ihnen. Sie selber reden auch nicht viel, erst wenn sie genug getrunken haben. Ein paar von ihnen arbeiten in derselben Fabrik. Sie haben den anderen gesagt, Walter sei ein seltsamer Kerl, aber eigentlich ganz in Ordnung.

Heute zeigt Walter ihnen den Brief von La Fran. Er sagt, er überlege sich, in sein Heimatdorf zurückzukehren. Die Männer schauen mit geneigtem Kopf schräg von unten auf den Brief. Erst als sie über ihren Gläsern ins Plaudern geraten, rücken sie etwas näher. Sie wollen wissen, wo Walters Heimatdorf ist.

»Ziemlich weit weg«, sagt Walter, selber darüber erstaunt, wie wenig er in all den Jahren von sich preisgegeben hat.

So oft hat er ihnen zugehört, wie ein hungriger Vampir Geschichten aus ihnen herausgesaugt und gleichzeitig zugeschaut, wie sie die Gläser klirrend aneinanderstoßen und sich zuprosten. Ihre Stimmen wirken dann wie Fresszellen, die den alten Ballast in Walters Kopf wegfegen. Er schaut schielend zu, wie sie den Schnaps in einem Zug herunterkippen, wie sie die kleinen Gläser zwischen den Fingern hin und her drehen, wie sie dann zu den Biergläsern greifen. Sein Blick hat ihre Gesichter immer nur gestreift. Heute schaut er ihnen in die Augen. Sie wenden sich ab.

»Hab Gott vor Augen, nicht dieses Teufelszeug«, ermahnte ihn Don Pietro, als Walter ihm im Beichtstuhl von den toten Gesichtern, die er sah, erzählte. »Hab Gott vor Augen«, auch als er versuchte, dem Priester das Kribbeln zu beschreiben, das er beim Betrachten von Sciugars Nymphenkalender wie einen Ameisenschwarm zwischen seinen Beinen spürte.

Jetzt, in der Dorfkneipe, sieht er sie wieder, die toten Gesichter, jetzt richtet er seinen ungerührten Blick auf sie. Um das unwohle Gefühl zu vertreiben, geraten die Männer früher als sonst ins Plaudern. Lieber wäre er im Gefängnis als zu Hause mit seiner Frau, sagt einer, der plötzlich nasse Augen hat. Ein anderer zieht sich die Mütze über das Gesicht, aus Scham, seinen eigenen Sohn aus dem Haus vertrieben zu haben. Einer schaut grimmig in sein halb volles Glas, das seine Einsamkeit spiegelt. Der Jüngste unter ihnen kaut an einem kalten Stumpen und sagt nichts.

Walter hört zu, macht sich ein Spiel daraus, ihre Gesichter zu mustern. Er schließt für eine ganze Weile die Augen. Als er sie wieder öffnet, starren die Männer stumm vor sich hin. Aus dem Radio ertönt *La vie en rose* von Edith Piaff. Einer dreht das Glas im Rhythmus der Musik. Sie haben genug Bier getrunken, um die Serviertochter mit ihren Blicken und Zurufen zu bedrängen.

»Vor La Fran würdet ihr zittern wie Lämmer«, ruft Walter dazwischen.

Die Männer wollen wissen, wer La Fran ist. Walter sagt, sie habe diese komplizierte Schönheit, übergroße Augen, einen breiten Mund, schmales Kinn, eine tiefe Stimme. Sie würde hier jedem von ihnen das Bier über den Kopf leeren. Die Männer johlen. Walter steht auf, geht zur Toilette, wäscht sich Gesicht und Hände und kehrt an den Tisch zurück.

Das sei sein letzter Tag als freier Mann, meint der älteste unter den Männern. Seine Augen wirken durch seine dicke Brille hindurch wie zwei Birnen. Morgen müsse er ins Altersheim. Das habe seine Tochter so bestimmt, weil er immer mehr vergesse, die Dinge verlege und nicht mehr finde und sie deswegen die ganze Zeit anrufen müsse. Eigentlich hätte er vorgehabt, die Flucht zu ergreifen. Er wäre gern irgendwo in den Süden gefahren. Er sei lange Zeit als Witwer allein gewesen. Seine Tage seien leer geworden. Nach dem Spaziergang empfange ihn seine Katze mit einem Gähnen. Er werde sie ins Tierheim geben.

»Ach komm, Kumpel«, sagen die Männer. Aber der Rentner erzählt ihnen, seine Tochter habe sich eine kleine Wohnung mitten in der Stadt genommen. Sie habe sich dort ihre eigene Insel errichtet, arbeite viel und habe für nichts anderes mehr Zeit. Die Männer trinken einen Schluck. Die Wohnung sei wirklich winzig, rundherum der unaufhörliche Verkehr, Autos auf zwei Spuren, Tram, Bus, da werde es einem schwindlig. Die Tochter hat sich dort festgesetzt wie eine Schiffbrüchige mitten im Sturm. Das sei kein Ort für einen alten Mann.

»›Wer jetzt allein ist, wird es lange bleiben …‹«, sagt er. Das sei aus einem Gedicht, er lese jetzt halt viel, und Gedichte behalte er komischerweise länger.

Walter sagt, auch sein Onkel Fredo konnte Gedichte auswendig vortragen, immer etwas Trauriges, was dazu führte, dass es manchmal in Tränen endete, weil seine Mutter Elvira so eine Romantische war. Walter merkt, wie ihn die Männer mit offenem Mund anstarren. Der Rentner hat sich verschluckt. Er hustet wild um sich, und die dicke Brille tanzt auf seiner Nase. Zwei Männer klopfen ihm auf den Rücken.

27.

Eines Abends kam Sciugar ganz aufgeregt angerannt. Sein Vater, der alte Bibo, hatte nach Walter gefragt. Walter fuhr kurz zusammen.

»Was hast du?«, fragte Sciugar.

»Er ist nur müde vom vielen Herumtoben«, meinte Zia Filina.

Sie konnte nicht wissen, dass Walter für einen Moment Sciugars Gesicht so gesehen hatte, wie es nach dem letzten Atemzug aussehen würde.

»Komm jetzt, wir müssen uns beeilen«, sagte Sciugar.

Bis zu seinem Haus redete Sciugar ununterbrochen auf Walter ein. Er sagte ihm, er sei kein guter Sohn gewesen, er habe sich zu wenig um seinen Vater gekümmert.

Als Walter Bibos Zimmer betrat, schloss er die Tür hinter sich. Der alte Mann saß auf dem Fußboden an die Bettkante gelehnt und hielt die Hände über dem Bauch verschränkt. Walter trat etwas näher und nahm auf dem Stuhl Platz, den Sciugar für ihn bereitgestellt hatte.

»So haben wir tagelang unter der Sonne ausgeharrt«, sagte Bibo, kaum hatte Walter Platz genommen.

Er löste seine Hände und legte sie auf seinen kahlen und vernarbten Schädel. Die Sonne über der Wüste sei die Hölle in der Hölle gewesen. Und in dieser zweifachen Hölle habe es zwei Sonnen gegeben, eine über dem Kopf und eine in einem drin, die den Magen und die Kehle aushöhlte. Bibos Lippen waren ausgetrocknet und zerfurcht, als säße er immer noch unter der gleißenden Saharasonne. Sein Kamerad Bistolfi, machte er weiter, ein Sanitäter, habe Verbandszeug, Alkohol und Jod dabeigehabt. Die Engländer hätten es nicht gemerkt. Er, Bibo, habe mit dem Verbandszeug seinen Kopf bedeckt, aber die anderen Soldaten hätten es ihm weggerissen. Die Sonne und der Sand machten alle wahnsinnig.

»Einmal am Tag brachten sie uns Wasser, aber es gab nicht genug für alle, es waren so viele Gefangene, wir haben uns um das Wasser gestritten, und viel davon ist im Sand versickert.«

Bibo stoppte mehrmals mitten im Satz und fuhr kreisförmig mit der Zunge über beide Lippen. Er spüre den Durst von damals.

Er machte immer wieder Pausen und suchte nach dem nächsten Satz.

In der Nacht sei es kalt geworden. Damit habe die Wüste die Männer gefoltert, am Tag habe sie in ihnen das Verlangen nach der Nacht geweckt, in der Dämmerung ihnen dann die letzte Wärme aus den Poren gezogen. Es gab nur wenige Decken, um die auch gestritten wurde, alle waren erschöpft und froren. Viele sträubten sich gegen den Schlaf, aus Angst, nicht mehr aus der Kältestarre zu erwachen.

Schon wieder unterbrach sich Bibo. Er sah zu Walter, um sich zu vergewissern, dass er noch da war.

»Ich war auf das Schlimmste vorbereitet.«

Geholfen habe ihm die Hoffnung, zu seiner Verlobten nach Gruma zurückzukehren. Unter der gleißenden Sonne sprach er zu ihr, in der Nacht träumte er von ihr.

Und in seiner Verzweiflung habe er dem lieben Gott ein Versprechen gemacht:

»Wenn ich hier lebend rauskomme, baue ich in Gruma der Muttergottes eine Kapelle.«

Aber er habe sein Versprechen nicht gehalten, und jetzt bereue er es.

»Versprich mir, dass dafür gesorgt wird, dass die Kapelle gebaut wird«, sagte er zu Walter.

Walter zögerte einen Moment, nickte dann aber.

Bibo sprach nun so leise, dass Walter ihn fast nicht mehr verstand. Er bat Walter, ihm die Schuhe auszuziehen.

»Sie hatten uns die Schuhe weggenommen, und die Wüste brannte unter unseren Füßen.«

Bibos Füße waren braun gegerbt, die Nägel schwarz.

»So, und jetzt hilf mir auf, Junge, ich will mich hinlegen, wenn ich damals nicht im Schneidersitz zugrunde gegangen bin, dann auch jetzt nicht.«

Walter half ihm beim Aufstehen und hielt seinen Arm, bis er auf dem Bett saß. Bibo ließ sich auf die Seite fallen, Walter fasste seine Beine und legte sie aufs Bett. Bibo entfuhr ein langer Seufzer.

Auf einmal war es ganz still, man hörte nur die Geräusche des Hauses, das Knarren des Holzes, das Gluckern in den Leitungen, Sciugars Schritte im oberen Stock. Walter wusste, dass er sich nun hinsetzen, dem alten Mann beim Atmen zuschauen und einfach warten musste. Was auch passiert, so lange warten, bis sie endgültig einschlafen und du nichts mehr hörst, hatte damals Olmo gesagt.

Er blieb noch lange sitzen, auch als Bibos Atmen nicht mehr zu hören war. Diesmal hallte kein Wortschwall in seinem Kopf nach, sondern es flammte wieder Sciugars Totengesicht auf.

28.

Walter wollte unbedingt mehr von der Wüste erfahren. Zio Fredo blätterte in seinen Büchern, fand sogar zwei, drei Bilder, die er Walter zeigte, aber mehr konnte er nicht dazu beitragen. Er sagte, Walter solle besser den Signor Maestro in der Schule fragen.

Nachdem die Signorina Bertolini in Pension gegangen war, hatte Gruma erstmals einen Lehrer bekommen, den Signor Maestro. Er kam aus San Giorgio. Er war noch jung und unerfahren, aber guten Willens. Er wirkte etwas aus der Zeit gefallen, in der vornehmen Art, wie er ins Schulzimmer trat, wie er sich kleidete, immer mit weißem Hemd und einer hellbraunen Krawatte. Er sprach sehr gepflegt und in Worten und Sätzen, die den Leuten von Gruma fremd vorkamen. Trotzdem hatte er einen guten Draht zu seinen Zöglingen. Der Tonfall seiner Stimme hatte eine Wärme, die deren Temperament zu bändigen vermochte. Auch deswegen war er im Dorf angesehen, nicht nur weil er ein gescheiter Kopf war.

La Fran machte ihm schöne Augen. Plötzlich war sie nicht mehr darauf erpicht, von der Schule fernzubleiben, mit der Ausrede ihrem Vater helfen zu müssen. Die Sibilla sagte, der Signor Maestro sei der schönste Mann auf Erden, und Manu lud ihn zu sich nach Hause ein und spielte ihm Sonaten am Klavier vor.

Der Signor Maestro billigte nicht, dass Walter für die Geschichtenabnahme aus dem Schulzimmer geholt wurde. Er sprach mit Walters Mutter, aber Elvira erklärte ihm, sie habe da nichts zu sagen, darüber müsse er mit ihrer älteren Schwester reden. Filina empfing den Signor Maestro in der Küche. Sie schaute ihn angriffig an. Sie wollte nichts hören. Es sei nicht ihre Entscheidung gewesen, sagte sie mehrmals, der Herr Lehrer müsse mit den Familien reden. »Welche Familien?«, fragte der Lehrer. »Alle«, sagte Filina, »Sie müssen mit allen reden!« Elvira stand daneben und wagte es nicht, ihrer Schwester zu widersprechen.

Auch Elvira war vom jungen Signor Maestro angetan. In seiner Anwesenheit hob sie den Kopf vom Stoff, an dem sie gerade nähte, und lächelte ihm zu. Manchmal fragte sie Walter: »Was hältst du davon, wenn ich einmal mit dem Signor Maestro ausgehe?«

Der Schulstoff interessierte Walter schon lange nicht mehr. Als er den Lehrer nach der Wüste fragte, staunte er. Er sagte, es gebe viel wichtigere Dinge, die es sich zu lernen lohne. Er sagte aber nicht, welche.

Wenn er einmal zuschaute, wie der Lehrer etwas an die Tafel schrieb, wusste Walter die Antwort, bevor der Lehrer seine Frage stellte. Das habe ihm sein Onkel Fredo bereits erzählt, oder er habe es in den Büchern gelesen oder im Kino gesehen, sagte Walter. Und natürlich, das durfte er aber nicht sagen, waren da die Geschichten der Sterbenden.

Der Signor Maestro wollte nicht nachgeben. Er verlangte von Walter, er müsse wie die anderen ins Heft schreiben. Wenn es Walter zu viel wurde, riss er die Seite heraus, zerknüllte sie und warf sie aus dem Fenster.

Der Signor Maestro kam noch ein paarmal zu Walter nach Hause. Sein Gesicht rötete sich, wenn Elvira zugegen war. Manchmal redeten die beiden noch lange vor der Tür, und einmal begleitete Elvira ihn bis vor das Schulgebäude.

Eines Tages aber erschien der Lehrer zum allgemeinen Erstaunen in Begleitung von Elisa, die eine erwachsene junge Frau geworden war. Er hatte sie in San Giorgio, wo sie in den Thermen als Dienstmädchen arbeitete, kennengelernt. Sie hatte es so gemacht, wie sie ihrer Mutter gesagt hatte. Mit siebzehn hatte sie die Stelle in San Giorgio bekommen und war nicht mehr nach Hause zurückgekehrt. Jetzt war sie neunzehn. Pugno war krank geworden. Um sich der Geschichtenabnahme nicht stellen zu müssen, hatte er sich im Stall neben seinem Eber erhängt.

Der Signor Maestro war etwas älter als Elisa. Er stellte sie als seine Verlobte vor. Sie kamen mit dem Auto nach Gruma. Als sie an ihrem Geburtshaus vorbeigingen, wollte sie aussteigen und einen Stein gegen die Tür werfen. Er nahm sie auch ins Schulzimmer mit. Auf der rechten Wange war ihr ein blauer Fleck aus ihrer Kindheit geblieben, der aber wie ein Farbtupfen ihre zartbleiche Schönheit unterstrich. Der Signor Maestro erklärte den Kindern, es gebe einen berühmten Musiker, einen Komponisten, der schon lange nicht mehr lebe, mit einem eigenartigen Namen, Ludwig van Beethoven – die Kinder versuchten vergebens, den Namen nachzusprechen –, und dieser Beethoven habe eine Musik geschrieben, die *Per Elisa* hieß, wie seine Verlobte. Unerhört, was der Herr Lehrer alles wusste. Manu streckte die Hand und rief, er könne diese Musik spielen. Der Lehrer sagte, schade, dass es in der Schule kein Klavier gebe. La Fran rannte aus dem Schulzimmer und kam mit Sciugar zurück, der sein Akkordeon umgehängt hatte. Der Signor Maestro summte ihm das Lied vor, aber Sciugar konnte es nicht spielen. Er meinte, es sei zu schwierig. Also ging der Lehrer mit der Kinderschar auf den Platz und stellte sie vor dem Pfarrhaus auf. Don Pietro öffnete das Fenster und die Tür seiner großen Küche, Erminia bot den Kindern Kekse an, und Manu setzte sich ans Klavier und spielte tatsächlich Elisas Musik vor.

Am Sonntag spazierte der Signor Maestro Hand in Hand mit seiner Elisa durchs Dorf und grüßte Elvira, die verloren vor der Haustür stand.

Elisa, die man fortan Perelisa nannte, strahlte, sie war öfter mit im Schulzimmer, denn sie arbeitete nicht mehr in den Thermen, weil der Signor Maestro sie bald heiraten würde.

Vielleicht weil ihm jetzt die Verlobte wichtiger war als alles andere, gab der Signor Maestro Walter auf. Als man das Kind für die Geschichtenabnahme aus dem Schulzimmer holte, las der Lehrer einfach aus seinem Buch weiter vor, als ob nichts wäre, und als Walter nach zwei oder drei Tagen zurückkam und die ganze Stunde in seinem Dämmerzustand verbrachte, flüsterte der Lehrer den anderen Kindern zu, man solle ihn in Ruhe lassen.

29.

Walter hatte mehr Zeit in den Sterbezimmern, im Teich und an der Jukebox verbracht als auf der Schulbank. Niemand hatte sich die Frage gestellt, was er nach der Schule machen sollte. Er war Geschichtenabnehmer, das war Beschäftigung und Aufgabe genug.

Sein Kopf brauchte jetzt länger, um sich zu leeren. Häuften sich die Geschichtenabnahmen, mehrere in einem halben Jahr, dann blitzten lauter tote Gesichter vor seinen Augen auf. Fand er keine Gelegenheit, auf die übliche Weise den Kopf zu leeren, weil die Jukebox gerade repariert werden musste, kein Gewitter in Sicht war oder der Wasserstand im Teich zu niedrig war, schloss er sich in der Scheune ein und redete stundenlang vor sich hin, Dinge, die keinen Sinn ergaben. Elvira lief es kalt über den Rücken. Die eingeschlossene Stimme ihres Sohnes kam ihr unheimlich vor. Sie klopfte an die Scheunentür und rief:

»Komm raus! Was treibst du da drin?«

Zia Filina tigerte, seltsamerweise mit der Axt in der Hand, vor der Scheune hin und her und rief zu ihrer Schwester:

»Sei still, du machst es nur noch schlimmer!«

Da wagte es Elvira, die Stimme gegen ihre ältere Schwester zu erheben:

»*Du* machst alles schlimmer, *du* hast ihm das alles eingebrockt!«

Irgendwann hielt es aber selbst Zia Filina nicht mehr aus. Sie versetzte mit dem Rücken der Axt der Tür einen wuchtigen Schlag, ging hinein, packte den Neffen am Kragen und schleppte ihn in die Kirche. Sie kniete mit ihm vor der Schmerzensmutter nieder, die den Jesusmenschen in den Armen hielt, und sagte zu Walter:

»Sprich zu ihnen, sie hören dir zu!«

Die Kirche war in Gruma der einzige Ort, wo man nur leise oder gar nicht reden durfte. Endlich umgab Walter eine Stille, die sich wie ein weißes Tuch über sein Gesicht legte. Filina schloss die Augen. Die andächtige Ruhe trieb ihr die Gespanntheit aus den Muskeln. Sie nahm Walters Gesicht in beide Hände und gab ihm einen langen Kuss.

Die Flucht in die Kirche unternahmen Walter und Zia Filina nun öfter. Falls eine alte Frau in der Bank zum Beten kniete, musste sie aufstehen und hinausgehen. Einmal kam Don Pietro herein. Er beugte sich über Filina, die Kette, die um seinen Hals hing, schwang wie ein Pendel, und flüsterte ihr ins Ohr:

»Er soll damit aufhören, das nimmt kein gutes Ende!«

In der Kirche war Walter nach außen taub. Er lauschte dem Schlagen seines Herzens, spürte, wie das Blut durch seine Adern floss und wie sein Körper sprach. Seine Arme und Beine waren innerhalb weniger Wochen wie Äste in verschiedene Richtungen gewachsen. Er strich mit den Fingern über den dunklen Flaum, der seit Kurzem seine Oberlippe bedeckte. Der lange Sommer hatte ihn aus der Kindheit fortgeholt und in diesen neuen Zustand versetzt. In seinem Bauch hatte sich ein seltsames Flattern bereit gemacht, das sich über alle Gliedmaßen verteilte. Besonders aufdringlich war es zwischen den Beinen, wo er sich im Versteckten anfasste. Wie andere Jungen in seinem Alter suchte er nach einem Vorwand, um in Sciugars Friseursalon aufzutauchen und auf den Kalender zu schielen. In der Kirche vertrieben solche Gedanken die Stimmen aus seinem Kopf. Er sah die halb geöffneten Lippen der Kalenderfrauen, ihre gesenkten Lider, ihre verführerischen Formen und verspürte ein heißes Verlangen. Zia Filina hatte dieses Erwachen der Sinne bemerkt und glaubte, unkundig, wie sie war, mit der Stille der leeren Kirche ein wirksames Gegenmittel gefunden zu haben.

Walter schaute den toten Jesus an. So viele in Gruma beteten zu ihm, zu ihm und zur Schmerzensmutter, aber die beiden schwiegen unerbittlich. Nicht einmal Don Pietro konnte behaupten, die beiden würden sich zu einem Wort herablassen, aber er schwor, sie würden den Menschen zuhören, allerdings nur den guten.

Filina und Walter knieten nebeneinander, sie, durch die Schmerzensmutter hindurchblickend, er, einmal auf den Jesusmenschen und einmal auf die Mutter blinzelnd. Zia Filina flüsterte auf die Madonna ein, Walter blieb taub. Er stellte sich vor, wie Jesus in seinen letzten Stunden am Kreuz gelitten hat. Don Pietro hatte schon so oft in der Kirche darüber berichtet und auch mit ihm darüber gesprochen. Der Gottessohn, hatte er Walter erklärt, habe eben keinen Geschichtenabnehmer nötig. Er habe zu seinem Vater gesprochen. »Vater, vergib ihnen, denn sie wissen nicht, was sie tun«, habe er zum Himmel gerufen. Aber der Vater habe geschwiegen. Wie ein echter Geschichtenabnehmer, hatte Walter bemerkt. Er solle sich den Herrgott vor Augen halten, aber er dürfe sich ihm nicht gleichstellen, ermahnte ihn der Pfarrer, das sei eine Sünde, eine sehr große sogar. Und außerdem stimme es nicht, dass der Gottvater nichts gesagt habe, er habe seinen Sohn sogar getröstet und ihm versprochen, er werde noch am gleichen Tag mit ihm im Paradies sein. Walter fragte den Pfarrer, wie das wohl sei, wenn die Toten von Gruma, bereits ausgeplaudert, vor den Herrgott träten. Er fügte hinzu, Zia Filina habe ihm gesagt, Jesus habe am Kreuz laut in den Himmel geweint und gefragt, weshalb ihn sein Vater verlassen habe. Das stehe halt so in der Bibel, erwiderte Don Pietro, aber das alles habe nichts damit zu tun, was Walter in den Totenzimmern treibe. Worauf Walter erwiderte, seine Tante habe ihm auch erzählt, den Jesusmenschen hätte es am Kreuz gedürstet, und wenn dasselbe bei der Geschichtenabnahme vorkäme, gebe er den Alten zu trinken, den Durst des Jesusmenschen habe aber niemand stillen wollen.

Don Pietro griff sich an den Kopf. Er musterte Walter, der sich ein Spiel daraus machte, mit ihm zu streiten. Wie denn das möglich sei, dass die Jesusmutter ihren Sohn vom Heiligen Geist geschenkt bekommen habe, wie es möglich sei, dass Jesus einmal tot gewesen sei und dann wieder nicht. Es ging so weiter, bis Don Pietro den Jungen fortjagte. Das war eben so eine Sache mit Don Pietro. In der Kirche predigte er das Gute, aber in den Menschen sah er immer nur das Schlechte.

30.

Am Sonntag, wenn ihm ohne die Arbeit in der Schokoladenfabrik die Stunden lang und länger werden, die Dorfkneipe erst am Abend öffnet, Ronny in der oberen Wohnung stundenlang Akkordeon spielt und die Mutter nicht von den Fotos an der Küchenwand loskommt, sucht Walter gelegentlich die Kapelle des Altersheims auf. Seit Gruma ist er nie mehr in der Kirche gewesen.

Das Altersheim, ein alter Backsteinbau, liegt auf einer Anhöhe am Rand der Ortschaft. Es ist für seinen kleinen englischen Garten bekannt, den der Direktor hat anlegen lassen. Außerhalb des Gartens, dort, wo das Gelände abflacht, erstreckt sich ein Fußballplatz. Je nachdem, wie der Wind steht, hört man drinnen die Kinder dort spielen.

Das Altersheim beherbergt Menschen, die mit dem Abschied vor Augen ins Leere träumen. Wenn sich das Ende ankündigt, suchen die Angehörigen in der Kapelle Trost.

Dort hat Walter erstmals mit der schmächtigen Clara gesprochen. Sie betete nicht, sie weinte um ihren sterbenden Vater. Walter hat sie angeschaut, bis sie nicht mehr geweint hat. Er hat ihr vom Altsein in Gruma erzählt, von den Großvätern und Großmüttern, die langsam in sich selbst verschwanden, vom Schlafliegen im Teich, von der Jukebox, von seinen beiden Tanten, von denen er nicht mehr weiß, wie alt sie sind. Die schmächtige Clara hat schweigend und irgendwie dankbar zugehört. Dann hat sie Walter ins Sterbezimmer ihres Vaters eintreten lassen.

Wie eine barmherzige Mutter hat sie den nach Worten ringenden Vater in den Armen gehalten. Jedes Mal, wenn er mit ausgestreckter Hand auf die Wand zeigte, hat sie mit besorgtem Blick gefragt:

»Was siehst du?«

»Er träumt bereits«, hat Walter ihr zugeflüstert.

»Er ist anders, wenn Sie da sind«, hat sie zu Walter gesagt.

Clara ging unschlüssig im Zimmer hin und her, während die Pausen zwischen den Atemzügen ihres Vaters immer länger wurden.

»Ist das der Weg?«, hat sie Walter gefragt.

»Du musst zählen«, hat Walter geantwortet, »eins, zwei, drei, vier, fünf, sechs, sieben, dann folgt der nächste Atemzug.«

»Woher wissen Sie das alles?«, hat Clara gefragt. »Wenn Sie da sind, wird seine Atmung flacher. Vielleicht möchte er noch etwas sagen?«

Als Walter heute in die Kapelle kommt, ist Clara nicht dort. Er wartet nicht. Er geht durch den Gang, der zu den Abteilungen führt, und tritt leise in das Sterbezimmer. Clara steht ratlos am Bettende. Walter öffnet das Fenster. Er zieht die Jacke aus. Der Brief der La Fran fällt auf den Boden. Walter hebt ihn auf und legt ihn auf den Tisch.

»Er hatte noch so viele Pläne«, flüstert Clara mit zittriger Stimme.

Ihr Vater habe noch einmal in sein Heimatdorf zurückkehren wollen, das er als Jugendlicher verlassen hat. Einen Tag vor der Reise spürte er plötzlich eine seltsame Schwäche in den Knien. Er habe gesagt »Ich will in mein Zimmer«. Bei jeder Stufe habe er »Mein Gott, mein Gott« geächzt. Er trug die klobigen Gartenschuhe, aber er wollte nicht, dass man ihm hilft. Er habe sich wankend und bleich bis zum Bett geschleppt und sich hingelegt.

»Was hast du?«, habe sie ihn gefragt.

Der Vater habe nicht geantwortet. Er habe die Beine ausgestreckt und an die Decke geschaut. Dann habe er nach den Enkelkindern gefragt, was Clara sehr überraschte. »Ich will mit ihnen Kopfrechnen üben«, habe der Vater gesagt. Im Kopfrechnen sei er immer unschlagbar gewesen. Beide Enkelkinder seien gekommen. Er habe mit ihnen um die Wette gerechnet, und er habe gewonnen. »Es hat also noch Zeit«, habe er gelacht.

Er habe sich wohl verrechnet, meint Clara und legt eine Pause ein.

Walter lächelt.

»Finden Sie das komisch?«, fragt sie.

»Nein, nicht komisch. Du erzählst an seiner Stelle«, antwortet Walter.

»Langweilt Sie das?«

Walter geht zum Tisch und zeigt ihr den Brief von La Fran.

»Auch ich überlege mir, in mein Dorf zurückzugehen«, sagt er, »meine alte Tante wartet auf mich, sie ist älter als dein Vater.«

Er erzählt Clara von La Frans Hochzeit, dass sie ihm eine Einladung geschickt hat.

»Diese La Fran«, fragt Clara, »ist sie eine Verwandte?«

»Eine alte Freundin«, antwortet Walter.

»Und Sie wollen zu ihr?«

An ihren Augen sieht Walter, dass die schmächtige Clara die letzte Nacht durchgeweint hat. Das endlose Warten hat sie ausgelaugt. Das Licht im Zimmer ist dämmrig geworden. Walter mustert das Bett, auf dem der alte Vater röchelt. Er war schon ein paar Mal hier, aber er kann nicht richtig fühlen, ob nach so vielen Jahren sich etwas einstellt, ob er dem Hoffnungslosen ein paar Worte entlocken kann. Er horcht, er wartet. Und dann öffnet der Sterbende unverhofft die Augen, dreht den Kopf und starrt Walter an. Der kleine weiße Schnurrbart über seiner Oberlippe zuckt. In Walter zieht sich etwas zusammen. Der alte Mann presst die Lippen nach vorn. Sein Mund öffnet sich einen Spalt weit. Er hebt die linke Hand und scheint nach etwas greifen zu wollen, das dort im Halbdunkel des Zimmers ist.

»Willst du etwas sagen?«, rüttelt ihn seine Tochter.

Walter nimmt ihre Hand.

»Er will etwas sagen, er will etwas sagen …«, stammelt sie aufgeregt.

»Es ist zu spät«, sagt Walter.

Er schleicht sich aus dem Zimmer, geht im Korridor hin und her, hört das laute, ihm bekannte Röcheln, bis Clara weinend aus dem Zimmer stürmt und an Walter vorbeirennt.

Draußen hat der Wind gedreht. Man hört, wie die Kinder auf dem Fußballfeld jubeln.

31.

Wenn die Kinder in Gruma älter wurden, verschob sich das Fußballspielen von den Gassen auf den Fußballplatz, der hinter Beppos Osteria lag. Dort verbrachten sie von nun an ihre meiste Zeit. Die Jüngeren hatten sie auf den Hügeln, an den Ufern des Teiches und im Wald abgelöst. Walter hatte mit den Gleichaltrigen mitziehen müssen und stand fortan verloren und unnütz auf dem Fußballplatz herum. Anders als die anderen hatte er nur selten gegen einen Ball getreten. Sie stellten ihn als Notlösung ins Tor, aber das war noch schlimmer, denn gedankenabwesend, wie er war, ließ er jeden Ball durch.

Bevor der Signor Maestro es sich zur Aufgabe gemacht hatte, bei Spielen gegen die Mannschaft aus San Giorgio, dem einzig möglichen Gegner, die Jungen aus Gruma zu trainieren, hatten sie das Feld mit Leibchen am Boden markiert, und den Penaltypunkt musste man immer mit der Ferse aufkratzen. Dank Don Pietro, dessen Neffe Manu in der Mannschaft eine tragende Rolle spielte, wurden jetzt zwei richtige Tore aufgestellt und die Linien mit weißer Kreide markiert. Don Pietro hatte sogar rot gestreifte Trikots organisiert, die die Spieler schon fast professionell aussehen ließen, dem schmächtigen Walter aber ging sein Hemd bis zu den Knien.

Für das Mannschaftsfoto sorgte der Merlo. Er knipste ein Bild vor und nach jedem Spiel, aber er war damit nie zufrieden, denn die Jungen konnten nicht stillhalten, so aufgeregt, wie sie vor dem Spiel, und so aufgebracht sie danach waren. La Fran heftete die aktuellen Fotos an die Scheibe hinter der Theke, bis die nächsten kamen.

Das Training fand zweimal die Woche statt, dreimal, wenn am Sonntag ein Spiel bevorstand.

Die Jungen waren aber auch sonst stundenlang auf dem Platz. Die einen kamen, die anderen gingen. Im Juli und August war die Luft so feucht und heiß, dass sie zwischendurch zum Brunnen rannten und sich eine Erfrischung gönnten. Sie zogen ihre Leibchen aus, tauchten mit dem Kopf unter Wasser und kehrten klatschnass auf den Platz zurück.

Manchmal schossen sie den Ball so hoch und weit, dass er in den umliegenden Feldern verschwand. Da mussten sie auslosen, wer in der mörderischen Hitze im Gestrüpp den Ball suchen musste. Es traf immer Walter. Die anderen warfen sich in den Schatten eines Baumes und warteten, bis ihre Köpfe abgekühlt waren.

Natürlich konnte es vorkommen, dass Walter wegen einer Geschichtenabnahme aus dem Spiel gerissen wurde. Das war für den Rest der Mannschaft eine große Erleichterung. Endlich musste man nicht mehr auf ihn Rücksicht nehmen, und die Chancen, das Spiel zu gewinnen, stiegen.

Ließ man einmal aus Verzweiflung Walter nicht mitspielen, stand kurz darauf Zia Filina am Platzrand. Sie redete auf die Spieler ein, aber auch auf den Lehrer, und auf Don Pietro, der sich kein Sonntagsspiel entgehen ließ und die Morgenmesse etwas abkürzte, um den Jungen, die sich schon auf dem Platz versammelt hatten, noch ein paar taktische Tipps zu geben.

Ging es hart auf hart, und das war fast immer der Fall,

wenn Gruma gegen San Giorgio spielte, war es fürchterlich anzusehen, wie es Walter herumwirbelte, wie er nach einem Zusammenprall in hohem Bogen hinfiel. Er blieb für einen Moment benommen liegen, darüber überrascht, dass die Welt plötzlich aus lauter Beinen bestand. Das geschah, weil er nicht auf den Ball achtete, sondern stehen blieb und den Zweikämpfen zusah, wie die beiden Körper sich im Kampf um den Ball verkeilten, wie das Wirrwarr an Gliedmaßen vor Lebendigkeit strotzte. Walter träumte sich in die Bewegungen und wurde von ihnen mitgerissen, als ob er der zweite Ball auf dem Spielfeld wäre. Die Zuschauer an der Seitenlinie und auf der kleinen Tribüne, die aus an der Hügelflanke festgemachten Brettern bestand, hielten sich die Bäuche vor Lachen.

Niemand wollte das Spiel verpassen, schon gar nicht La Fran, die darüber empört war, dass sie nicht mitspielen durfte.

In der Mannschaft von San Giorgio gab es ein paar besonders streitsüchtige Kerle. Die kamen mit Manu nicht zurande. Er war ihnen zu wendig. Er hatte dieses intuitive Verständnis dafür, wo das Spiel gleich hinlaufen würde, mit welchen Spielzügen es sich verlagern ließe. Er bewegte sich auf dem Feld, wie er Klavier spielte. Wenn er richtig gut drauf war, lief er mit dem Ball über den ganzen Platz, rechts-links, links-rechts, die Gegner grätschten von der Seite rein, aber er schlängelte sich durch drei, vier Verteidiger und ließ sie wie umgestürzte Kegel hinter sich. Das trieb manch gegnerischen Spieler zur Weißglut. Die anderen aus Grumas Mannschaft versuchten, den Streitsüchtigen nicht in die Augen zu blicken, nicht so Manu, der sich vor niemandem fürchtete. »Wir brechen dir die Finger«, fauchten die Gegner ihn an, wenn er ihnen den Ball wegschnappte. Dass Manu Klavier spielte, war bis nach San Giorgio bekannt, aber da er Don Pietros Neffe war, wurden ihm die Finger nie gebrochen.

Walter schubsten die Streitsüchtigen einfach weg. Elvira saß etwas abseits, und Zio Fredo lief den Platz auf und ab und versuchte, dem Neffen Anweisungen zu geben, die aber den verwirrten Walter nur noch mehr ablenkten.

Don Pietro schaffte es nur bis zur Halbzeit, Haltung und Würde zu bewahren. Nach der Pause begann er mit seinem flatternden Rock neben Zio Fredo auf und ab zu rennen. Man hätte meinen können, sie würden sich in einem Sprint messen. Wurde es derart brenzlig, tauchte auch Erminia auf, die vergebens versuchte, Don Pietro zurückzuhalten. Der Pfarrer hörte auf niemanden. Er rief Manu alles Mögliche zu. Niemand wusste, weshalb er sich so gut im Fußball-Jargon auskannte. Und bei den Gegnern sparte er nicht mit Schimpfwörtern, die Erminia erröten ließen. Nach dem vielen Herumrennen war er für die Abendmesse fast nicht mehr zu gebrauchen. Er jammerte, der Rücken und seine müden Knochen täten ihm weh.

Manu hätte die Unterstützung seines Onkels nicht nötig gehabt, denn er war den Spielern von San Giorgio, die von einem echten Trainer betreut wurden und Fußballschuhe mit Eisenstollen trugen, weit überlegen. Das Problem war, dass Manu, genau wie beim Klavierspielen, Launen hatte. War er gut aufgelegt, konnte man ihn unmöglich vom Ball trennen. Er hatte diesen schnellen Antritt, und noch bevor er den Ball bekam, ging sein Blick in Richtung gegnerisches Tor. Hatte er hingegen keine Lust, unterliefen ihm die folgenschwersten Fehler. Da vergaß sich Don Pietro gänzlich und fluchte schlimmer als Pugno oder die Alten beim Kartenspiel in Beppos Osteria.

Es war Brauch, dass die Verlierer den Gewinnern eine Gazosa spendierten. La Fran war dafür zuständig, dass keine

Schlägerei ausbrach, aber wenn die unterlegene Mannschaft die Niederlage partout nicht hinnehmen wollte und wenn die Gewinner keine Revanche gewährten, flogen die Stühle.

Wenn am Sonntag auch die Mädchen am Platzrand standen, spielten die Jungen besonders eifrig. Und es war an einem jener Sonntage, dass Walter sie erstmals sah. Ihre Stimme durchfuhr seine Glieder wie der Blitzschlag. Einen Moment lang blieb er wie erstarrt stehen, noch geistesabwesender als sonst. Er hörte, dass die anderen sie Iris nannten. Dieser Name klang für ihn wie der Gesang einer Sirene. Iris war feingliedrig gebaut. Zwei breite blonde Strähnen hingen wie halb geschlossene Vorhänge über ihrem zartblassen Gesicht. Ihre Stimme stach gelöst und heiter aus den anderen heraus. Sie bewegte ihren Kopf so, als wüsste sie ganz genau, dass man ihr nicht widerstehen konnte.

Ab jenem Sonntag war Walters Herz vergeben. Es war ihm fortan nicht mehr gleichgültig, dass über ihn gelacht wurde. Er begann sich anzustrengen, machte es aber so nur noch schlimmer. Die Mädchen beachteten ihn ohnehin nicht, alle hatten nur Augen für Manu. Wenn der, den Ball eng am Fuß, an ihnen vorbeirannte, schlugen seine langen Haare wie Peitschen an sein Gesicht. Die Mädchen kreischten und hüpften.

Walter war froh, als man ihn einmal für eine Geschichtenabnahme holte. »Walter, Walter …«, rief eine Stimme hinter dem Tor. Da stand das Spiel still, und alle warteten mit gesenktem Kopf, bis Walter den Platz verlassen hatte. Er schritt wie ein Krieger, dem Respekt gebührte, seiner nächsten Geschichtenabnahme entgegen. Auch die Mädchen hörten auf zu kichern und die Röcke zu schwingen. Beim Hinausgehen schaute Walter Iris an. Sie, die sonst so selbstsicher war, konnte diesem Blick nicht standhalten und senkte fast demütig die Augen.

32.

Walter fand keine Worte für das Verliebtsein. Er deutete Zio Fredo gegenüber etwas an, der aber unbeholfen sagte, in dieser Art von Geschichten kenne er sich nicht aus.

Also blieb Walter nichts anderes als der Fußballplatz und die Hoffnung, Iris würde an der Seitenlinie stehen. Bei besonders heftig umkämpften Partien konnte es vorkommen, dass nach dem Zusammenstoß zweier Spieler der Ball hoch über die Baumwipfel hinausschoss und dann den Hang hinunterrollte, bis er einen Bogen über die Mauer zog und zwischen den Gräbern des Friedhofs ausrollte. Es war Walter, der den Hang hinuntergehen musste.

Einmal kam er nicht mehr zurück. Als den Spielern auf dem Platz das lange Warten merkwürdig vorkam, eilten sie zum Kirchplatz, von wo man direkt zum Friedhof sah.

»Was tut er da?«, riefen sie einander zu.

Walter saß einsam und mit gesenktem Kopf zwischen den Gräbern, den Ball unter dem Arm. Es sah so aus, als würde er zu den Grabsteinen sprechen. Einer der Jungen ging Don Pietro rufen, der aber unauffindbar war. Erminia war hingegen sofort zur Stelle. Sie fasste sich mit den Händen ins Gesicht und rief:

»Schaut nicht hin!«

Im Nu wusste ganz Gruma, dass Walter mit den Toten sprach. Immer mehr Schaulustige versammelten sich auf dem Kirchplatz. Zia Filina stieg auf eine Sitzbank, um besser zu sehen. Sie sagte der versammelten Menge, Walter würde dort unten den Toten etwas zurückgeben, man solle ihn in Ruhe lassen. Gruma hielt den Atem an. Verlor Walter gerade den Verstand? Giordano, der unter den Jungen als besonders mutig galt, stieg auf sein Velo und fuhr hinunter zum Friedhof. Er drückte sein Ohr an die Mauer und blieb eine ganze Weile so stehen. Oben waren Männer aus der Osteria getreten. Sciugar hielt die Schere noch in der Hand, Beppo wischte sich mit der Küchenschürze den Schweiß von der Stirn. Als Giordano später außer Atem vom Velo stieg, sagte er, ja, ja, Walter spreche sicher zu den Toten, aber man verstehe nichts, er spreche so leise, als hüte er einen Schatz. Endlich erschien Don Pietro. Fredo nahm ihn auf den Hintersitz seiner Lambretta und fuhr ihn zum Friedhof. Don Pietro wagte sich nicht hinein, er blieb vor dem Eingangstor stehen, als hätte der Teufel von Walter Besitz genommen.

»Was tust du da drin? Komm raus!«, rief er, indem er gleichzeitig Zio Fredo zu verstehen gab, er solle auf Distanz bleiben. Von Walter kam kein Zeichen. Don Pietro schrie noch einmal laut. Walter drehte sich um und sah schweigend durch den Priester hindurch. Dieser erschauderte. Er rief ein letztes Mal Walter beim Namen, als ob er ihn wach rütteln wollte.

Der Nächste, der es versuchte, war Manu. Er betrat den Friedhof, setzte sich auf einen Grabstein und begann, mit Walter zu reden. Walters Ohr war hellwach, er lauschte und sprach in einem. Manu hob die Hand, um den Schaulustigen oben zu verstehen zu geben, sie sollten sich zurückziehen. Was sich Walter und Manu, die nun zwischen den Gräbern umherspazierten, sagten, war nicht für die anderen bestimmt.

Walter hatte Fragen, die Manu ihm vielleicht beantworten konnte. Manu hatte diesen Blick voller Zukunft, von dem

Walter, der in der Vergangenheit leben musste, sich angezogen fühlte. Ab und zu ließ Manu Walters Arm los und blieb erstaunt stehen.

Walter sagte, von anderen Leben habe er in den Sterbezimmern viel erfahren, aber nur wenig von dem, das er selber lebte. Das neue Körpergefühl, das ihn plagte, er wollte wissen, ob Manu dasselbe spürte und wie er damit zurechtkäme.

Das andere Geschlecht war bei den Jungen ein wichtiger Gesprächsstoff geworden. Sie lümmelten stundenlang auf den Bänken vor Beppos Osteria herum, nur um einen Blick zu erhaschen oder den Mädchen mit den Augen nachzuschleichen. Die Mädchen beachteten sie nicht, hatten aber begonnen, sich nicht nur die Haare, sondern auch die Brauen zu kämmen, im Verborgenen die Lippen anzumalen und engere Blusen anzuziehen.

In der Osteria blieb Walter vor der Jukebox sitzen, wenn die anderen an der Theke standen. Sie wollten La Fran sehen, die inzwischen sechzehn und eine junge Frau geworden war. Sie starrten sie trunken vor Wolllust an und merkten nicht, dass sie in ihrer unreifen Unbeholfenheit einen vertrottelten Eindruck machten. La Fran ließ sie aus Mitleid gewähren, als kenne sie ihre Not.

»Welche gefällt dir denn?«, fragte Manu Walter, der jetzt an einen Grabstein lehnte, »gefällt dir La Fran? Ernestina? Oder Susanna? Die würde zu dir passen.«

Beide lachten. Walter ging ein paar Schritte voraus. Seine dunklen Augen sprangen von Grabstein zu Grabstein. Manu schubste ihn, indem er »Die Susanna, du bekommst die Susanna« wiederholte. So traten sie gemeinsam aus dem Friedhof, einander umarmend, lachend. Den Ball hatten sie zwischen den Gräbern liegen gelassen.

33.

Iris gehörte von Anfang an zu Manus Verehrerinnen. Im Sommer wurden sie ein Paar.

Manu spielte nun ausgezeichnet Klavier, klassische Musik, wie Don Pietro stolz verkündete, was zu den langen Haaren, die er bis zur Schulter trug, nicht passte, aber in Gruma kümmerte das niemand.

Don Pietro, der Einzige, der ein Klavier besaß, hatte es, als er Manus Talent bemerkte, stimmen lassen. Es stand in der großen Küche, die als Wohnraum diente, auch der Fernseher stand dort in einer Ecke, und die Tür ging auf den Garten. In der warmen Jahreszeit hörte man es auf dem Kirchplatz und bis zu Beppos Osteria, wenn Manu übte.

Manu spielte nicht nur, er hörte auch Musik, die in Gruma sonst niemand kannte und die nicht einmal in der Jukebox zu finden war. Die Gruppe, von der er schwärmte, nannte sich *Eagles*, ein Wort, das in Gruma die wenigsten, nicht einmal der Signor Maestro oder Sciugar, einwandfrei aussprechen konnten. Manu hatte sich in San Giorgio eine Platte von diesen *Eagles* gekauft. Alles drehte sich aber um das Lied »Hotel California«, das Manu, in die Klaviertasten greifend, nachsang, auf Englisch, auch das ein Geheimnis für sich. Auf dem Cover waren zwei Türme eines ziemlich edlen Gebäudes zu sehen, dem Hotel California eben. Davor Bäume, die es weder in Gruma noch in San Giorgio gab. Walter sagte, das seien Palmen, er habe solche Bäume in einem Buch von Zio Fredo gesehen. Manu nickte. Die anderen staunten. Um das Lied richtig zu spielen, brauche es eine elektrische Gitarre, einen Bass, ein Schlagzeug, eine richtige Band eben … »Ach, vergesst es«, seufzte Manu, als die anderen Jungen ihn fragend anstarrten.

In jenem Sommer spielte Italien bei der Weltmeisterschaft in Spanien. Der Juni war heiß gewesen, im Juli stiegen die Temperaturen noch weiter. Die Jugendlichen trafen sich abends auf dem Kirchplatz vor dem Pfarrhaus, weil dort das Klavier war. Manu öffnete die Tür zum Garten, und die anderen stellten sich davor, einer mit dem Akkordeon, ein anderer mit der Gitarre, ein Dritter mit einer Trommel und zwei Becken. Walter war auch dabei, ohne Instrument, er sang auch nicht, er war einfach da und schaute zu. »Hotel California« hatte Manu den anderen beim besten Willen nicht beibringen können. Sie sangen die Lieder, die aus der Jukebox ertönten. Iris, die mit ein paar anderen Mädchen und Jungen aus San Giorgio mit der Vespa nach Gruma gekommen war, saß neben Manu. Sie hielt ihren Arm um seinen Rücken und lauschte den Klavierklängen mit geschlossenen Lidern. An diesem Abend, dem Final zwischen Deutschland und Italien, trug sie ein blumiges Kleid. Sie hatte ihre Haare kurz geschnitten, mit Stirnfransen.

Der Gesang wurde vom Grölen der Männer übertönt, die in Beppos Osteria das Fußballspiel verfolgten. Die Jugendlichen waren sich nicht einig, was sie lieber wollten, beim Finale bleiben oder mit ihrer Musik das Leben feiern. Einzig Manu und Walter blieben sitzen, als wüssten sie schon, wie das Spiel ausgehen würde. Nach einer Weile waren die anderen wieder da, um neue Lieder anzustimmen. Sobald die Männer laut grölten, rannten sie zurück in die Osteria.

Manu spielte, ohne auf die Tasten zu schauen. Seine Hände verselbstständigten sich, damit er auf Iris blicken konnte, auf die anderen Jungen, auf Walter, der sich auch beim lautesten Grölen nicht von der Stelle bewegte.

Es war Walters erster Sommer als junger Mann. Er hatte seine Mutter gebeten, ihm endlich lange Hosen zu schneidern. Sie waren etwas weit geraten.

Wenn Manu tief in die Musik abtauchte, senkte er den Kopf und schloss die Augen. Seine langen Haare fielen auf die Tasten. In Gruma sagten alle, Manu habe Talent, und trotzdem würde nichts aus ihm werden, weil er zu hochmütig sei.

Walter hätte so sein wollen wie Manu. Alle wollten das. Manu konnte selber entscheiden, wie er die Haare tragen wollte, mit welchem Mädchen er zusammen war, wann er ein Tor schoss und wann nicht.

An so einem Abend, wenn in der Osteria gegrölt und vor dem Pfarrhaus gesungen und gespielt wurde, wenn Manus Haare Iris' Gesicht streiften, kam in Walter der Gedanke auf, er könnte wie die anderen sein, unbeschwert und frei, ohne die Pflicht der Geschichtenabnahme. Es waren Anzeichen der Auflehnung. Aber gegen wen sollte er sich auflehnen? Gegen seine Mutter, seine Tante, Zio Fredo, Olmo, der ihm zusammen mit Zia Filina das Ganze eingebrockt hatte?

Kurz vor der neunundsechzigsten Minute, als aus der Osteria die Stimme des Sprechers … *Bergomi, Scirea, Tardelli* … ertönte, stand plötzlich Santos Frau auf dem Kirchplatz. *Gol, gol, Tardelli, raddoppio, Tardelli* …, alle sprangen auf, und die Osteria explodierte. Santos Frau schrie laut:

»Walter, es ist so weit, du musst mitkommen!«

Walter tat im ersten Moment so, als hätte er sie im unglaublichen Tumult, drei zu null für Italien!, nicht gehört. Die Männer strömten aus der Bar, alle umarmten sich und schrien.

»Walter, du musst jetzt kommen!«, rief die Frau noch lauter.

Manu, der immer noch Klavier gespielt hatte, streckte seinen Kopf durch die Tür.

»Wie du deine Haare trägst«, hatte die Frau Zeit zu sagen, »du solltest dich schämen.«

»Es interessiert mich nicht, was du über meine Haare denkst«, spottete Manu.

Die Frau packte Walter am Arm.

»Du kommst jetzt mit!«

Santo erwartete ihn, im Bett sitzend. Hinter ihm ein Marienbild. Der alte Mann fixierte den Jungen mit seinen graublauen, stechenden Augen unter der Stirn, die durch die zurückgekämmten weißen Haare noch höher wirkte. Verglichen mit dem Tumult in der Osteria und auf dem Platz, kam Walter die Stille im Haus ungeheuer vor.

Santo und seine Frau hatten drei Söhne. Santo hatte sie schon als Kinder auf dem Feld und im Stall schuften lassen. Er hatte sie auch geschlagen. Im Winter hatten sie mit ihm Holz ausliefern müssen, er hatte damals zwei Pferde und einen Karren gehabt. Die drei Söhne waren dann alle weggezogen, so wie es Perelisa gemacht hatte, was für Gruma ungewöhnlich war, aber sie wollten nichts mehr mit ihrem Vater zu tun haben, keiner der drei. Santo hatte den Hof allein bewirtschaften müssen, zusammen mit seiner Frau. Er hat sich krumm gearbeitet.

Und nun saß er da, der *Padrone*, wie ihn seine Söhne genannt hatten. Ein heimtückisches Gebrechen hatte ihn gelähmt. Er konnte nur noch dasitzen. In seinem Blick wechselten sich Wärme und Eiseskälte ab, und als er nach langem Warten zum Sprechen ansetzte, bewegte sich nur der Mund. Seine Augenlider zwinkerten kein einziges Mal.

»Wir hatten nichts, ich musste streng mit ihnen sein«, war der erste vollständige Satz, den er aussprechen konnte.

Seine Nase war im Laufe der Jahre kartoffelig geworden, die rechte Augenpartie mit zwei tiefen senkrechten Furchen auf der Stirn wirkte zerbeult wie nach einem Kampf.

Walter schaute ihn an, aber sein Ohr war nach außen gerichtet. Für Italien stand es gut, nur war das Spiel noch nicht zu Ende. Das Freudengeschrei und die Musik drangen bis ins Sterbezimmer. Drinnen war die Nacht zeitlos, ohne Bewegung, draußen raste der Ball über das Spielfeld. Walter versuchte wegzuhören, aber es gelang ihm nicht. Zum ersten Mal wurden die Wände des Sterbezimmers durchlässig. Mit einem Ohr hörte Walter Santo zu, das andere richtete er auf die Piazza.

Santo spürte womöglich, dass der Geschichtenabnehmer nicht bei der Sache war, denn auf einmal heulte er laut los:

»Ich vermisse sie so sehr.«

Darauf tat Walter etwas, was er noch nie getan hatte. In der Hoffnung, die Geschichtenabnahme damit zu beschleunigen, hob er den alten Santo hoch und hielt ihn wie ein Kind in seinen Armen. Er dachte an die Schmerzensmutter in der Kirche.

Walter zitterte am ganzen Körper. Dann spürte er, wie Santos Gliedmaßen erstarrten. Zum ersten Mal war er froh, dass es vorbei war. Er konnte nicht sagen, ob er dem Sterben wirklich zugehört hatte. Das Spiel musste nun bald zu Ende sein. Nicht nur in Beppos Osteria, auch in den Häusern hatte man den Fernseher voll aufgedreht: *»Palla al centro per Müller, ferma Scirea, Bergomi, Gentile, è finito! Campioni del mondo, Campioni del mondo, Campioni del mondo!!!«* Und danach ein ohrenbetäubendes Geschrei, das den toten Santo beinahe ins Leben zurückgeholt hätte. Walter schaute den alten Mann an. Es war keine gute Geschichtenabnahme gewesen. Die letzten Worte waren auf Santos Lippen festgefroren. Walter löste sich vom toten Körper, legte ihn ab, aber blieb noch am Bett sitzen. Er war dem alten Santo das Warten schuldig. Von draußen hörte er nichts mehr, weil jetzt Santos Stimme in seinem Kopf hämmerte. Es vergingen Stunden. Als er aus dem Zimmer trat, wurde er von Santos Frau in der Küche empfangen. Das Essen stand für ihn bereit. Sie redeten nicht. Santos Frau schöpfte, Walter aß.

Nach dem Essen trat er nach draußen und rannte zum Kirchplatz. Es war aber niemand mehr da. Im Pfarrhaus brannte kein Licht mehr. Die Osteria war geschlossen. Jemand hatte mit Kreide *11 luglio 1982 Italia campione del mondo* vor die Eingangstür geschrieben. Rundherum die Morgendämmerung. Walter fühlte sich bleiern und müde. Er schaute auf die Uhr des Kirchturmes, die vier Uhr zeigte.

34.

Walter hatte sich erstmals bei einer Geschichtenabnahme ablenken lassen, weswegen Santo unausgesprochen aus dem Leben scheiden musste. Seine Frau hatte es gemerkt. Sie kam mehrmals vorbei, um Walter zur Rede zu stellen. Zia Filina jagte sie fort.

Etwas war zerbrochen. Walter fühlte sich noch einsamer als sonst. Er blieb zu Hause oder schlich wie ein Gespenst durchs Dorf und setzte sich auf die Mauer vor der Kirche. Es war immer noch Sommer. Die Sonne brannte vom Himmel. Die Luft war trotzdem feucht. Tagsüber waren die Läden der Häuser geschlossen. Im Wind schlugen die Türen.

Eines Nachmittags stand Iris vor dem Pfarrhaus und suchte nach Manu. Außer Walter war niemand da.

»Auf dich ist immer Verlass«, sagte Iris und knetete das Taschentuch, mit dem sie sich die feuchte Stirn abgewischt hatte, zwischen ihren Fingern.

Walter stand verlegen vor ihr.

Sie griff nach seiner Hand und fragte ihn, ob er mit ihr

spazieren gehen wolle. Walter war wie benommen. Er nickte nur. Er folgte ihr. Während sie durch ein struppiges Feld gingen, in dem Gras und Disteln kniehoch wogten, spürte Walter, wie alles um ihn herum allmählich an den Rändern unschärfer wurde. Eine stille Glückswelle rauschte durch ihn hindurch.

Iris war gesprächig, erzählte von ihren Plänen, in denen zuallererst Manu vorkam. Er werde bald in die Stadt ziehen, um am Konservatorium Klavier zu studieren, und sie werde mit ihm mitgehen, komme, was wolle. Sie schwankte zwischen Euphorie und Nachdenklichkeit, denn plötzlich sagte sie:

»Wer weiß, wie das herauskommt, Manu ist einer, der vielleicht nie einen Ort findet, wo er bleiben will.«

Sie lachte wieder, und in ihren Augen waren Sanftmut und Aufmüpfigkeit zugleich.

Dann aber wollte sie mehr von der Geschichtenabnahme wissen. Walter antwortete stotternd, als wäre seine Stimme mit der Rasierklinge angeritzt.

»Sei nicht immer so verlegen. Du musst mir nicht alles verraten, ich will nur wissen, wie es vor sich geht!«

Iris lief voran, Walter blieb zwei Schritte zurück.

»Was ist? Kommst du jetzt? Also, wie ist es, was tust du, wenn du zu den Alten gehst?«

Walter versuchte, trotz seiner Hilflosigkeit Schritt zu halten. Sie gingen ein Stück nebeneinander her. Iris gab nicht nach, stupste ihn, fragte und fragte. Schließlich brachte Walter stoßweise hervor:

»Es ist still, es dauert lange.«

»Wie still?«

»Wie vor dem Gewitter. Man merkt ja erst, wenn es donnert, dass es vorher still war.«

»Ja, aber was sagen sie, was verraten sie dir?«

»Darüber darf ich nicht sprechen.«
»Weshalb nicht? Was ist daran so geheimnisvoll?«

Es ging eine Weile so hin und her. Iris fragte, Walter wich aus. Iris fragte weiter. Schweißperlen liefen ihr über die Wangen.

Sie hatten den Waldrand erreicht. Sie traten unter die Bäume, wo es schattig war und Iris besser atmen konnte.

»Wie ist es, mit einem Sterbenden zu reden? Ich könnte das nicht.«

»Wenn man den Menschen zuhört, dann merkt man, dass sie verschiedene Schichten haben. Sie erzählen und tragen ihre Schichten ab. Die Oberfläche ist so, wie du die Menschen siehst, darunter ist es ganz anders, und im Kern, wenn sie dann wirklich fertig sind mit dem Erzählen, ist es nochmals anders. Sie bestehen aus vielen Schichten gleichzeitig.«

Erst jetzt traute sich Walter, in Iris' Gesicht zu schauen. Er entdeckte, dass unter ihren wachen, warmen Augen ein dunkler Schatten lag. Er stotterte nicht mehr.

»Weißt du, ich erhalte Einblick in das, was sie sonst verbergen.«

Jetzt prahlte Walter sogar ein bisschen mit seiner Wortgewandtheit. Iris kam ihm plötzlich zerbrechlich vor. Das nutzte er aus. Er zirkelte so sehr mit den Sätzen, dass Iris kaum mehr zu Wort kam, und sie merkte auch nicht, wie aufdringlich er sie musterte. Und je mehr Walter von der Geschichtenabnahme erzählte, desto deutlicher konnte er erkennen, wie Iris einmal auf dem Totenbett aussehen würde. Er schüttelte energisch den Kopf, um dieses Bild zu verdrängen.

»Was hast du denn jetzt schon wieder?«

»Überkommt dich auch manchmal aus dem Nichts eine seltsame Traurigkeit?«

»Ja, das erleben doch alle«, antwortete Iris.

Walter wandte den Blick von ihr ab.

»Ich fühle dann, als würde es mir auf der Stirn stehen, dass mich niemand will.«

Das sei nicht wahr, sagte Iris, seine Augen hätten etwas Beruhigendes, alle sagten das, und man schaue gern in sie hinein.

Sie fragte, ob er schon mal ein Mädchen geküsst habe, ob er sie küssen wolle. Manu würde das bestimmt nichts ausmachen, und sie müssten es ja auch nicht sagen.

Sie waren beim Teich angelangt. Walter schaute nach rechts oder links, aber nicht mehr Iris an. Sie zogen ihre Schuhe aus. Der lehmige Boden klebte an den Füßen. Iris legte sich ins Gras.

»Hier in Gruma gefällt es mir überhaupt nicht«, sagte sie, »nur du und Manu könnt euch weich machen, alle anderen sind so grob, einfältig, und sie reden so viel, mein Gott, reden die. Du darfst mich jetzt küssen«, sagte sie.

Es war noch heißer geworden. Iris hatte die ersten Knöpfe ihrer Bluse aufgeknöpft und das Kleid etwas hochgezogen. Ihre Augen leuchteten, ihre Unbeschwertheit schimmerte durch, sie lachte.

»Was stellst du dich so an?«

Sie war jetzt ganz nah, aber Walter konnte nichts anderes, als das Gesicht einer Toten erkennen. Iris' nach Zärtlichkeit und Liebe rufender Körper lag da, das hochgezogene Kleid hatte ihre zartweißen Oberschenkel entblößt, aber Walter konnte sich nicht vom Bild ihres erstarrten Gesichts lösen. Er versuchte, mit Handbewegungen die schauderhafte Vorstellung aus seinen Augen zu treiben, als wollte er eine lästige Fliege verjagen. Gleichzeitig schwoll in seinen Ohren der Summton an, der aus dem Teich kam. Alles geriet allmählich aus den Fugen. Iris wurde es mulmig zumute. Sie setzte sich auf und kroch auf dem Hintern rückwärts ein Stück weg, sah Walter mit geröteten Augen an. Walter fasste sich mit beiden Händen an den Kopf, stieß einen fürchterlichen Schrei aus, sprang auf und rannte davon.

35.

Es blieb der glühende August, der sich endlos vor Walter ausdehnte, gefolgt vom feuchtkalten Herbst und dem frostigen Winter, bis dann im Frühling alles wieder von vorne begann. Walter war jetzt siebzehn. Für die oberen Klassen musste man nach San Giorgio gehen. Walter blieb in Gruma. Er stand morgens um zehn auf, ging in die Küche, trank einen Kaffee mit Milch und mit Brotstücken vom Vorabend und schaute aus dem Fenster. Bei schönem Wetter blinzelte er in die Sonne, die durch die Vorhänge hereinschien. Das Licht war aber das Einzige, was von draußen kam. Grumas morgendliche Betriebsamkeit, die ihn, wenn Zia Filina die Fensterläden öffnete, als Kind geweckt hatte, war dahin. Als Ersatz lief im Hintergrund der Fernseher, den Zia Filina noch vor dem Balkenöffnen einschaltete und bis vor dem Zubettgehen nicht mehr ausmachte.

Die Mutter hatte eine Arbeit in San Giorgio gefunden, in einem Hotel, sie reinigte die Zimmer, war zufrieden, am Morgen aus dem Haus gehen zu können. Sie fuhr mit Zio Fredo mit und kehrte erst am Abend heim. Das Nähen hatte sie fast gänzlich aufgegeben. Auch Teresa ging nach San Giorgio arbeiten, in den Waschküchen der Thermen. Im Haus war es still.

Nachdem Walter seine Tasse Kaffee mit Milch ausgeschlürft hatte, spazierte er zum Kirchplatz. Er setzte sich unter die Platane und wartete. Ab und zu kam ein Alter vorbei. Sie wechselten ein paar Sätze, und dann trat der Alte in die Osteria.

Im Sommer verbrachte Walter fast jeden Nachmittag auf dem Bocciaplatz hinter der Kirche, wo die älteren Männer in einer zähflüssigen Langsamkeit spielten, als wollten sie jede Minute der ihnen verbleibenden Zeit auskosten. Aus dem Stand und mit geschlossenen Füßen warfen sie die unterschiedlich gerillten Stahlkugeln Richtung Zielbällchen. Walter schaute ihnen zu, wie sie mit einem zusammengekniffenen Auge den Abstand zwischen den Kugeln zu schätzen versuchten. Wenn sie uneinig waren, welche der kleinen am nächsten war, ließen sie Walter entscheiden, der, darüber waren sie sich einig, die besten Augen hatte.

Im Winter verlagerte sich das Leben der alten Männer in Beppos Osteria. Sie spielten Karten. Walter spielte mit oder saß auch dort einfach daneben und schaute vor sich auf den Tisch. Den Lärm der Jukebox ertrugen die Alten nicht, deswegen legte La Fran nur noch selten eine Platte auf.

Walters Leben war an einem dumpfen, bewegungslosen Punkt eingerastet. Wenn er da saß und auf die nächste Karte wartete, war ihm, als gehörte er nicht mehr zu dieser Welt. Zur Abwechslung ging er in den verlorenen Stunden am späten Nachmittag in Sciugars Friseursalon und schaute zu, wie der den Alten die Haare schnitt oder sie rasierte. Sciugar unterhielt sie immer noch mit seinen Geschichten und Späßen, die zusammen mit dem Gelächter die drückende Luft in seinem Geschäft ausfüllten. Walter roch den Altersschweiß, der sich mit dem Kölnischwasser vermischte. Der Kalender hing wie eh und je an der Wand, aber die Männer schauten nicht mehr hin. Dieses Kapitel war für sie abgeschlossen.

Sciugar war nun um die vierzig und wollte sich immer noch als Frauenheld aufspielen. Er fuhr ans Meer und kehrte jedes Mal unglücklich verliebt zurück. Er saß mit Walter in seinem leeren Geschäft und erzählte ihm von seinem Liebesschmerz. Er bat ihn, für ihn einen Brief an die Unbarmherzige zu schreiben. Walter nahm einen Kugelschreiber, ein Blatt Papier und übersetzte Sciugars Wehklagen in herzzerreißende Liebesworte. Einmal sagte Sciugar:

»Wo findest du diese schönen Worte, mein Junge?«

Walter lächelte sanft. Er spürte, wie die Zeit allmählich an Gewicht verlor. Die Stimmen in seinem Kopf verknoteten sich zu einem festen Gefüge, sodass er sie nicht mehr voneinander unterscheiden konnte. Je mehr er hinhörte, desto mehr verschmolzen sie zu einem permanenten Summton, wie ein Tinnitus, an den er sich immer mehr gewöhnte. Er ließ dieses Stimmengewirr zu und lehnte sich zurück. Er war zum jungen Mann herangewachsen, der mit den Alten auf den Abend wartete, die meisten von ihnen mit Falten wie Krater im Gesicht und schildkrötenhaften Augen. Ihre Blicke blieben auf Walters Gesicht haften, auf seinen schwarzen Augen, die noch größer geworden waren. Seine Stimme war noch weicher, aber auch atemloser geworden. Zu Filinas Unmut hatte er sich die Haare wachsen lassen. Sie reichten ihm fast bis zu den Schultern, so wie bei Manu, den er nur noch selten sah, weil er die meiste Zeit in San Giorgio war und sich aufs Konservatorium vorbereitete.

Eines Abends nahm ihn Merlo ganz unerwartet zur Seite. Sie stellten sich unter die Platane.

»Ich muss dir ein Geheimnis anvertrauen«, flüsterte der Merlo, »seit ein paar Tagen, erkenne ich nichts mehr, wenn ich fotografieren will, und es hat nichts mit den Augen zu tun.«

Er sehe immer noch scharf wie ein Adler, aber etwas habe sich verändert. Eine Blume, ein Stein, der Brunnen, was es auch sei, er betrachte es lange vergebens, er müsse auf den Knien hin und her rutschen, bis er den richtigen Blickwinkel habe, und dann müsse er näher ran, immer näher, und es sei so, als wisse er plötzlich nicht mehr, was eine Blume, ein Stein oder ein Brunnen wären. Er müsse dann warten, zwei, drei Minuten, bis das Bild scharf werde. Mit dem Warten erkenne er die Dinge wieder.

»Und ich weiß jetzt, was du da tust, Walter, es ist dasselbe. Du darfst damit nicht aufhören. Unsere Eltern und Großeltern leben noch einmal durch dich hindurch. Die Erinnerungen in unserem Kopf, die wir schon als Kinder hatten, kommen von ihnen.«

Der Merlo war ganz außer Atem. Sogar seine Nase war bleich. Er schloss die Augen, umarmte Walter und schlich davon.

Bei der nächsten Geschichtenabnahme dachte Walter an Merlos Worte. Er riss sich zusammen, versuchte, sich das Warten aufzuzwingen. Um der Ungeduld Herr zu werden, rieb und knetete er sich beim Zuhören wiederholt kräftig das Gesicht, löste sein Haar und band es wieder zusammen, aber er hatte keine Ausdauer mehr. Er ließ sich nicht mehr so vereinnahmen und schaffte es immer besser, den Stimmen entweder keinen Einlass in seinen Kopf zu gewähren oder sie im andauernden Summton aufgehen zu lassen. Irgendwie hatte er seinen Frieden gefunden, was nicht bedeutete, dass er sich glücklich fühlte.

Auf diese Weise vergingen drei Jahre.

36.

In dieser Zeit hatte es vier Geschichtenabnahmen gegeben. Die dritte war eine besondere gewesen und hatte Walter sehr betroffen zurückgelassen.

Perelisa war krank geworden. Der Signor Maestro und sie hatten vor Jahren geheiratet und sich ein Haus in San Giorgio gebaut. Wie schon als Kind war Perelisa sanft und freundlich, immer bleich, was ihr als Erwachsene einen vornehmen Teint verlieh. Irgendwann wurde sie aber zu bleich, ihr war ständig schwindlig, und sie kippte immer wieder um. Der Signor Maestro brachte sie zu einem Arzt, der sie in ein Spital in einer größeren Stadt einwies. Sie blieben einen ganzen Monat fort, die Schule war in dieser Zeit ohne Lehrer. Niemand hatte sich um Ersatz gekümmert, die Kinderschar war ohnehin merklich geschrumpft. Dann kamen sie zurück, in einem Auto. Walter war mit Zio Fredo nach San Giorgio gefahren, um Hilfe anzubieten. Der Signor Maestro bedankte sich, hob seine Frau, die nicht mehr laufen konnte, aus dem Wagen und trug sie ins Haus. Er sagte, Elisa bräuchte vor allem Ruhe und Zeit, sich zu erholen. Aber es wurde nicht besser, wie der Signor Maestro später berichten sollte. Elisa sah ihn hilflos mit ihren immer größer werdenden Kugelaugen an. Sie litt unter einer gefräßigen Krankheit, die an ihr zehrte.

Als jede Hoffnung aufgegeben war, erschien der Signor Maestro selbst bei Zia Filina und bat um Walter. Noch nie hatte es eine Geschichtenabnahme außerhalb von Gruma gegeben. Zia Filina zögerte. Walter war in der Osteria. Man ließ ihn nach Hause rufen. La Fran kam mit. Der Signor Maestro saß bleich auf einem Stuhl. Zia Filina sagte, der Signor Maestro müsse Perelisa nach Gruma bringen, nur so sei es möglich. Der Lehrer schüttelte den Kopf. Er hatte feuchte Augen, Perelisa sei zu schwach. La Fran meldete sich zu Wort. Perelisa sei eine von ihnen, Walter müsse zu ihr gehen. Zia Filina schrie sie an, sie solle sich nicht einmischen. La Fran gab zurück. Da schrie Walter zum ersten Mal seine Tante an. Er nahm den Signor Maestro beim Arm, und sie brachen nach San Giorgio auf. La Fran schlug die Tür hinter sich zu.

Perelisa saß im Bett. Man hatte mehrere Kissen um ihren abgemagerten Körper gelegt, der trotz seiner Schmächtigkeit in den Federn versank. Sie wirkte zierlich bis zur Zerbrechlichkeit. Die hängenden Augenlider über dem müden Blick und der nur einen Spaltbreit geöffnete Mund zeugten von einer lang erduldeten Krankheit. Ihre Stimme war ein Hauch. Sie weinte leise. Walter setzte sich zu ihr und wartete.

Der Signor Maestro klopfte zwei, drei Mal, streckte sogar den Kopf durch den Türspalt, aber Walter gab ihm zu verstehen, er solle verschwinden. Der Lehrer gehorchte.

»Ich hätte gern Kinder gehabt«, war Perelisas erster zaghafter Satz.

Draußen war Hochsommer, im Zimmer strahlte Perelisas bleicher Körper Kühle aus.

Erst jetzt bemerkte Walter ihre schönen Haare. Ihr Körper war zusehends geschrumpft, aber die Haare waren gewachsen und hatten an Kraft gewonnen. Sie sahen wie Lianen aus, die den schmächtigen Körper ans Bett fesselten.

Perelisa schluckte ein paarmal leer. Dann fragte sie, ob sich Walter an die Remise ihres Vaters erinnern könne. Walter nickte. Ob er sich erinnere, wie dunkel und staubig und bis unter die Decke vollgestopft mit Gerümpel sie war.

Perelisa schnappte bei jedem Satz nach Luft, und Walter musste sich über ihr Gesicht beugen, um sie zu verstehen.

Er konnte die glatte Oberfläche ihrer Haut betrachten, die wie weißes Seidenpapier aussah. Bei jedem Wort, das Perelisa sprach, spannte sich die Haut und drohte zu reißen.

»Ich bin zu müde«, unterbrach sie sich, »ich muss zuerst etwas schlafen.«

Ihre Augen schlossen sich wie zwei Jalousien. Sie lag da wie eine blasse Blume. Walter ließ sie schlafen, eine ganze Stunde. Als sie erwachte, klang ihre Stimme etwas kräftiger.

»Die Remise meines Vaters ...«, begann sie wieder mit Bedacht, was ihren Worten ein besonderes Gewicht verlieh.

Sie sagte, sie könne sich erinnern, wie tagsüber in der Remise die Lichtstreifen durch die Ritzen drangen und auf den Staub schienen, der sich dort drin nie legte. Sie könne sich an einen Nachmittag erinnern, als Manu die Remise betrat. Sie stand neben dem Holzhaufen. Merkwürdig, sie könne sich an jede Einzelheit erinnern, sogar wie Manus Gesicht von einem Lichtstrahl gestreift wurde, sodass der Staub vor seinen Augen tanzte.

Perelisa unterbrach sich, musste schon wieder leer schlucken.

Walter hörte ihr zu, und etwas begann, was noch nie passiert war, er erinnerte sich mit.

Manu habe immer viele andere Jungen um sich gehabt, nach La Fran sei er der Anführer gewesen. Sie sei schon immer eifersüchtig auf ihn gewesen, weil er im Pfarrhaus bei Don Pietro wohnen durfte, weil er von der Familie in allem bevorzugt wurde. Ihr Vater hätte ihn lieber gehabt, er wollte keine Tochter.

Perelisa begann zu frieren. Sie zitterte. Walter legte eine weitere Decke über ihren Körper und beugte sich noch tiefer zu ihr herab.

»Manu stand da, in der Remise, ein paar Schritte vom Trog entfernt, er schielte auf den Vogel.«

Ja, übernahm Walter, er erinnerte sich jetzt auch, am Morgen hatten sie den Vogel auf dem Feld gefunden. Er konnte nicht mehr fliegen. Dass die Kinder ihn nicht getötet hätten, meinte Walter, sei ein Wunder gewesen. Damals sei alles so roh gewesen, unterbrach ihn nur kurz Perelisa. Walter machte ein Zeichen, um anzudeuten, sie solle sich nicht anstrengen.

Mit dem verletzten Vogel, machte Walter weiter, der im vertrockneten Gras lag, hätten sie Mitleid gehabt. Er hüpfte zitternd und ziellos hin und her. Manu hob ihn auf, wie ein Geschenk. Er nahm den Weg über das Feld, um schneller in der Remise zu sein, legte den verletzten Vogel in eine Kartonschachtel. Er wollte ihn wieder gesund machen und rannte nach draußen, um Futter zu suchen. Er musste sich beeilen. Pugno hätte sonst den Vogel in den Mülleimer geworfen, so wie er es mit den Mäusen tat, die sich in den Fallen verfingen.

Als Manu zurückkam, lag der Jungvogel klatschnass und schlaff am Rand des Wassertrogs. Sein Hals hing über die Kante.

»Ich habe den Vogel ertränkt, aus Eifersucht«, weinte Perelisa, indem sie nach Walters Augen suchte.

Ihre Stimme war fast unverständlich geworden. Anders als üblich kam bei Perelisa während der Geschichtenabnahme keine Kraft mehr auf. Sie sagte, sie müsse wieder etwas schlafen. Nach zwei Stunden weckte Walter sie sanft. Sie öffnete die Augen, erstaunt darüber, dass sie wieder wach war. Also sprach sie weiter.

Sie könne sich erinnern, wie sie Manus rasches Ein- und Ausatmen hörte. Sonst nichts. Er musterte sie mit flehenden Augen.

»Wahrscheinlich hat der Vogel versucht davonzufliegen und ist dann ins Wasser gefallen«, habe sie ihn in ihrer

Unbeholfenheit angelogen. Warum er sie so anschaue. Sie schwor, den toten Vogel im Wassertrog entdeckt zu haben, als sie die Wäsche in die Remise gebracht habe.

»Ich habe es lange Zeit nicht bereut, seinen Vogel ertränkt zu haben.«

Sie habe es auch aus Vergeltung getan, um Manu für seine Vorteile zu bestrafen. Und auch für eine andere Sache. Einmal habe er sich nämlich hinter dem Holzhaufen versteckt, als sie sich mit Fausto in die Remise verkrochen habe. Sie hätten sich geküsst. Als der Junge ihr zwischen die Beine gegriffen habe, habe Manu hinter dem Holzhaufen laut aufgelacht. Der Junge habe sich aus dem Staub gemacht.

»Wenn du es meinem Vater erzählst, bringt er mich um«, habe sie geweint.

Manu habe es Pugno aber gesagt, und auch Don Pietro.

Ihr Vater brachte sie nicht um, erinnerte sich Walter, schlug sie aber mit seinem Gurt grün und blau. Walter erinnerte sich wieder, wie Perelisa an bestimmten Tagen blaue Flecken an den Armen und Beinen hatte und wie La Fran deswegen vor Wut kochte.

»Mir ist so kalt«, unterbrach sie ihn mit einem Seufzer, »aber ich spüre keinen Schmerz.«

Walter sagte, es sei besser gewesen, dass sie den Vogel ertränkt habe, Pugno hätte ihm bestimmt mit dem Beil den Kopf abgehackt, dann hätte der Kopf neben dem Rumpf gelegen.

Perelisa schüttelte den Kopf. Sie flüsterte, sie und Manu seien sich stumm vor dem Wassertrog gegenübergestanden.

Sie habe immer versucht, Manu schlechtzumachen. Wenn sie sich im Badezimmer wusch, ließ sie die Tür offen, damit Manu hineinsehen konnte. Einmal habe sie ihrer Mutter gesagt, er habe versucht, zu ihr in die Badewanne zu steigen.

Perelisa schaute Walter nun direkt in die Augen. Ein leises

Lächeln legte sich auf ihre Lippen. Walter betrachtete ihre regelmäßigen weißen Zahnreihen. Er fühlte Mitleid, das war neu.

Perelisa schlief ein weiteres Mal ein und wachte nicht mehr auf.

37.

Im Altersheim wartet die Blauhaarige, die Walter vor Tagen einmal im Garten angesprochen hat. Ihr todkranker Ehemann will nicht mehr sprechen.

»Er kann ja nicht«, sagt die Blauhaarige zu ihrem Sohn.

»Er macht es sich einfach«, knurrt der Sohn, der gekommen ist, um dem Vater beim Sterben zuzusehen.

Ihr Mann sei Matrose gewesen, hat die Blauhaarige Walter erzählt, und habe die halbe Welt bereist. Die Krankheit habe ihn schrumpfen lassen, aber einst sei er ein großer Mann gewesen, mit einem Gesicht wie ein Schauspieler und einer tiefen, warmen Stimme. Sie wollte nicht, dass man ihn in ein Altersheim bringe, aber es ging nicht anders. Als sich das Ende ankündigte, habe man ihr gesagt, sie solle ihm nichts mehr zu essen geben, auch nichts zu trinken.

»Solange man isst, stirbt man nicht«, hat sie zu Walter gesagt.

Walter hat ihr von den Kochkünsten seiner uralten Tante Filina erzählt, und die Blauhaarige hat gelacht. Sie hat Walter gefragt, ob er schon einmal einen Sterbenden begleitet habe. Wenn Walter im Zimmer sei, bewegten sich die Lippen ihres Mannes, als wollte er etwas sagen.

Sechs Monate lang habe sie ihn bis zur Erschöpfung zu Hause gepflegt. Als er hierhergebracht wurde, habe sie sich die Haare blau gefärbt. Aus Strafe, Blau sei ihr eine verhasste Farbe. Sie weint, sie sagt, sie könne nicht mehr, und geht aus dem Zimmer.

Walter nähert sich dem Bett. Er setzt sich, wartet, es dauert nicht lange. Der Sterbende öffnet die Augen. Er blickt zu Walter, macht die Augen noch weiter auf und formt den Mund zu einem Lächeln. Dann macht er die Augen wieder zu. Seine Zunge befeuchtet zuerst die Ober- und dann die Unterlippe. Nun öffnet er das linke Auge. Walter sieht, wie er zum ersten Wort ansetzen will, aber die Blauhaarige kehrt in Begleitung ihres Sohnes ins Zimmer zurück. Das Auge des Sterbenden schließt sich wieder. Walter steht vom Stuhl auf.

Zu Beginn, erzählt die Blauhaarige, habe ihr Mann mehrmals den Arzt gebeten, ihm zu sagen, was er für eine Krankheit habe, woher sie rühre. Der Arzt habe geantwortet, er könne es nicht sagen. Es sei eine heimtückische Krankheit, eine, die im Verborgenen andocke und einen nicht mehr loslasse.

Darauf habe der Vater gesagt, er sei auf seinen Schiffsreisen auch schon mal Piraten begegnet, er wisse, wie man kämpfe.

Walter erinnert sich, dass die Sterbenden nie von ihrer Krankheit oder ihrem Gebrechen sprachen, es war nicht mehr wichtig.

»Was wohl in ihm vorgeht?«, fragt die Blauhaarige Walter zugewandt.

Dem Sohn platzt jetzt der Kragen. Er fragt auf Walter zeigend, was dieser Fremde eigentlich hier zu suchen habe.

Die Mutter schreit zurück, ja, das sei ein Fremder, aber er höre ihr zu, etwas, das er, der Sohn, und auch der Vater nie getan hätten. Der Sohn blickt verlegen aus dem Fenster, setzt sich wieder und schweigt.

Nach dem letzten Gespräch mit dem Arzt, macht die Blauhaarige etwas leiser weiter, sei ihr Mann eines Abends mit seinem Jugendfreund auf die Parzelle gegangen. Er habe ihm das Stück Land gezeigt, wo nach der Pensionierung ihr Haus hätte stehen sollen. Er habe gesagt: »Schau, ich zähle die Schritte, dann siehst du, wie groß das Haus werden sollte.«

Ganz unverhofft streckt der Sterbende langsam die Hand nach Walter aus, als wolle er ihn zu sich rufen. Der Sohn springt vom Stuhl auf:

»Was geht hier vor? Haben Sie ihn gekannt? Wer sind Sie? Was möchte er Ihnen sagen?«

Eine Pflegerin stürmt ins Zimmer und bittet darum, leiser zu sprechen. Der Sohn kommt etwas näher und schielt auf seinen Vater, der die Hand wieder gesenkt hat. Gequält von ohnmächtiger Wut, zischt er:

»Wann wird diese Generation für ihre Missetaten bezahlen?«

»Nicht einmal jetzt willst du mit ihm Frieden schließen«, ruft die Mutter, »alles in allem ist er doch ein guter Vater gewesen.«

Walter dreht sich noch einmal um zu dem Mann, über dessen Mund die unausgesprochenen Worte einen Vorhang gezogen haben.

38.

Im Frühling 1986 kam Elvira eines Nachmittags nach Hause und teilte der Familie mit, sie habe in San Giorgio einen Hotelgast kennengelernt, einen Schweizer. Sie sagte seinen Namen, Franz. Er wolle sie heiraten. Sie habe Ja gesagt und werde mit ihm fortgehen.

»Du kommst mit«, sagte sie mit energischem Ton zu Walter.

Zia Filina schaltete sich sofort ein:

»Er geht nirgendwohin, er kann Gruma nicht verlassen, das weißt du!«

Elvira schaute sie mit einem auflehnenden Blick an.

»Er ist zwanzig, er ist mein Sohn.«

»Er kann nicht weg von hier«, wiederholte Zia Filina.

Da sprang ihr Elvira an die Gurgel.

Zia Luana warf sich weinend dazwischen. Auch Zio Fredo kam dazu.

»Schämt euch!«, rief er.

Elvira ließ ihre Schwester los.

Das war das erste und letzte Mal, dass Elvira Widerrede geleistet hat.

In kurzer Zeit war sie eine andere geworden. Man sah nicht mehr durch sie hindurch. Morgens wusch sie sich die Achseln, kämmte sich Grumas Starrheit aus den Haaren und ging geschminkt aus dem Haus, jauchzend, als hätte sie ganz unerwartet entdeckt, dass doch noch ein anderes Leben auf sie wartet.

Sie ließ ihren Verlobten nach Hause kommen. Sie wiederholte seinen Namen. Franz war ein gepflegter, freundlicher Herr, der nach San Giorgio zur Badekur gekommen war. Zia Filina blieb kalt, Zia Luana und Zio Fredo sagten nicht viel, und Walter hielt sich die meiste Zeit die Ohren mit den Handballen zu.

Bei jeder Gelegenheit flüsterte Elvira zu Walter:

»Komm mit mir, wir gehen fort, Franz ist gut zu mir.«

Walter antwortete nicht.

Ende des Monats zog Elvira mit Franz in die Schweiz.

In Gruma war es immer stiller geworden. Manu war in die Stadt gezogen, um am Konservatorium zu studieren, Iris ging an eine Universität, viele Jungen waren nach der Rekrutenschule nicht mehr zurückgekehrt. Andere zogen weg, weil sie woanders Arbeit fanden, die es in Gruma nicht gab.

Sie kamen nur sporadisch zurück, auch Manu, der seine Eltern und Don Pietro besuchte und dann wieder verschwand. Er hatte sich sehr verändert, hatte seine Haare schneiden lassen, pflegte einen dandyhaften Look, spazierte durch Gruma in Anzug und Krawatte oder mit Hosenträgern über einem weißen Hemd. Walter konnte nicht mehr in seinem Gesicht lesen. Manchmal war auch Iris dabei. Walter ging ihnen aus dem Weg, und weder sie noch Manu fragte nach ihm.

Einmal hatte Walter, als er am Kirchplatz vorbeikam, durch die Glastür Iris allein am Klavier gesehen. Unbeobachtet, wie sie sich fühlte, spielte sie seelenruhig und versonnen lächelnd ein melancholisches Lied. Sie wirkte ganz entrückt.

In den freien Stunden setzte sich La Fran zu Walter. »Jetzt sind nur noch die Sibilla, du und ich da, alle haben uns verlassen.« Sie nahm seine Hand, versuchte ihm in die Augen zu sehen.

Und eines Tages wollte Beppo die Jukebox aus seiner Osteria wegbringen lassen.

»Die brauchen wir nicht mehr«, sagte er, und seine Frau gab ihren Segen dazu. Als der Lastwagen kam, saß Walter gerade beim sterbenden Gillo. Es war das erste Mal, dass er eine Geschichtenabnahme unterbrach. Er rannte die Straße hinunter, stürzte in die Osteria und rief:

»Nein, nein, nicht die Jukebox!«

Die drei Männer der Transportfirma hatten den Kasten schon bis zur Tür geschleppt.

»Ach komm, Walter, was sollen wir noch damit?«, rief Beppo.

Da tauchten La Fran und Sibilla auf und diskutierten lautstark mit ihrem Vater. Die drei Männer stellen die Jukebox wieder an ihren Platz und verabschiedeten sich unverrichteter Dinge.

39.

In Sommer wurde La Fran einundzwanzig. Sie sagte, es sei nun die Zeit gekommen, die Osteria ihrer Eltern zu übernehmen. Beppo habe ohnehin genug.

La Fran hatte schon immer gesagt, in Gruma müsse sich endlich etwas verändern. Sie taufte die Osteria neu *Bar La Fran*, strich die Wände grün und blau, kaufte farbige Stühle, manche mit Stoffen bezogen, und ließ zwei Spots an der Decke aufhängen.

Hinter der Theke, auf die Ellbogen gestützt, stand fortan die Sibilla. Sie war erst siebzehn, aber La Fran hatte sie zu ihrer rechten Hand erkoren. Sibillas spitz geformte Ohren stachen wie die einer Elfin aus dem glatten blonden Haar hervor. Sie hatte die meiste Zeit eine Illustrierte vor sich liegen und schien bereits der Verantwortung überdrüssig, die man ihr gegen ihren Willen übertragen hatte.

»Morgen gehe ich fort«, sagte sie immer wieder mit verzogener Miene.

Der Anstrich war neu, aber die Jukebox, der Flipper und der Tischfußball waren geblieben. Anders war nur, dass die Sibilla hinter der Theke stand und wie die Männer, die es sich erfolglos nicht anmerken lassen wollten, die neue Barkeeperin ständig anstarrten.

Es gab immer noch ein paar Halbwüchsige, die lautstark Tischfußball spielten. Man hörte den Ball gegen das Holz prallen. Der Flipper hingegen war öfter kaputt als funktionstüchtig. Nur Beppo konnte ihn reparieren, aber inzwischen dauerte es eine Weile.

»Früher war es hier zum Bersten voll«, meinte Beppo, wenn er ab und zu auftauchte, sich in der neuen Bar nicht mehr zurechtfand. Der leicht gebückt gehende Siebzigjährige wollte behilflich sein, stand aber seinen beiden Töchtern nur noch im Weg.

Auch Walter saß manchmal da und plauderte mit den Alten. Sibilla legte seine Lieblingsplatten in der Jukebox auf. Sie selber fand die meisten Lieder zu altmodisch.

»Früher war alles anders«, sagte Beppo Walter zugewandt, »mein Vater, meine Mutter, meine Großeltern, sie alle arbeiteten den ganzen Tag. Meine Mutter stand nie still.«

»Du stirbst ja noch nicht, Babbo, wieso erzählst du das Walter?«

Walter war zu müde, um abzuwinken, zu voll im Kopf. Es kam vor, dass man nach ihm rief, wenn er in der Bar hockte. Er erhob sich seufzend vom Stuhl, und Sibilla stellte die Jukebox ab.

»Morgen gehe ich fort, fort aus diesem Loch«, murmelte sie, als sie wieder hinter der Theke stand.

Eine Bar zu führen war keine einfache Sache, das wusste Beppo nur zu gut. Zum Glück ergänzten sich seine beiden Töchter auf wunderbare Weise. Sibilla hatte, obwohl sie abwesend schien, alles im Griff. La Fran konnte ihr vertrauen. Sie selber hatte ständig in der Küche, im Magazin oder im Keller zu tun. Sie tauchte in regelmäßigen Abständen im Lokal auf, gab ihrer Schwester eine neue Anweisung und verschwand wieder.

Sibilla musste den Männern und den Jungen standhalten. Einmal stürzte ein Bursche mit einem Messer in die Bar.

»Heute bringe ich jemanden um!«, schrie er laut.

Sibilla trat blitzschnell hinter der Theke hervor und schlug ihm mit einer Flasche über den Kopf, dass der Kerl bäuchlings zu Boden fiel. Sie setzte mit einem Fußtritt nach und bückte sich, um das Messer aufzuheben.

Mit der Sibilla war nicht zu scherzen.

»In einem Jahr werde ich achtzehn, dann verschwinde ich. Was soll ich noch hier? Alle sind weg.«

Wenn sie solche Sätze von sich gab, schaute sie immer Walter an, um von ihm irgendeine Reaktion zu bekommen.

Der alte Beppo stellte sich manchmal hinter die Theke, weil er die alten Zeiten vermisste. Er trocknete die Gläser ab, und wenn er eines fallen ließ, beugte sich Sibilla stumm über die Scherben und hob sie auf. Walter half ihr dabei.

»Du«, sagte Beppo zu Walter, »hast dich früher da auf den Boden gesetzt, an die Jukebox gelehnt.« Er habe sich immer gefragt, was ihm wohl die ganze Zeit im Kopf herumschwirrt. Er habe auf seine Lippen geschaut, die sich ständig wie in einem Gebet bewegten. Die anderen Kinder ließen Walter nicht beim Tischfußball mitspielen, weil er viel zu langsam war.

Früher tanzte man um die Tische herum, erinnerte sich Beppo, und im Sommer auch auf dem Vorplatz, unter der Platane, und jetzt wollte seine jüngste Tochter wegziehen und La Fran allein lassen.

Der Alte vermisste auch Don Pietro, der nicht mehr zum Kaffee kam. Er hatte einen Schlaganfall erlitten. Deswegen musste Erminia ihn während der Messe stützen. Oft vergaß Don Pietro, wo er den Schlüssel zur Kirche hingelegt hatte. Bevor die Messe beginnen konnte, musste man lange warten, bis Erminia mit dem Schlüssel kam. Er humpelte dann an ihrem Arm bis zum Lesepult, machte ganz kleine Schritte, als ob er am Rücken einen Schlüssel zum Aufziehen hätte.

Dann stotterte er eine Litanei vor sich hin. Eigentlich verstand man fast nichts mehr von dem, was er sagte, aber das war weiter nicht schlimm, weil auch immer weniger Leute zur Messe kamen. Walters Anblick konnte Don Pietro nicht ertragen. Er schreckte mit Grimassen vor ihm zurück.

Jetzt, wo La Fran und die Sibilla die Verantwortlichen waren, verbrachte Walter noch mehr Zeit in der Bar. Oder er setzte sich unter die Platane, sah dem schwindenden Tag zu und ließ die Luft über die Wangen streichen in Erwartung, dass man ihn zur Geschichtenabnahme rief. Es war keine lästige Verpflichtung mehr, er freute sich sogar darauf. Inzwischen brauchte er die Geschichten, damit es ihm gut ging.

40.

An manchen Abenden, wenn die Alten in der Bar stumm Karten spielten und die Piazza leer war, erfasste La Fran, Sibilla und Walter ein verwirrter Zustand aus Sehnsucht und unausgesprochener Wut. La Fran schlug mit der Faust auf die Theke, jagte die Gäste aus dem Lokal, schloss sich mit Sibilla und Walter ein und ließ die Rollläden herunter. Sobald es dunkel war und nur noch die Jukebox und der Flipperkasten ein fahles Licht in den Raum warfen, ließen sich die drei auf dem großen Diwan nieder, den La Fran an die Wand gestellt hatte.

La Fran blieb aber nur kurz sitzen. Sie warf die Jukebox an, Sibilla rümpfte gelangweilt die Nase.

»Es gibt ja nichts anderes«, gab La Fran zurück.

Dann schritt sie zum Flipperkasten. Sie schmiss eines der Fünfzig-Lire-Stücke ein, die sie in einer Schachtel hinter dem Tresen aufbewahrte. Der Flipper leuchtete auf. Sie legte sofort los. Der Kasten flimmerte und klimperte. La Fran spielte mit den Handballen, sie hielt den Oberkörper ruhig und bewegte nur die Beine, das Knie, den Fuß, dann die flache Hand, die Faust, wenn nötig die beiden Fäuste oder auch nur die Finger, um der Kugel den richtigen Stoß zu geben.

Einmal ging ein Lämpchen kaputt, der Ball blieb hängen. Sibilla ging zur Theke und holte ein neues. Sie nahm vorsichtig die Glasscheibe ab, holte den Ball heraus, wechselte das kaputte Lämpchen und justierte die Sprungfeder.

La Fran spielte weiter, legte ihre rechte Hand an den Kugelabzug. Sie ließ den Abzug los, kein verbissenes Stoßen, mit kleinen Bewegungen der Handfläche, aus der Hüfte heraus, steuerte sie die Silberkugel. Und als die Kugel in die Nähe der Schläger kam, stoppte sie sie, fixierte ein Ziel, das besonders viele Punkte versprach, atmete tief ein und schlug los. Die Kugel landete dort, wo La Fran es wollte, spickte wie wild herum und trieb den Kasten zum Äußersten.

Sibilla umfasste ein Kissen auf ihrem Schoß, manchmal konnte sie die Tränen nicht unterdrücken. Das war der Moment, in dem La Fran den Kasten losließ und wartete, bis sich die Kugel aus dem klingenden und leuchtenden Tollhaus herauslöste und wie erschöpft nach unten rollte, wo die Flipperfinger sie in aller Ruhe in Empfang nahmen.

La Fran wartete, bis Sibilla mit dem Weinen aufhörte. Dann zog sie ein weiteres Mal den Abzug. Es ertönte das klopfende Geräusch, mit dem ein Freispiel angekündigt wurde. Aber La Fran wollte nicht mehr. Sie löste sich vom Kasten und setzte sich in den Diwan. Sie zündete sich eine Zigarette an, sie hatte mit dem Rauchen begonnen. Sibilla lehnte den Kopf nach hinten, Walter verschränkte die Arme. Sie ließen so die Zeit vergehen, bis es spät wurde. Sie schliefen ein. Als sie aufwachten, war es hell.

An einem Abend, La Fran hatte bereits die Rollläden heruntergelassen, kam Walter von einer Geschichtenabnahme. Seine Ohren suchten nach einer Auszeit. Er ließ sich auf den Diwan fallen. Langsam beruhigte sich seine Atmung.

La Fran legte ein neues Lied auf, setzte sich zwischen Walter und ihre Schwester. Sie saßen da, eng beieinander, La Fran zündete eine Zigarette an, gab sie weiter. Dann umarmten sie sich, nur kurz, fuhren einander mit der Hand durch die Haare. Sie lachten, immer lauter, und dann verstummten sie wieder. Langsam glitten sie in etwas hinein, das ihren Hunger zu stillen versprach. Sie küssten einander, La Fran Walter, Walter die Sibilla, die Sibilla La Fran. La Fran stand nicht mehr auf, um eine Münze in die Jukebox zu werfen. Sie schmiegten sich enger aneinander. Sie sehnten sich danach, nur noch Körper zu sein. Walter schloss die Augen. Er konnte nicht sehen, wessen Lippen wie Saugnäpfe an seinen klebten. Er gab sich blind dem Begehren hin, dem Wunsch, den Körper zum Verschwinden zu bringen. La Fran und Sibilla hielten die Augen offen, weil sie anfingen, sich Walter streitig zu machen.

Plötzlich löste sich La Fran aber aus der Verknotung der Körper, sie sprang auf, verpasste der Jukebox einen Fußtritt, die Sibilla stürzte sich auf sie, kratzte ihr ins Gesicht und hob danach zornig die Faust. Walter zog sich sein T-Shirt vor die Augen.

Am nächsten Tag waren alle drei wie betäubt. Ihre Haut fühlte sich schmutzig an. Die Bar blieb den ganzen Tag geschlossen. Walter verkroch sich zu Hause.

»Was haben die zwei Hexen dir wieder angetan«, schimpfte Zia Filina, die nicht mehr so oft aus dem Haus ging, aber immer noch alles zu erfahren schien.

41.

Da ist ein Fremder, der dich sucht«, kam Sciugar angerannt, »unten, in der Bar.«

Walter saß am Küchentisch. Er schaute gar nicht auf.

Ein neuer Sommer war angebrochen. Es war heiß wie schon lange nicht mehr, Walter verbrachte die meiste Zeit zu Hause, oft dösend in seinem Zimmer.

Sciugar sagte, dieser Fremde sei wie aus dem Nichts aufgetaucht.

»Seltsamer Kerl, weiße Hosen und zwei riesengroße Schweißflecken unter den Achseln.«

Er habe sich eine Zigarette angezündet und seine Augen auf die Sibilla gerichtet. Die habe seinen Blick wie eine lästige Fliege abgeschüttelt.

»Du kennst sie ja, die Sibilla ... Walter, hörst du mir zu?«

Der Mann habe ein Bier bestellt. Sibilla habe es ihm an den Tisch gebracht. Dann sei Fabietto in die Bar gekommen.

»Komm, Kleiner, ich spendiere dir dein Eis«, ruft der Mann in den weißen Hosen. Fabietto schaut ihn verdutzt an. Zwei weitere Kinder stürmen darauf in das Lokal. Alle drei versammeln sich vor der Kühltruhe. Sie zeigen auf ein Eis, nehmen dann ein anderes und tauschen sie noch zwei Mal. Und da ruft der Fremde: »Kinder, hört mal, kennt ihr einen, der hier den Alten zuhört?«

Die Lastwagenfahrer am Tisch hätten einen Moment vom Kartenspiel aufgeschaut.

»Kennt ihn jemand?«, habe der Mann nochmals gefragt.

»Walter!«, ruft Fabietto.

Sciugar klopft sich mit der Hand auf die Stirn, als er Walter das erzählt.

»Verstehst du, dieser kleine Dummkopf hat dem Fremden deinen Namen verraten. In diesem Moment betritt die Carlona das Lokal. Sie hält eine große Zucchini in der Hand. Die kriegst du jetzt auf den Kopf, wenn du nicht sofort nach Hause kommst, ruft sie zu Fabietto.«

Der Mann mit den weißen Hosen sei aufgestanden und zur Theke gegangen.

»Also, dieser Typ, dieser Walter, wo wohnt er?«

Die Carlona habe die Zucchini auf die Theke gelegt und sich einen Kaffee ausschenken lassen. Die Lastwagenfahrer seien lärmend aufgestanden und, die Sibilla grüßend, aus der Bar gegangen.

»Es war unheimlich still, ich sag dir«, kann Sciugar nicht aufhören, »und da kommt plötzlich der alte Beppo aus einer Ecke und murmelt, einfach so, die Bar sei das einzige Lokal in der ganzen Umgebung, in dem es noch eine Jukebox gebe. Dies bringt die Carlona auf die Idee, zur Jukebox zu gehen und fünfzig Lire einzuwerfen. Kurz darauf ertönt *Montagne verdi.*«

»So alte Lieder gibt's hier oben bei euch?«, habe darauf der Fremde in den Raum gerufen.

Sibilla habe sich eine Haarsträhne aus dem Gesicht geblasen.

»Und du, kannst du mir sagen, wo dieser Walter wohnt?«, fragt der Fremde.

»Verstehst du, der gibt nicht auf«, berichtet Sciugar immer aufgeregter, »aber da stürmt die kleine Elena in die Bar. Sie weint, da liege ein Hund mitten auf der Straße, groß und schwarz, er blute aus der Nase. Die Carlona lässt die Zucchini auf den Boden fallen und geht nach draußen, das Mädchen ihr hinterher.«

»Dieser Walter, wo wohnt er?«, gibt der Fremde nicht nach.

»Was willst du denn von ihm?«, faucht die Sibilla.

Die Carlona kommt zurück, den Hund in den Armen haltend, als ob es ein Kind wäre. »Schon wieder ein Auto«, sagt die Sibilla.

»Eure Toten sollen nicht wie tot aussehen, sondern wie eingeschlafen, habe ich gehört. Das hätte mit diesem Walter zu tun.«

»Wer sagt das?«, fragt die Carlona. Sie trägt immer noch den Hund im Arm und streichelt ihn.

»In San Giorgio und anderswo erzählt man von euren Alten, die sich vor dem Sterben einem Jungen anvertrauen.«

»Und was willst du von ihm?«, fragt die Sibilla.

»Nur reden«, antwortet der Mann.

»Da gibt's nichts zu reden«, sagt die Sibilla.

Darauf habe der Mann sein Bier bezahlt, und jetzt gehe er vor der Bar hin und her.

Sciugar war außer Atem. Er hatte versucht, Walter alles so zu berichten, wie er es gesehen und gehört hatte. Als Walter nichts erwiderte, rief er: »Das interessiert dich also nicht!«, drehte sich um und ging aus dem Haus.

Da trat Zia Filina aus ihrer Ecke.

»Nerì, du sprichst nicht mit diesem Fremden«, sagte sie.

In den nächsten Tagen ging sie öfters aus dem Haus. Sie berichtete Walter, es habe sich in Gruma herumgesprochen, dass dieser Fremde weiter nach ihm suchte. Sie setzte sich in die Bar und wartete. Der Mann mit den weißen Hosen tauchte tatsächlich wieder auf.

Er nahm wieder am selben Tisch Platz, hielt einen Zwanzigeuroschein in die Luft und rief:

»Also, wer will mir sagen, wo ich diesen Walter finde?«

»Was willst du von ihm?«, ruft Zia Filina, die an der Theke lehnt.

»Ich will ihn kennenlernen.«

Diesmal war auch La Fran da:

»Hör mal, Fremder, das ist meine Bar, und ich will hier keinen Aufruhr, besser, du verschwindest und lässt uns in Ruhe.«

»Was ist das für eine Geheimnistuerei? Wer ist dieser Walter? Ich will ihn ja nur kennenlernen.«

Zwei Kinder spielen am Fußballkasten. Sie schreien *»Gol, gol …«*.

Zia Filina tritt vor den Fremden und sagt:

»Walter ist nicht da, und er will nicht mit dir reden, er will mit niemandem reden.«

Da ruft aber schon wieder der Fabietto: »Walter ist oben beim Teich.«

Die Sibilla verpasst ihm eine Ohrfeige. Der Mann in den weißen Hosen zwinkert Fabietto zu, lacht und erhebt sich vom Tisch.

Der Zwanzigeuroschein lässt Fabietto die Ohrfeige vergessen. Er geht aus dem Lokal und der Fremde hinterher.

Sciugar hatte ein zweites Mal alles gesehen und rannte zum Teich:

»Fabietto, dieser Trottel, bringt den Fremden hierher, sie steigen im Laufschritt zu dir hoch. Du musst dich verstecken, der Kerl gefällt mir nicht!«

Walter blieb sitzen wie ein Krieger, der beschlossen hat, auf seinen Feind zu warten.

42.

Als Fabietto und der Fremde zum Teich kamen, kauerte Walter gedankenabwesend im Schilf. Sciugar stand bei ihm.

»Er liegt ja gar nicht im Wasser«, rief der Fremde außer

Atem. Der Schweiß floss ihm über Stirn und Wangen. Fabietto hatte ihm wohl beim Hinaufsteigen mehr erzählt.

»Du bist also Walter«, röchelte er, »ich bin Teodoro, aber nenn mich Teo.«

Er reichte Walter die Hand, der blieb aber sitzen.

Teo zuckte einen Fünfeuroschein aus der Tasche und sagte dem Knaben, dass er verschwinden solle.

Fabietto rannte weg.

»Du auch!«, sagte der Fremde zu Sciugar, der sich gesenkten Hauptes Richtung Dorf aufmachte.

Walter erhob sich. Teo sagte, er habe von ihm gehört und er wolle ihn kennenlernen. Walter blieb stumm.

»Schön hier«, sagte Teo nach einer kurzen Pause.

»Ich finde hier meine Ruhe«, sagte Walter.

»Ich war unten im Dorf, scheint mir nicht so, dass man hier die Ruhe suchen muss«, lachte Teo.

Woher er denn komme, fragte Walter.

»Aus der Stadt. Auf dem Land fühle ich mich immer etwas fehl am Platz.«

Walter sagte, in Gruma sei man sich nicht immer so einsam vorgekommen.

»Schöner Teich«, sagte Teo nach einer längeren Pause.

Dann wollte er wissen, ob man darin schwimmen könne.

»Besser nicht«, sagte Walter, »es gibt Strudel und Wasserschlangen.«

Er habe aber gehört, erwiderte Teo, Walter würde sich hier aufs Wasser legen und abtauchen.

In diesem Moment war von Weitem Zia Filinas Stimme zu hören. Walter sagte, er müsse jetzt gehen.

Am nächsten Tag kam Teo wieder, an den darauffolgenden Tagen auch. Er fand Walter immer am Teich.

Teo konnte geschickt Fragen stellen, ohne dass man die

Frage bemerkte. Oder sie wirkten wie nebenbei gesagt. Walter kannte sich ohnehin nicht aus mit Fragen. Er musste bei der Geschichtenabnahme ja nur zuhören. Teo verhielt sich zurückhaltend und höflich, aber jeder Satz folgte einer bestimmten Absicht.

»Ich höre den Sterbenden einfach zu«, sagte Walter.

»Und ich kann mir vorstellen, dass sie dir die unglaublichsten Sachen erzählen«, bohrte Teo nach.

»Ja«, lächelte Walter.

Zwischendurch schwiegen sie. Das gehörte wohl ebenfalls zu Teos Plan.

Zuhören sei eine Kunst, sagte er, das könne man wohl nicht lernen. Er ließ den Faden nie ganz fallen.

»Ich habe es vom alten Olmo übernommen, als ich noch ein Kind war«, erzählte Walter weiter.

Alte Leute sprächen bekanntlich viel, meinte Teo.

»Ja, da liegt so viel verborgen«, sagte Walter.

Seine Großmutter, sagte Teo, habe auch viel erzählt, er sei aber auf Reisen gewesen, als sie starb.

»Ich kann nicht verreisen«, sagte Walter nachdenklich, »sie brauchen mich hier.«

Gebraucht werden sei doch etwas Schönes, meinte Teo.

»Aber sie saugen mich auf.«

Er sei noch rechtzeitig zum Begräbnis seiner Großmutter gekommen, erzählte Teo weiter. Sie sei in einer Kapelle aufgebahrt gewesen. Er habe mit den Fingern ihr blasses Gesicht berührt. Die Falten habe er nicht gefühlt.

»Die meisten von ihnen wollen nicht berührt werden«, erklärte Walter.

Teo sagte, durch das viele Zuhören führe Walter doch gleichzeitig viele Leben.

»Ja«, lächelte Walter ein zweites Mal, »sie sind alle in meinem Kopf!«

Er stelle sich das als ein großes Wirrwarr vor, sagte Teo.

»Zuerst schweigen sie«, sagte Walter, »sie wollen, dass ich warte, oft mehrere Stunden, ohne ein Wort, aber es ist alles schon da, ein Gefühl, das sie alle tief in sich tragen, und irgendwann nach dem Warten geben sie nach.«

Sein Vater, holte Teo neu aus, sei erst kürzlich gestorben, er habe Krebs gehabt, habe sein Todesurteil nicht hinnehmen wollen und mit allen Mitteln bis zum letzten Tag um sein Leben gekämpft. Es sei alles andere als ein sanfter Tod gewesen.

»Wenn sie mich rufen, sind sie vielleicht noch nicht ganz bereit, aber sie wollen nicht mehr zurück«, unterbrach ihn jetzt Walter.

Sein Vater habe Angst gehabt, das habe man gut sehen können, in seinen Augen, auf seinen Lippen.

»Wenn sie sich auserzählt haben, zittern sie nicht mehr, und es ist keine Angst mehr in ihrem Blick«, antwortete Walter.

Er stelle sich vor, sagte Teo, dass viele von ihnen mit ihrem Erzählen eine Art Abbitte leisten, beim Pfarrer zu beichten sei ja nicht mehr so in Mode, in der Stadt zumindest nicht.

»Sie erinnern sich einfach«, erklärte Walter, »sie sind von Erinnerung durchdrungen, und wenn sie fertig sind, sehen sie gefasst dem Tod in die Augen.«

Walter sagte auch, man könne sie nicht überlisten, sie merkten jeden Funken Ungeduld.

Walter und Teo konnten stundenlang am Teichrand miteinander plaudern. In den Pausen versuchte Walter nachzudenken. Er schloss die Augen und ließ den kühlen Wind, der vom Monte Grasso kam, über sein Gesicht streichen. Ab und zu schielte er zu seinem neuen Freund hinüber. Er fand, der Name Teo, der für ihn einen sanften Klang hatte, passe überhaupt nicht zu ihm. Mit seinem lauten Lachen, mit der ständigen Unruhe in seinen Gliedern wirkte er vielmehr stürmisch und einnehmend. Wenn sie am Teichufer saßen, spiegelten sich ihre Gestalten auf der Wasseroberfläche. Walter wirkte neben Teo schmächtig. Seine Augen blickten nirgendwohin. Es war eine zwiespältige Sache. Walter fühlte sich unwohl, und gleichzeitig gab Teo ihm Halt. Er spürte, dass er eine ihm unbekannte große Freiheit besaß, und das wühlte ihn auf. Und so gab Walter von Mal zu Mal etwas Neues von der Geschichtenabnahme preis. Es passierte wie ohne sein Zutun.

Nach zwei Monaten fragte Teo:

»Dürfte ich einmal mitkommen?«.

Nein, sprang Walter hoch wie von einer Wespe gestochen, das sei unmöglich, undenkbar, er stotterte aufgeregt und verwirrt vor sich hin, drehte sich zweimal um die eigene Achse und lief davon.

Teo insistierte nicht, sondern rief ihm nach:

»Wir sind doch jetzt Freunde!«

43.

Eine Zeit lang sprach Teo kein Wort mehr über die Geschichtenabnahme. Er kam nach Gruma zu Besuch, blieb aber immer nur kurz, weil er, wie er sagte, irgendwelche Termine hatte. Er sagte nie genau, womit er sich beschäftigte. Den Lebemann gebend hatte er immer genug Geld dabei, saß im offenen Hemd und rauchend am Steuer seines Wagens und wartete auf Walter. Auch Sciugar kam dazu. Sie unterhielten sich. Teo bot Walter Zigaretten an. Irgendwann sprach nur noch Teo. Er prahlte, er könne im Stehen schlafen, er brauche auf offener See keinen Kompass und schaffe es, mehr als vier Minuten die Luft anzuhalten, und einmal zeigte er das Foto seiner ehemaligen Freundin. Auf dem Bild war eine lachende braunhaarige Frau zu sehen. Teo sagte, seine Freundin habe ihm nur dann gefallen, wenn sie lachte, aber niemand könne die ganze Zeit lachen. Sciugar hörte beeindruckt zu, versuchte seinerseits, die Luft anzuhalten, kam aber nie über eine Minute hinaus. Dann plötzlich ließ Teo den Motor des Wagens an. Er sagte nicht, wann er wieder vorbeischauen würde.

Walter begann, auf ihn zu warten.

Manchmal nahm Teo Walter mit nach San Giorgio. Dort verbrachten sie den Nachmittag im Kino oder in einer Bar. Die alkoholischen Getränke – Walter staunte über deren Namen –, die Teo den Frauen und sich ausschenkte, machten Teo noch gesprächiger. Er sagte immer, das Leben müsse gefeiert werden.

Hie und da, selbst im größten Festgetümmel, stellte Teo nebenbei eine seiner verdeckten Fragen, die Walter unbekümmert beantwortete.

»Wenn sie erzählen, haben sie eine andere Zeitrechnung«, gab er preis, »manche haben ein zweites oder gar drittes Leben gehabt.«

Walter gebe ihnen wohl Hoffnung, meinte Teo.

»Manchmal scheint das Erzählen wie eine heilende Kraft zu wirken, sie sind dann ganz ruhig und schlafen ein. Der Körper nimmt sie mit.«

Walter begann, von sich aus über die Geschichtenabnahme zu berichten. Teo gab sich nonchalant, hörte aber aufmerksam zu. Walter wusste nicht, dass er am Abend das meiste davon aufschrieb.

Sie unternahmen weitere Ausflüge, mit Teos Auto, in die nähere Umgebung, aber auch ans Meer, einmal sogar kurz bis nach Rom, den allfälligen Geschichtenabnahmen zum Trotz. Teo drehte das Radio voll auf, hielt eine Hand als Trichter vor den Mund und sang die Lieder mit, fuhr auch mal freihändig, lachte herzhaft, musste scharf bremsen und wieder einschwenken, weil er auf die Gegenfahrban geraten war.

Während eines solchen Ausfluges hatte Walter sein erstes Mal mit einer Frau. Er war danach so benommen, dass er nicht sagen konnte, wie es gewesen und was mit ihm los war. Teo lachte ihn aus. Er sagte, in Gruma könne man kein Mann werden. Es folgten für Walter mehrere sehr kurze und heftige Begegnungen, zu denen es ohne Teo nicht gekommen wäre und von denen er oft mit Kratzern im Gesicht oder blauen Flecken am Hals zurückkehrte. Er hatte entdeckt, dass er mit der Sache der Geschichtenabnahme den Frauen imponieren konnte. Sie waren neugierig, fragten und fragten, er gab nicht alles preis.

Er schloss sich nicht mehr mit La Fran und Sibilla in der Bar ein. Er suchte nach fremden Körpern. Sie hatten diese Rauheit, an der er seine Haut aufreiben konnte.

Nachdem Walter seine Begierde in der Vereinigung seines Körpers mit einem anderen gestillt hatte, traf er Teo in irgendeinem Lokal wieder, wo getanzt und getrunken wurde, oder sie fuhren auf schmalen Landstraßen in den Hügeln um Gruma herum. Walter wunderte sich, wie zurückgeblieben und ärmlich ihm die ganze Umgebung plötzlich vorkam. Deshalb sagte er, Teo solle lieber wieder Richtung Autobahn und Meer fahren. Von der neugierigen Aufgeregtheit getrieben, endlich die weite Welt und die aufwühlenden Seiten des Lebens zu entdecken, genoss er die unbeschwerte Zeit mit seinem Freund. Teo hatte immer einen Fotoapparat dabei. Walter knipste wahllos Bilder aus dem Fenster. Er ließ die Scheibe runter und streckte den Kopf heraus, spürte seine schwarzen Haare im Gesicht und ließ sie im Wind einer Zukunft wehen, die er sich verheißungsvoll vorstellte und bei der ihm alles möglich und erlaubt schien.

Sie blieben einige Tage weg, manchmal auch eine Woche. Walter telefonierte nach Hause.

»Ist alles ruhig? Kann ich noch bleiben?«

Einmal hat Walter wegen einer Geschichtenabnahme Hals über Kopf nach Gruma zurückkehren müssen. Teo brachte ihn rechtzeitig zurück.

Walter mied fortan La Fran. Sie suchte nach ihm, stellte ihn zur Rede, »was ist mit dir, was treibst du mit diesem Typen?«, aber Walter wich aus, stieß sie sogar weg, wenn sie versuchte, ihn zu berühren. Und bald war Teo wieder da, und Walter konnte endlich wieder mit ihm fortgehen.

An einem trüben Tag im Spätherbst fuhren sie auf der Autobahn Richtung Süden, die Musik war laut aufgedreht, als Walter aus dem Fenster schaute und plötzlich ein stechendes Heimweh nach Gruma verspürte. Er wollte zurück. Er sagte zu Teo:

»Hättest du Lust auf ein richtiges Gewitter? Gruma ist berühmt dafür, und die Gewitterzeit ist da.«

»Aber ja doch«, lachte Teo, nahm die erste Ausfahrt und wendete. Am Abend waren sie wieder in Gruma.

Teo hatte längst auch Zio Fredo und Zia Luana erobert. Für ihn stand immer ein frisches Bett bereit. Wenn Teresa zu Besuch kam, scherzten sie miteinander. Zia Filina blieb hingegen distanziert.

Am nächsten Morgen ging Walter nach draußen, um dem unwirklichen Rauschen in den Eichen zu lauschen. Sie müssten nur ein, zwei Tage warten, dann würde sich der Himmel verdunkeln, erklärte Walter seinem ungeduldigen Freund. Am nächsten Morgen war es so weit.

»Komm!«, rief Walter.

Ein flackerndes Leuchten in den Wolken zeigte an, dass es auf dem Monte Grasso schon begonnen hatte. Kurz darauf folgten grollende Donner. Die Erde zitterte. Walter schielte auf seinen Freund.

Dann setzte der böige Wind ein, erste schwere Regentropfen schossen vom Himmel, und schließlich erhellten zuckende Blitze den Teich.

»Nimm dich vor den Blitzen in Acht!«, schrie Walter.

»Die machen mir keine Angst!«, rief Teo zurück und zog sein Hemd, seine Hosen und sogar seine Unterhosen aus.

Ein prasselnder Regen peitschte auf den nackten Körper, kleine Hagelkörner sogar, aber Teo stand da und streckte dem aufgerissenen Himmel die Faust entgegen. Da zog sich Walter auch aus, und nun sprangen sie gemeinsam inmitten des tosenden Sturms herum und lachten und schrien sich die Kehle frei.

Als das Gewitter nachließ, fielen sie nebeneinander mit ausgestreckten Armen zu Boden und lachten immer noch. Die Luft war aufgefrischt, und um sie herum richteten sich das Gras und die Sträucher langsam wieder auf.

»Du nimmst mich doch jetzt einmal zu einer dieser Geschichtenabnahmen mit, nicht wahr?«, sagte Teo ganz nah an Walters Ohr.

44.

Die alte alleinstehende Marzia hatte Walter zu sich rufen lassen.

Diesmal konnte er sich Teo, der wieder einmal in Gruma war, nicht widersetzen. Dieser schwor, er würde sich ganz ruhig verhalten, sich sogar unsichtbar machen. Er war im ersten Moment verwirrt, denn es war nicht so, wie Walter es geschildert hatte. Marzia lag nicht im Bett, sondern saß auf einem Stuhl und rauchte dem Fenster zugewandt, das einen Spaltbreit geöffnet war.

»Du kommst nicht allein?«, fragte Marzia, ohne sich umzudrehen.

»Das ist ein Freund«, antwortete Walter, als er auf seinem Stuhl Platz nahm, »er stört uns nicht, er sitzt einfach dabei.«

»Das hat es noch nie gegeben«, widersprach Marzia.

»Es muss aber sein, allein wird es mir langsam zu viel.«

»Nein, nein!«, schrie Marzia.

Walter winkte Teo weg. Der ging hinaus und schloss langsam die Tür hinter sich.

»Ist er weg?«, fragte Marzia.

»Ja, er ist weg, alles gut«, sagte Walter.

Marzia nahm einen weiteren Zug. Es sah überhaupt nicht so aus, als ob sie dem Sterben nah wäre. Nicht nur wegen der kräftigen Stimme, sie wirkte robust, präsent. Ihr beschwerliches Leben hatte ihren Körper nicht ausgemergelt, sondern aufgepumpt, sodass ihr altes Herz zusammen mit der Lunge immer fester zusammengedrückt wurde. Marzia war fünfundachtzig. Der Arzt hatte ihr gesagt, sie müsse sich schonen, das Rauchen aufgeben, weniger essen, wenigstens ein paar Schritte am Tag gehen. Sie befolgte nichts von dem. Sie wollte möglichst rasch sterben. Zwei Ehemänner, fünf Kinder, sie sagte, sie habe genug, sie bekomme immer weniger Luft, und sie habe keine Kraft mehr, um ihren Körper von einem Zimmer ins andere zu schleppen. Alles tue ihr weh, die Gelenke, die Beine, die Füße. Ja, ja, äußerlich sehe es nach viel Kraft aus, innerlich fühle sie sich aber ausgehöhlt, wie ein alter Baum, der nur noch Rinde sei.

Walter stand auf, um das Fenster zu schließen, denn Marzias Tränen kündigten an, dass sie mit dem Erzählen begann. Sie war erschöpft, sie schloss die Augen und hielt sie zu. Es folgte eine lange Pause. Walter spürte, wie hinter ihm die Tür aufging und Teo sich hereinschlich.

»Mein Herz«, sagte Marzia, indem sie sich auf die Brust klopfte, »mein Herz war früher groß und stark, nur für ihn hat es darin keinen Platz gehabt.«

Sie meinte ihren einzigen Sohn, der von Geburt an anders gewesen war.

»Ich habe mich immer geschämt, ihn zu haben, ich war ihm keine gute Mutter.«

Er heißt Domenico, in Gruma nannten ihn alle Mimmo. Er ist immer ein Kind geblieben. Wenn er etwas nicht bekam, schrie und tobte er laut drauflos.

»Er hämmerte so lang mit dem Kopf ans Bettgestell, bis das Holz einriss«, erzählte Marzia zwischen einem Zigarettenzug und dem nächsten. Das Reden kostete sie viel Kraft, und ihre Stimme war mit einem Mal ein einziger Pfeifton, als wäre ihre Lunge durchlöchert wie ein Sieb.

Teo drückte sich in der Zimmerecke gegen die Wand. Man hörte ihn nicht einmal atmen.

Um Pipi zu machen, fuhr Marzia fort, habe sich Mimmo neben die dampfenden Tiere im Stall gestellt. Wenn sie ihm das verboten habe, habe er sich in die Hosen gemacht. Und sie schlug ihn deswegen. So viele Ohrfeigen und Fußtritte habe sie ihm verpasst. Und trotzdem habe er sich immer mehr um sie gesorgt als umgekehrt. Je mehr Liebe sie ihm verweigerte, desto mehr schenkte er ihr davon.

Mimmo verlangte ihr viel ab. Er lachte die ganze Zeit, ohne dass man herausfinden konnte, weshalb. Zu Hause, in der Kirche, überall, immer dieses lästige doofe Gekichere. Marzia hätte doch annehmen können, er träume einfach nur etwas Schönes, aber sie habe es ihm nicht gönnen wollen, sie habe ihn in seinem Bett geschüttelt und ihn angeschrien, er solle wenigstens in der Nacht die Klappe halten.

Am nächsten Tag erinnerte sich Mimmo nicht mehr an die nächtliche Schelte und lachte schon wieder ohne Grund drauflos. Sie hätte doch einfach mitlachen können, der Klang seines Lachens sei manchmal so unbefangen und frei gewesen, aber sie habe das damals nicht geschätzt. Wenn er jetzt da wäre, wie gern würde sie mit ihm lachen.

Mimmo wohnte schon lange unweit von San Giorgio in einem Heim. Er hatte sich dort gut eingelebt und wollte nicht mehr nach Hause.

Marzias Körper bebte vor Aufregung. Walter schaute einmal zu ihr und einmal zu Teo, der lautlos auf jedes Wort und jeden Blick achtete. Er nahm sich immer wieder vor, ganz bewusst der wuttraurigen Marzia zuzuhören, so wie er es gelernt hatte, vom ersten bis zum letzten Wort, aber diesmal lag ein Graben zwischen ihm und der Frau, den er nicht überwinden konnte.

Und nun sitze Mimmo wie ein Kobold in ihrem Kopf, sagte Marzia, er höre nicht auf zu kichern, er plage sie, als Vergeltung, das geschehe ihr recht, ganz bestimmt, aber sie habe jetzt genug, sie wolle sich hinlegen, die letzte Zigarette rauchen, sie wolle nicht auf dem Stuhl sterben.

Also erhob sie sich. Erst dann sah man ihre Krampfadern. Ihre Beine vermochten ihren massiven Körper nicht mehr zu tragen, man sah das ganze Ausmaß an Unheil, das das Rauchen und die Trägheit ihren Gliedmaßen angetan hatten. Das Gewicht lastete auch auf der Brust und dem Gesicht, sodass Marzia bei jedem Schritt gezwungen war, die Zähne zusammenzubeißen und die Augen zu einem Schlitz zusammenzudrücken.

»Du sagst ihm, es tue mir leid, du sagst es ihm!«, rief sie Walter zu, während sie Richtung Bett torkelte, »das musst du mir versprechen!«

»Ich darf nichts versprechen«, antwortete Walter.

»Du hast auch schon anderen was versprochen, ich weiß es, wieso bei mir nicht!«

Marzia hielt sich die linke Hand an die Brust und schleppte ihren riesigen Körper weiter vorwärts. Am Bettrand brach sie zusammen. Walter konnte den schweren Körper rechtzeitig auffangen und aufs Bett lenken, dass er auf die Matratze krachte. Nun lag Marzia da, wie ein gestrandeter Wal. Sie konnte nicht mehr sprechen, ihr Gewicht entzog ihr Stück für Stück die letzte Luft. Man hörte nur noch den Pfeifton ihrer Lunge, der immer lauter wurde und in ein Röcheln überging. Ihr Blick verriet eine träge Angst.

Walter rückte seinen Stuhl näher ans Bett. Das Warten begann, die Stille setzte ein. Marzia lag mit offenem Mund da, nach Luft ringend. »Du sagst es ihm«, zwei, drei Mal sprach sie es noch aus.

Als Walter aus der Stille erwachte, stand Teo immer noch in der Ecke. Marzia hingegen war in der Zwischenzeit von ihrem eigenen Körper erdrückt worden. Ihr offener Mund war erstarrt und schien den Schrei der Stille auszustoßen.

45.

Nach Marzias Geschichtenabnahme begann Teo, unverhohlen Fragen zu stellen, denen Walter hilflos ausgeliefert war:

»Bist du ein Seelsorger oder so was? Stimmt das alles, was sie dir da erzählen? Bezahlen sie dich?«

Er hatte sich eine schroffe Art angewöhnt, Walter anzusprechen, und erhob die Stimme, wenn dieser einmal nicht antworten wollte. Also gab Walter aus Wut seine Geheimnisse schreiend preis:

»Am Ende kehren sie dahin zurück, wo alles begann, frag nicht, weshalb.«

Ungefähr ein halbes Jahr später schaffte Teo es, einer zweiten Geschichtenabnahme beizuwohnen.

Es ging um den zweiundsiebzigjährigen Giannino. Er hatte einen Schlaganfall erlitten. Seine Frau hat es an dem schiefen Mund, den unbestimmten Handbewegungen und der unverständlichen Aussprache bemerkt. Keine zwei Wochen später konnte Giannino nicht mehr gehen. Er aß nichts mehr und atmete schwer. Seine Frau holte Walter mitten in der Nacht. Eine Stunde später stand Teo vor der Tür. Er hatte eine Filmkamera dabei. Ginos Frau stand ahnungslos im Türrahmen.

»Walter!«, schrie sie.

Walter rief aus dem Zimmer zurück, sie solle den Mann hereinlassen, er brauche ihn.

»Weshalb?«, fragte Ginos Frau.

Teo schubste sie einfach auf die Seite und trat ein.

»Wo bist du?«, rief er.

»Hier, aber sei leise«, antwortete Walter aus dem Sterbezimmer.

Als er ins Zimmer kam, sagte er, er stelle die Kamera einfach hin, der Sterbende würde es gar nicht merken. Man hörte, wie Ginos Frau gegen die Tür klopfte.

»Hör auf zu klopfen!«, rief Walter, »es hat schon begonnen, wir müssen leise sein.«

Jetzt hörte man nur noch ihr Winseln hinter der Tür. Teo hatte seine Kamera im Nu aufgestellt und blieb mit dem Rücken an die Tür gelehnt stehen. Im Zimmer war es dunkel. Gianninos Frau hatte zwei Kerzen auf den Nachttisch gestellt. Giannino hatte von der ganzen Aufregung nichts mitbekommen. Er lehnte am Bettende. Walter richtete ihn etwas auf. Speichel floss ihm aus den Mundwinkeln. Walter setzte sich auf die Kante. Giannino gab nur verzerrte Laute von sich. Ein Kloß im Hals machte ihm das Atmen schwer.

Er hatte ein Leben lang Grumas kleinen Postschalter bedient und Briefe und Pakete ausgetragen. Und er war ein begnadeter Hobbymaler gewesen, in ständiger Konkurrenz mit Merlo, dem Fotografen. Am Sonntag setzte sich Giannino vors Haus oder ging hinaus aufs Feld und malte, Häuser, die Landschaft, Bäume, Blumen, den Teich, aber auch Menschen. Ein paar seiner Landschaftsbilder hatten lange Zeit Beppos Osteria geschmückt. La Fran hatte zwei aufbewahrt, eins an der Wand über der Jukebox und das zweite hinter der Theke aufgehängt.

Viele in Gruma hatten sich von Giannino porträtieren lassen. Zia Filina hatte ein Bild vom kleinen Walter anfertigen lassen, das aber nicht besonders gelungen war, weil Walter nicht hatte stillhalten wollen.

Nun saß Giannino zusammengekrümmt in seinem Bett. Sein ausgemergelter Körper zuckte bei jeder Bewegung. Walter blieb ruhig bei ihm sitzen. Giannino versuchte verzweifelt, die Worte aus seiner Kehle herauszuwürgen, aber es kam nur unverständliches Gekrächze hervor.

Hinter der Tür weinte Gianninos Frau immer noch. Sie kratze am Holz wie eine Katze, die hereinwill. Teo drückte seinen Rücken an die Tür.

Walter rieb sich immer wieder mit dem Ärmel übers Gesicht, um konzentriert zu bleiben. Er blickte dem strauchelnden Giannino in die Augen und wartete. Nach einer Weile gab Giannino auf und zeigte mit dem Finger auf den Schrank. Walter musste ihn öffnen. Darin kamen eingerahmte Bilder zum Vorschein, die akkurat aneinandergestellt waren. Walter hörte, wie Gianninos Atem schneller ging. Er begann zu schnauben. Er gab zu verstehen, dass

Walter die Bilder herausholen sollte. Walter machte zuerst das Licht an. Dann stellte er jedes Bild, eins neben das andere, an die Wand. Es waren lauter Aktbilder. Man erkannte Gianninos Frau, in den verschiedensten Posen. Auf einigen Bildern war sie ganz nackt, auf anderen mit entblößter Brust oder mit verträumtem Blick, einmal mit offenem gelockten Haar verführerisch in Szene gesetzt. Giannino hatte auch andere Frauen gemalt, die Walter aber nicht kannte. Walter dachte kurz an Sciugars Kalender. Gianninos Bilder hatten aber nichts Anrüchiges, sie kamen wie aus einer anderen Zeit.

Walter merkte, wie Teo, noch enger in die Ecke gedrückt, die Kamera auf die Bilder richtete.

Giannino wollte jedes einzelne Bild nochmals ansehen. Sein Blick blieb auf einem Frauenporträt haften, bei dem die hellen Hauttöne und das Rot eines Schals um die Hüfte hervorstachen. Der eindringliche Blick der Frau führte aus dem Bild heraus. Giannino durchlief ein Schauder. Er schlug die Bettdecke auf, spannte seine Beine an, schlug mit den Armen um sich, seine eine Hand griff ins Kissen, die andere krallte sich an Walters Hemd fest.

Im Zimmer war es heiß geworden.

Giannino zog weiter an Walters Hemd. Er zeigte mit dem Finger auf jedes einzelne Bild, begleitet von einem unverständlichen Kommentar, dann gab er gestikulierend zu verstehen, dass man die Bilder verbrennen solle. Walter sagte, das dürfe er nicht tun, das sei nicht seine Aufgabe.

Giannino war verstummt. Er lag regungslos da. Walter bewegte sich nicht.

Nach einer langen Pause flüsterte Teo ins Zimmer hinein, er würde die Bilder an sich nehmen.

»Psst, es ist noch nicht vorbei«, sagte Walter.

Gianninos Gelenke waren ganz steif geworden, aber er

gab einen röchelnden Laut von sich, als ob er versuchte, lästige Sandkörner in seinem Mund loszuwerden.

»Der ist doch schon mause«, sagte Teo, der keinen Grund mehr sah, flüstern zu müssen. Er stieß die Tür auf. Gianninos Frau saß auf dem Fußboden. Sie hatte sich ergeben. Teo kletterte über den ermatteten Körper und ging hinaus. Er kam mit dem Auto zurück. Gianninos Frau stand wieder vor der Tür und wollte ihn nicht wieder reinlassen. Er packte sie am Kragen, warf sie kurzerhand aus dem Haus und schloss die Tür. Walter hatte in der Zwischenzeit die Bilder wieder in den Schrank verstaut. Teo stürmte ins Zimmer, öffnete den Schrank und griff nach dem ersten Bild. Walter schrie ihn an. Teo nahm sich schon ein zweites. Walter sprang ihn von hinten an und umklammerte seinen Hals. Teo geriet in Rage. Er ließ das Bild fallen und verpasste Walter einen Ellenbogenschlag ins Gesicht.

»Fahr zur Hölle, du Scheißkerl.«

Walter ließ los und fiel zu Boden. Teo traktierte ihn mit ein paar Fußtritten in den Magen und in den Rücken. Walter schnappte nach Luft, weinte und blutete aus der Nase. Teo nahm vier, fünf Bilder unter den Arm, spuckte auf Walters zuckenden Körper und verschwand.

Walter blickte auf den offenen Schrank und dann in Gianninos Gesicht, das in der Zwischenzeit zu einer hässlichen Fratze erstarrt war. Nie zuvor war der Schrei der Stille so schmerzhaft durch Walters Kopf gefahren.

46.

Walter spürte die raue Hand seiner Tante auf der Stirn. Er lag im Bett, mit geschwollenem Gesicht und stechenden Schmerzen im Rücken und in den Rippen. Er hatte Fieber.

Der Schweiß lief ihm den Nacken und den Rücken herunter, die Matratze unter ihm war nass. Er schaute seine Tante entgeistert an.

»Wie er dich zugerichtet hat, dieser Gauner!«

Walter versuchte sich zu erinnern. Die Schmerzen hinderten ihn daran.

Nach zwei Tagen des Fiebers wollte Zia Filina das Bett frisch anziehen, ihm Wickel auf die Stirn legen, aber Walter schob sie weg. Die Augen brannten, die Schmerzen ließen nicht nach. Im Fieberwahn sprach Walter wirres Zeug. Er träumte, weinte im Schlaf.

Nach ungefähr einer Woche, Walter hatte kein Zeitgefühl mehr, tauchte Gianninos Frau ganz aufgeregt auf, um ihm mitzuteilen, bei Giannino sei es noch nicht vollendet, er atme noch, und so wie sie es verstanden habe, wolle er noch etwas sagen. Walter sollte bitte kommen. Aber Walter starrte sie mit dem verlorenen Blick eines Träumenden an.

Er blieb mehr als zwei Wochen im Bett, ohne zu essen und ohne ein Wort zu reden. Er nippte nur ab und zu an dem Glas mit Wasser, das Zia Filina ihm auf den Nachttisch gestellt hatte.

Als er sich, endlich fieberlos, aufraffte, ausgemergelt und torkelnd aus dem Bett stieg, seine Sachen anzog, das Fenster öffnete, sich aufs Geländer stützend die Treppe hinunterstieg und kurz nach draußen ging, spürte er, dass Gruma von einer Unruhe erfasst worden war.

Er erfuhr von Zio Fredo, dass man nach ihm gefragt hatte. Leute von der Presse, erklärte Zio Fredo, sie hätten sich im Dorf umgeschaut, vor der Kirche, in der Bar von La Fran. Sie hätten die Alten beim Bocciaspielen belagert. Sie wollten möglichst viel über die Geschichtenabnahme erfahren. Ob das so etwas wie eine Tradition sei, wieso man in Gruma die Geheimnisse seines Lebens einem Geschichtenabnehmer verriet, wann das Ganze angefangen hätte, ob sie bereit wären, einige dieser Geschichten zu erzählen. Zio Fredo sagte, er habe den Alten geraten, einfach verblüfft dreinzuschauen, den Kopf zu schütteln und so zu tun, als habe es nie eine Geschichtenabnahme gegeben. Die gierige Meute sei auch zu Don Pietro gegangen. Er stand am Altar im flackernden Kerzenschein. Er war umzingelt. Erminia habe den Eindringlingen das Kreuz entgegengehalten, doch sie hätten sie weggeschubst. Don Pietro sei den Fragen ausgewichen und habe versucht, die ganze Sache mit Wortfetzen und unkoordinierten Handbewegungen herunterzuspielen.

Zio Fredo hatte Mühe, die Geschehnisse einzuordnen. Irgendwann seien Geldsummen angeboten worden. Damit habe man sich Einlass in die Häuser verschafft, mit Fotoapparaten, Scheinwerfern und Mikrophonen ausgerüstet. Die Familien gaben Interviews. Es wurden Fotos veröffentlicht, Zio Fredo zeigte sie Walter, ein Bild der schwergewichtigen Marzia, das Teo heimlich geknipst hatte, ein Bild von Giannino, wie er von seinem Bett aus mit dem Finger auf etwas zeigte.

Gegen Ende sei sogar eine Filmcrew des staatlichen Fernsehsenders aufgetaucht. Auch dieser Teo sei wieder dabei gewesen, aber nur noch in einer Nebenrolle. Man hatte einen Schauspieler verpflichtet, um eine Geschichtenabnahme nachzuspielen. Die Sendung wurde ausgestrahlt. Die Alten von Gruma sahen verblüfft zu, wie ihr Ritual da in Szene gesetzt wurde. Der Schauspieler hatte dies und das erfunden, aber die Fernsehcrew wollte es echter haben. Es gelang ihnen, ein paar Leute zu überreden, sich ins Bett zu legen und so zu tun, als sei man todkrank. Jene glaubten wiederum, die vom Fernsehen überlisten zu können, indem sie erfundene Geschichten von sich gaben, merkten aber nicht, wie aus ihnen kompromittierende Informationen herausgelockt wurden.

Zia Filina war eine der wenigen gewesen, die standgehalten hatten. Sie saß vor dem Fernseher und murmelte, Gruma sei vergiftet worden und habe sich in Schuld und Schande verstrickt. Dass ihr Neffe Walter damit etwas zu tun haben sollte, wollte sie nicht wahrhaben.

Für besonders große Aufregung hatten Gianninos Aktbilder gesorgt, die ebenfalls im Fernsehen gezeigt wurden. Seine Witwe traue sich nicht mehr aus dem Haus. Und manch einer meinte, die eigene Frau oder Tochter auf den Bildern erkannt zu haben.

Am meisten herausgeplappert habe Sciugar, der es genossen hatte, vom Fernsehen interviewt zu werden. Jetzt musste er sich in La Frans Bar versteckt halten, weil man ihm im Dorf »Verräter« nachrief.

Von alldem hatte Walter nichts mitbekommen. Als er sich zum ersten Mal wieder aus dem Haus wagte, war Gruma bereits verdorben. Ein Seufzen und Streiten, ein Anklagen und Ekel ob der hemmungslosen Entblößung und der Peinlichkeiten ging durch das Dorf. Don Pietro stand vor dem Altar und murmelte »Ich habe es immer gesagt« vor sich hin.

Bald folgten die Schaulustigen, die in Scharen nach Gruma kamen. Sie füllten die Bar der La Fran. Alle wollten Walter sehen, mit ihm reden. Einige hätten ihn gern gebeten, ihren Sterbenden beizustehen. Sciugar, der unterdessen seinen Verrat bereute, saß stundenlang bei Walter, um ihn vor Eindringlingen abzuschirmen. Sibilla und La Fran mussten die Neugierigen wegjagen, die ihre Namen an die Wand kritzelten und die Jukebox heiß laufen ließen.

Zio Fredo hatte Elvira benachrichtigt. Sie hat sich die Sendung im Fernsehen angesehen und rief an, um Walter zu überzeugen, Gruma zu verlassen.

Irgendwann hielt er es nicht mehr aus. Er fühlte sich wie in Stücke gerissen. Er umarmte Zio Fredo und Zia Luana. Zia Filina wollte nicht vom Tisch aufstehen, um ihn zu verabschieden, sie hielt den Blick nach unten auf den Stuhl gerichtet. Walter fielen keine Worte ein, die er ihr hätte sagen können. Er ging aus dem Haus, erreichte den Bivio und stieg in den Bus. In der Nacht, die auf den nächsten Tag folgte, kam er bei seiner Mutter und Franz in der Schweiz an. Er war bald dreißig. Er hatte nichts dabei, nur die Schande, die er aus Gruma mitbrachte.

Die Rückkehr

1.

La Frans Brief hat Risse und Flecken bekommen vom ständigen Auseinanderfalten. Seit zwei Wochen kann Walter nur noch an Gruma denken. Einmal ist der Brief in die Hände der Mutter geraten. Sie hätte ihn beinahe zerrissen.

Walter hat Frühschicht, es soll seine letzte sein. Er hat sich dem Lärm der Maschinen hingegeben. Dann hat er all seinen Mut zusammengerafft. Er hat den von Puderzucker bestaubten Arbeitskittel in der Garderobe an den Nagel gehängt und dem Chef mitgeteilt, dass er kündigt. Der Chef hat gefragt: »Was hast du vor?«

»Ich gehe in mein Heimatdorf zurück.«

»Nur wegen dieses Briefes?«, sagt der Chef.

Walter will gar nicht wissen, woher er das weiß.

In der Nacht sitzt Walter lange neben der schlafenden Mutter. Das haben sie gemeinsam, Filina, Luana und Elvira, wenn sie träumen, sind sie nicht wach zu kriegen. Er hat Elviras Koffer gepackt. Nach dem Frühstück hat er gesagt:

»Mach dich bereit, wir müssen jetzt los.«

»Du schiebst mich also ab.«

»Es ist nur vorübergehend, bis ich zurückkomme.«

Im Altersheim nimmt der Direktor Elvira in Empfang. Er zeigt mit einer theatralischen Geste auf den englischen Garten und verspricht ihr, er würde sie einmal persönlich dorthin zu einem Spaziergang begleiten. Eine Pflegerin nimmt den Koffer und führt Elvira in ihr Zimmer. Walter steht daneben. Er muss mehrmals einen Schritt nach links oder nach rechts machen, damit die Pflegerin an ihm vorbeikann. Vom Bett aus habe die Mutter eine wunderbare Aussicht direkt auf den Garten und die Berge, sagt sie beim Vorbeigehen zu Walter, und gegenüber könne man die Kinder Fußball spielen sehen, das sei doch aufmunternd.

Am nächsten Tag besucht Walter seine Mutter ein erstes Mal. Sie sitzt vornübergebeugt und mit verschränkten Armen auf ihrem Stuhl. Walter hat die Fotos mitgebracht und hängt sie an die Wand. Der leere Koffer steht mitten im Zimmer. Die Pflegerin hat ihn ausgepackt und die Kleider im Schrank versorgt.

Elvira starrt auf die Fotos und träumt sich zurück:

»Du hast deinen Nonno Giuè nicht mehr gekannt.«

Walter sagt, das sei jetzt nicht der Moment.

»Allen anderen hörst du zu«, sagt Elvira. »Dein Großvater war ein unmöglicher Kerl, das sagten alle in Gruma. Der Krieg, die Deutschen, die sich unsere Häuser genommen haben, die vielen Toten, all dies hat ihn zu einem anderen Menschen gemacht. Mit mir sprach er nie. Einmal aber, kurz nach dem Krieg, ich muss etwa acht gewesen sein, saß er nach der Arbeit auf der Mauer, eine Zigarette in der Hand, wartete auf mich und nahm mich auf den Arm. Er sagte, gut, sei nun alles vorbei, und in diesem Moment hatte ich zum ersten Mal keine Angst vor ihm. An so was erinnere ich mich plötzlich.«

Elvira will vom Krieg erzählen. Walter habe den Krieg nicht erlebt. Kampfflugzeuge seien über Gruma geflogen. Nachts war es am schlimmsten. Ein Ohr schlief, das andere aber blieb wach und lauerte auf das Dröhnen. Gruma sei nie getroffen worden, aber auf San Giorgio seien Bomben gefallen, wie große Steine, die vom Himmel fielen, und sie hätte die Explosionen gehört, das ganze Haus habe gezittert, und die Luft habe nach Feuer gerochen. Sie sei bis zur Dämmerung wach geblieben.

Walter hört nur halb zu. Schließlich gibt er mit einer abweisenden Handbewegung seiner Mutter zu verstehen, das sei jetzt genug.

»Ich erinnere mich auch noch an den Nebel in Gruma«, macht Elvira unbekümmert weiter, »im Winter war er so dicht, dass er ins Haus drang und in die Zimmer kroch. Bleib hier, ich erzähl dir jetzt alles, auch von deinem Vater ...«

Walter schlägt mit der Faust auf den Tisch. Elvira zuckt zusammen. Sie kann nur mit Mühe aufstehen. Sie taumelt. Die Pyjamahosen hängen an ihr wie bei einer Gefangenen. Sie setzt sich rasch wieder. Sie vermeidet es, Walter anzusehen. Sie beklagt sich über die Schmerzen wegen dem Wasser in den Beinen und über die bleierne Müdigkeit. Walter legt die Hand flach auf den Tisch. Es sei doch ein schöner Ort, den er für sie ausgesucht habe, er kenne das Altersheim gut. Und er hole sie ja wieder ab, sobald er zurück sei.

»Warst du schon im Garten?«, fragt er.

»Ja, ja«, antwortet Elvira abweisend, »die Pflegerin hat gesagt, es sei dort wie im Paradies. Kommt mir nicht damit, in meinem Alter braucht man nicht ans Paradies erinnert zu werden.«

Jetzt schweigen beide. Ab und zu tritt eine Pflegerin ein, die etwas bringt oder mitnimmt oder etwas zurechtrückt und sauber macht.

Walter geht noch ein paarmal vorbei, um sich zu vergewissern, dass sich Elvira an ihr neues Zuhause gewöhnt. Sie sagt, die Pflegerinnen sähen alle gleich aus, sie könne sie nicht unterscheiden, und sie würden zu laut reden, und sie müsse sich die Ohren zuhalten. Walter setzt sich auf den Stuhl und wirft die Beine aufs Bett. Im Zimmer wird es ihm schnell zu warm. Mit dem Hemdsärmel wischt er sich den Schweiß von den Schläfen. Er steht auf und öffnet das Fenster. Nach einer Weile sagt er, sie würden jetzt das Alleinsein üben.

»Grüß alle von mir, umarme sie, sag ihnen, ich wäre gern mitgekommen …«, sagt Elvira immer resignierter.

Walter antwortet nicht. Beide sind müde. Mit sparsamen Bewegungen durchquert Elvira das Zimmer. Sie bleibt auf dem Stuhl sitzen und benutzt die Füße, um in die gewünschte Richtung zu steuern, zuerst vom Bett bis zum Fenster und von dort zurück bis zur Tür.

»Was treibst du da?«, sagt Walter.

Elvira zeigt mit dem Finger auf die Fotos an der Wand und zählt dabei Namen auf. Dann steuert sie auf den Schrank zu, öffnet ihn und holt ein selbst genähtes Kleid hervor, das sie auf ihrem Schoß zusammenfaltet. Danach geht sie ins Bad und schaut im großen Spiegel über dem Lavabo ihr runzliges Gesicht an.

Walter geht aus dem Zimmer, weil er es nicht mehr aushält. Draußen auf dem Korridor trifft er die Pflegerin und spricht mit ihr. Plötzlich steht der Direktor vor ihm. Er legt Walter den Arm um die Schulter.

»Eine eigenwillige Mamà haben Sie da!«, sagt er. Die Pflegerin nickt und sagt, Elvira habe bereits einmal die Flucht geprobt. Sie sei vom Stuhl aufgestanden, habe ein paar Kleider in den Koffer gelegt, die Fotos von der Wand genommen und mehr als eine Stunde vor der Tür gewartet.

»Ihre Mutter nimmt uns sehr in Anspruch«, seufzt sie.

Der Direktor nickt. Walter dankt ihm, dass er sich Zeit

nimmt. Die Augen des Direktors leuchten. Er besteht darauf, Walter das Haus zu zeigen.

»Ich weiß, Sie kennen es schon, aber es gibt noch vieles zu entdecken, folgen Sie mir.«

Der Direktor blickt ständig auf den Boden und hat einen gehetzten Gang, mit dem Walter fast nicht Schritt halten kann. Seine Zeit sei leider kostbar, entschuldigt sich der Direktor. Eine Sekretärin eilt wie aus dem Nichts herbei, um ihn an eine schon begonnene Sitzung zu erinnern. Beide lösen sich daraufhin in Luft auf.

Als wäre alles abgesprochen, ist eine zweite Pflegerin sofort bei Walter. Sie zeigt ihm die Mensa. Im Gang sitzen zwei alte Menschen an einem Tisch. Walter fragt die Pflegerin, ob er in ein Zimmer hineinschauen dürfe. Sie zögert zuerst, aber dann öffnet sie die Tür. Da sitzt eine alte Frau in ihrem Rollstuhl. Sie wirkt verloren, wie ein Stück Holz im Wellenmeer.

Er sei jederzeit willkommen, sagt der Direktor, der plötzlich wieder dasteht. Bei der nächsten Gelegenheit müsse er Walter unbedingt noch den englischen Garten zeigen, die kleine Anlage bereite den alten Menschen Freude, das erkenne man an ihren Augen. Das Altersheim sei in der ganzen Gegend bekannt. Sogar aus der Stadt kämen alte Menschen hierher. Die Ruhe und der Garten, das seien ihre Trümpfe.

»Man hat mir von Ihnen erzählt, Walter, ich darf Sie doch so nennen, ich weiß Bescheid«, beendet der Direktor verschmitzt seine Lobrede auf das Altersheim.

»Worüber wissen Sie Bescheid?«

»Dass Sie einen besonderen Draht zu alten Menschen haben. Wenn Sie wollen, können Sie öfters kommen, die Alten besuchen, ihnen beistehen, ich unterstütze das.«

Der Direktor setzt sich auf einen Stuhl.

»Woher haben Sie das?«, fragt er.

Walter starrt ihn fragend an.

»Diesen Umgang mit alten Menschen, diese Art, die Sie haben, diese Geduld, diese Ruhe, man hat mir davon berichtet. Ich bekomme alles mit«, schließt der Direktor mit einem gewissen Stolz.

»Im Dorf, wo ich aufgewachsen bin, da haben wir die Alten nicht allein sterben lassen«, sagt Walter.

»Ja, schon klar«, meint der Direktor, »das tun wir auch nicht.«

Ob Walter meine, dass die Alten im Heim einsam seien. Anderswo vielleicht, in den Wohnungen in der Stadt, aber nicht in seiner Einrichtung. Der Direktor wird plötzlich laut. Die Pflegerin, die nicht von seiner Seite weicht, zuckt zusammen. Ob Walter wisse, dass es in Japan entlegene Dörfer gebe und dort, sobald die Nahrung knapp werde und jeder unnütze Esser eine Last sei, der Sohn seinen alten Vater oder seine alte Mutter auf den Rücken nehme, den dicht bewaldeten Berg hinauftrage und dem Hungertod überlasse? Er habe das gelesen, das sei so etwas wie ein Brauch, den es dort gebe. Hier in seinem Haus sei man weit entfernt von der Hoffnungslosigkeit, die in anderen Einrichtungen herrsche, dafür stehe er ganz persönlich ein.

Walter schaut ihn verdutzt an und sagt:

»Ich warte noch ein paar Tage, bis sich meine Mutter eingewöhnt hat, und dann muss ich abreisen.«

»Ihre Mutter ist hier bestens aufgehoben, keine Sorge. Wir versuchen, es ihnen möglichst angenehm zu machen. Manche bringen sie zu uns und lassen sich danach kaum mehr blicken.«

Walter erzählt dem Direktor von Gruma, wie dort die Alten in ihrem Zuhause älter und älter wurden, bis es so weit war und sie sich sozusagen auflösten.

»Interessant, interessant …«, meint der Direktor.

Er schaut auf die Uhr und verschwindet wieder. Die Pflegerin folgt ihm.

Walter geht ins Zimmer zurück. Er sagt zu seiner Mutter, sie soll doch klingeln, wenn sie etwas brauche, so richtig lange, bis jemand kommt. Sie schaut ihn fragend an. Seit sie im Altersheim ist, finden die Sätze nur mühsam den Weg nach draußen. Sie verklumpen und bleiben im Hals stecken.

»In Gruma ließ man die Alten nicht allein«, bricht es aus ihr heraus, »die Pflegerin will mich immer duschen. Damals wuschen wir uns das Gesicht, den Hals und die Hände mit einem Stück Kernseife, wir brauchten keine Dusche.«

Abends sitzt Walter allein am Küchentisch. Ohne die Mutter fühlt es sich seltsam an. Er ritzt mit dem Messer Kerben in die Brotrinde. Er holt La Frans Brief aus der Hosentasche und streicht ihn auf dem Tisch glatt.

Am nächsten Tag geht er ein letztes Mal die Mutter besuchen. Elvira liegt im Bett und schaut aus dem Fenster. Sie sagt, sie merke, wie draußen allmählich alle Farben verschwinden. Sie habe viel im Leben durchgemacht, zweimal wäre sie fast gestorben, einmal bei Walters Geburt und einmal, als der Blitz sie getroffen habe, aber sie habe es immer ins Leben zurückgeschafft.

Die Pflegerin mit dem dicken Schlüsselbund sei unfreundlich. Die sei dafür zuständig, die langen Nachmittage der Heimbewohner etwas kürzer werden zu lassen, aber sie winke immer ab. Die Pflegerin stehe einen Moment verdutzt da und gehe aus dem Zimmer. Am Morgen fange sie schon wieder damit an. Sie ziehe ihr eine frische Bluse an, kämme sie und sage, heute müsse sie endlich etwas unternehmen.

Walter schiebt seine Mutter in die Mensa. Heute gibt es eine Attraktion, eine Frau spielt Harfe. Die alten Leute schauen erstaunt zuerst in ihre Gläser und dann nach vorn.

Die wenigsten von ihnen können etwas hören. Der Harfenspielerin scheint es egal zu sein. Während sie spielt, hält sie die Augen geschlossen und träumt von vollen Konzertsälen.

Als Walter Elvira ins Zimmer zurückbringt, presst sie ihre Hand auf die Brust. Sie sagt, sie atme schwer.

»Als Franz mich das erste Mal abholte«, hechelt sie, »fuhren wir in den Park von San Giorgio. Ich trank eine Limonade, und er flüsterte mir Dinge ins Ohr, die mich rot werden ließen. Ich trug damals dieses Kleid. Blau war Franz' Lieblingsfarbe. Ich habe das Kleid genäht und für ihn getragen. Franz war gut zu mir. Dass er so früh sterben musste, war ungerecht. Ich werde dir sagen, wer dein Vater ist …«

Walter sagt, sie hätten jetzt genug geübt, er käme in vier Wochen wieder.

Am nächsten Morgen erhält Walter einen Anruf vom Direktor. Er sagt, die Mutter habe sich in der Nacht die Haare abgeschnitten. Im ganzen Zimmer lägen Büschel grauer Haare wie von einem gerupften Tier. Walter solle bitte vorbeikommen.

Walter fegt mit einem Besen die Haare zusammen. Elvira nimmt seine Hand und fährt damit durch ihre kurzen Haare. Sie stechen ihn wie Nadeln.

Elvira hält das blaue Kleid in ihren Händen. Die Pflegerin tritt ins Zimmer und sagt: »So, meine Liebe, jetzt versorgen wir das Kleid wieder im Schrank.«

2.

In der Nacht hat sich Walter in langen und wirren Träumen gewälzt. Nach dem Aufstehen konnte er zuerst die Augen kaum offen halten. Deswegen hat er die Fensterläden nicht geöffnet. Er hat den ganzen Tag lang im Halbdunkel die Wohnung aufgeräumt und seine Sachen gepackt.

Jetzt ist der Abend angebrochen. Walter duscht, trinkt einen Kaffee. Er nimmt seinen Rucksack auf die Schulter und geht aus der Wohnung. Es ist kurz nach acht und schon lange dunkel. Ronny wartet unten vor dem Eingang.

»Danke, dass du das machst«, sagt Walter.

Sie steigen ins Auto.

»So eine verrückte Idee«, sagt Ronny, »ich kümmere mich aber nicht um deine Mutter, ich gehe sie nicht besuchen, und wenn du länger wegbleibst und mir die Miete nicht schickst, lass ich die Wohnung räumen, das kannst du mir glauben.«

Walter erklärt, dass Elvira im Altersheim bleiben werde, bis er zurückkommt.

Ronny fährt zielstrebig durch die Nacht, ohne den Blick von der Straße abzuwenden. Er hält das Lenkrad einmal mit der rechten und einmal mit der linken Hand. Eine Hand muss immer frei sein, denn Ronny kann nichts sagen, ohne dass eine Hand mitredet.

»Du willst wirklich in die Stadt, zum Bahnhof?«, fragt er.

Ronny ist in ungewohnter Plauderlaune. Er sagt, in seinem Leben sei vieles unsicher gewesen, und doch habe er es zu etwas gebracht.

»Nicht wie meine Schwester«, fährt er fort, »sie hat diesen Norveger geheiratet. Sie ruft mich an und sagt, Sondre sei so anders geworden. Wenn wir spazieren gehen, redet sie nur von Sondre, dass er sie nicht mehr anschaue, ihr nicht mehr zuhöre, solche Sachen, und ich sage, sie solle ihn verlassen, aber sobald ich das sage, bricht sie in Tränen aus. Verdammt, Walter, du bringst mich immer dazu, wie ein Waschweib draufloszuplaudern, weiß der Teufel, warum.«

Weil ihn die Nachtlichter blenden, trägt Ronny eine dicke

schwarze Brille, die so schwer auf seiner Nase sitzt, dass er den Hals nach vorne strecken muss. Er verlässt die Hauptstraße und steuert das Auto auf einen steilen Hang zu.

»Eine Abkürzung«, sagt er.

Der Nebel wird immer dichter.

Ronny nimmt für einen Moment beide Hände vom Lenkrad.

»Ist das menschenmöglich, da ist ja niemand, Geisterdörfer sind das geworden, früher war alles anders.«

Es ist so, als würde Ronny zur Straße sprechen. Die Hände müssen jetzt auch abwechselnd die beschlagene Windschutzscheibe abwischen.

»Um diese Zeit fährt doch gar kein Zug mehr.«

»Ich laufe ein bisschen herum, setze mich auf eine Bank, morgen früh fahre ich los«, sagt Walter.

»Verrückter Kerl, die ganze Nacht da draußen, da friert dir der Arsch ab«, lacht Ronny.

»Als ich klein war, in Gruma, stieg ich nachts aufs Dach und schaute mir die Sterne an. Manchmal setzte sich mein Onkel Fredo zu mir. Er zeigte mir Orion, Waage, Fisch, weißt du, solche Dinge. Onkel Fredo kannte den Himmel, und nicht nur das, er wusste die Namen der Blumen, vor allem der Bäume, er kannte jeden Baum, den es gibt, auch solche, die in Gruma nicht vorkommen.«

Ronny schweigt einen Moment, dann legt er wieder los:

»Apropos Baum, jetzt erinnere ich mich wieder, es war Winter, dort, vor dem Rathaus, unter diesem Baum saß ein Landstreicher. Im Nu hat sich unter den Leuten die Nachricht von dieser einsamen Gestalt verbreitet. Jemand sollte nach ihm schauen. Und sie sind dann auch zum Landstreicher gegangen, aber er habe gesagt, es sei nichts, er sei einfach nur müde, er habe dort unter dem Baum haltgemacht, um sich auszuruhen. An so was erinnere ich mich, und du willst nun auch die ganze Nacht draußen verbringen«, schließt Ronny, indem er erstmals den Kopf dreht und Walter anschaut.

Walter senkt instinktiv den Blick, weil plötzlich Ronnys Totengesicht aufgeflackert ist.

»Was ist?«, fragt Ronny.

Er wartet nicht auf die Antwort, die ohnehin nicht kommt. Er muss sich konzentrieren, weil der Nebel noch dichter geworden ist. Es beginnt zu regnen.

»Siehst du, auf der Straße sind überall Frösche«, sagt er heiter, indem er mit der Handfläche aufs Steuer schlägt, »ich muss jetzt langsam fahren, um sie nicht plattzumachen. Was musst du in diesem Gruma so dringlich erledigen?«

»Eine Bekannte heiratet im November.«

»Im November? Das ist noch mehr als eine Woche hin. Die Reise dauert doch höchstens einen Tag.«

»Ich weiß.«

»Und deine Mutter? Wieso hast du sie nicht mitgenommen? Wann kommst du zurück?«

»Nach der Hochzeit.«

»Wer heiratet denn im November, das ist ein trauriger Monat.«

»Ich weiß«, sagt Walter, »nur La Fran kann einen solchen Entschluss fassen.«

Walter erklärt dem Hausbesitzer, La Fran sei schon eine reife Frau, sogar ein Jahr älter als er, aber in seiner Vorstellung sei sie immer noch jung. In Gruma hätte man immer La Fran zu ihr gesagt. Sie sei eine spezielle Frau. Alle Frauen, die er kenne, wollten wie La Fran sein.

»Was machst du denn dort, bis es November wird? Deine Mutter hat mir erzählt, das Dorf sei ein elendes Kaff.«

Walter lächelt, ein bisschen wie damals, als er zu den Alten lächelte, wenn ihre Erzählung komisch oder rührend wurde.

»Ich muss vorher noch ein paar Spuren nachgehen«, sagt Walter.

»Verdammt, Walter, ich habe nie begriffen, was genau mit dir los ist. Du bist der gescheiteste Kerl, den ich kenne, und arbeitest ein Leben lang in dieser schäbigen Schokoladenfabrik.«

»Ich glaube, ich muss einfach zurück, meine Tante, sie ist jetzt sehr alt, sie wartet auf mich, vielleicht warten noch andere ...«

»Ich werde aus dir nicht schlau«, sagt Ronny kopfschüttelnd.

3.

Als Walter in Pietrabianca ankommt, wischt Sibilla die Blätter von der Veranda. Sie sieht ihn kommen und lässt den Besen fallen. Sie rennt ihm entgegen, sie umarmt ihn. Dann ruft sie:

»Gualdo, Gualdo, schau, Walter ist da!«

Ein Mann um die vierzig, mit einer Kochschürze um die Hüfte, schaut aus der Verandatür. Er winkt und geht wieder hinein.

Sibilla tanzt um Walter herum, sie kann es nicht fassen, sie fragt und fragt. Wo warst du die ganze Zeit? Wieso bist du da? Wie hast du mich gefunden? Sie wartet nicht auf die Antworten. Sie nimmt Walter an die Hand und zeigt ihm das Anwesen. Sie umarmt ihn immer wieder. Sie sagt, sie und Gualdo hätten den ganzen Weiler gekauft, das Haus, die Nebengebäude, das Land, sogar die Kapelle, alles zu einem Spottpreis, ihr Agriturismo sei inzwischen bekannt. Sie lacht zwischendurch.

»Ich kann nicht glauben, dass du hier bist.«

Sie führt ihn in den Garten. Dort sitzen die Gäste. Sie sagt: »Das ist Walter, ein alter Freund, wir sind zusammen aufgewachsen, in unserem Dorf.«

Die Gäste grüßen, indem sie winken oder den Kopf neigen. Die Künstlerin behauptet, sie sei keine Touristin, sie sei hier, um die Toskana zu malen. Sie setzt sich mit einem dicken Buch in der Hand unter die Pinie. Bevor sie in die Küche geht, sagt Sibilla den Gästen, Gualdo habe auf dem Markt frischen Fisch gekauft und werde am Abend eine Grillade machen.

Die Malerin schaut sich die Oberarme an und sagt, die feuchte Luft der Toskana verjünge ihre Haut.

Ein junges Paar mit Kind kommt aus dem Haus.

»Zwei Studenten, die schon ein Kind haben«, spottet die Malerin.

Letzte Nacht habe er von seiner Mutter geträumt, sagt einer, der Lehrer ist, das sei schon lange nicht mehr vorgekommen. Was das wohl bedeuten könne, fragt die Malerin. Jetzt reden sie alle durcheinander, die Malerin, der Lehrer, das junge Paar, als wären sie aus einem Traum erwacht.

»Wieso plötzlich so gesprächig, die Herrschaften?«, fragt die Sibilla, die wieder aus der Küche kommt. Sie klärt die Gäste darüber auf, dass das Wasser knapp sei, sie müssten sparsam damit umgehen, möglichst wenig spülen.

Am Abend grilliert Gualdo den Fisch. Es gelingt ihm nicht gut. Er gibt Sibilla die Schuld. Der aufsteigende Rauch macht die Luft noch dicker. Die Gäste essen, ohne zu reden.

Gualdo hat einen breiten Kopf. Die dichten, viereckigen Augenbrauen verfinstern seinen Blick. Beim Essen starrt er ständig auf das junge Paar mit dem Kind. Sibilla bemerkt es. Die junge Mutter legt das schlafende Kind in die Hängematte. Gualdo hat zu viel getrunken. Er spricht laut vor sich hin.

»Es gibt viel zu viele Menschen«, meint er plötzlich, »vor allem im Westen sollte man weniger Kinder machen. Es sind *unsere Kinder*, die alle ein Auto für sich allein beanspruchen, und einen Parkplatz, ein Schwimmbad, eine Autobahnspur, einen Tennisplatz ...«

Gualdo will gar nicht mehr aufhören mit dem wirren Aufzählen.

»Schluss, Gualdo, das interessiert niemand«, unterbricht ihn die Sibilla.

Aber Gualdo redet weiter und sagt, in einer Dorfgemeinschaft sollte einmal im Jahr ein einziges Kind geboren werden. Wenn das Kind da sei, sollte das ganze Dorf es mit einem Willkommensfest begrüßen.

Sibilla holt aus, weil sie etwas sagen will.

»Und komm mir jetzt nicht schon wieder mit deinem Gruma«, faucht Gualdo sie an.

Sibilla bricht in Tränen aus.

»Wieso weinst du jetzt, dumme Gans«, sagt Gualdo.

Der Student will Gualdo widersprechen, aber Gualdo schreit. Der Malerin wird es bange. Sie steht auf und sagt, sie gehe schlafen. Der Lehrer möchte Gualdo irgendwie recht geben, aber er kommt nicht zu Wort.

Walter sagt, in Gruma, wo die Sibilla und er aufgewachsen seien, habe es früher viele Kinder gegeben. Wahrscheinlich seien ihm die Alten deswegen gar nicht alt vorgekommen, sie seien selbst irgendwann wieder zu Kindern geworden.

»Hör auf, Walter, sag besser nichts mehr, sie verdienen es nicht!«, ruft die Sibilla wütend.

Die Stimmung ist endgültig zerstört. Gualdo verpasst dem Tisch einen Fußtritt und läuft weg. Der Student küsst die junge Mutter auf die Stirn und geht mit dem Küchengehilfen, der erst jetzt aus dem Haus kommt, in die entweihte Kapelle Pingpong spielen.

Gualdo kehrt zurück. Er macht sich daran, den Grill zu reinigen.

»Sibilla hat so viel von dir erzählt«, sagt er, indem er mit dem Grillmesser auf Walter zeigt.

Er habe das alles hier für Sibilla gemacht. Er habe sie aus diesem Loch namens Gruma herausgeholt.

Am nächsten Tag fährt Sibilla mit Walter in einen nahe gelegenen Ort, wo auf der Piazza ein Film gezeigt wird. Der Abend ist so mild, dass man die Jacke ausziehen kann.

»Weißt du, weshalb ich mit Gualdo mitgegangen bin?«, sagt sie zu Walter, »weil er unsere Jukebox repariert hat. La Fran, mein Vater, Sciugar, alle haben es versucht, es war aussichtslos, nur Gualdo hat es geschafft. Ich dachte, mit einem, der so etwas fertigbringt, müsste ich mich vor nichts mehr fürchten.«

Sie habe nicht gemerkt, wie Gualdo wirklich tickt.

»Ich wollte einfach nur aus Gruma weg, kannst du das verstehen? Als ihr alle gegangen seid, als auch du nicht mehr da warst, wurde es noch schlimmer. Du kannst nicht wissen, wie das ist, wenn die Einsamkeit in einen hereinkriecht.«

Aber sie sei leider von einer Einsamkeit in die andere geraten. Am Morgen stehe sie auf, Gualdo sitze schon draußen und rauche eine Zigarette. Sie bringe die Stühle hinaus mit den Kissen, sie halte den Lappen in der Hand, um über die Tische zu wischen. Gualdo schaue sie an. Und danach kehre er ihr den ganzen Tag den Rücken und rede kein Wort mehr. Er schaue sie nur am Morgen an, während er raucht, wenn sie nicht einmal gekämmt ist.

»Wer weiß, was aus den anderen geworden ist«, fragt die Sibilla.

Sie sei seit 1995, zwei Jahre nach Walters Verschwinden, nicht mehr in Gruma gewesen. Ihre Schwester habe ihr geschrieben, wegen der Hochzeit, aber sie könne nicht hingehen, nicht mit Gualdo.

Als sie wieder zu Hause sind, sagt sie schnell Gute Nacht und küsst Walter auf die Stirn. Walter geht in sein Zimmer, aber er kann nicht schlafen. Er geht wieder nach draußen. Dort trifft er den Studenten mit dem Kind, das ebenfalls nicht schlafen will.

4.

Am nächsten Morgen will Gualdo Walter etwas zeigen. Er fährt mit ihm zu einer Lagerhalle unweit von Pietrabianca. Etliche Oldtimer stehen glänzend poliert in einer Reihe. Gualdo sagt, er zeige seine Sammlung sonst niemandem. Er bleibt vor jedem Auto stehen: »Das ist ein Bugatti, das ein Alfa Romeo Giulietta, dort ein Citroën aus dem Jahre 1950, ein weißer Bentley, auch aus den Fünfzigern.«

Er erklärt, wo er es gekauft hat, wie viel es gekostet hat.

»Mit Sibilla ist es nicht einfach, was denkst du«, sagt er dazwischen. Sie könne plötzlich wie aus dem Nichts drauflosweinen und die Gäste fortjagen, das sei ein paarmal vorgekommen. Das sei nicht gut fürs Geschäft. Das könne ein paar Tage dauern. Er komme dann hierher und setze sich in einen seiner Oldtimer, das beruhige ihn.

Sie nehmen in einer roten Isetta Platz. Walter muss sich bücken. Es ist eng. Gualdo legt stolz beide Hände auf das Steuerrad.

»Mein Onkel Fredo hatte eine Lambretta«, sagt Walter. »Ich kann mich an die Farbe erinnern, Weiß wie Weißdorn, erklärte mir mein Onkel, und auch an die Windschutzscheibe, an der Insekten klebten. Die Klappe, die den Motor verdeckte, war rot. Ich durfte mich auf den Hintersitz setzen. Es war wie Fliegen. Die Lambretta würde gut in deine Sammlung passen.«

Am Abend spazieren Walter und Sibilla im Garten. Sibilla raucht eine Zigarette nach der anderen. Sie weint und lacht gleichzeitig. Sie sei einmal von Pietrabianca weggegangen. Gualdo habe nicht nach ihr gesucht. Sie sei zurückgekommen.

Nach einer langen Pause sagt sie: »Mein Vater hat so lange auf dich gewartet. Es war schrecklich.«

Er habe lange über Schmerzen im Bauch geklagt, aber Walter kenne Beppo, er habe keinen Arzt gewollt. Er sei mitten in der Bar vor der Jukebox umgefallen und konnte nicht wieder aufstehen. Danach sei er nicht mehr aus dem Bett herausgekommen. Er habe die ganze Zeit gefleht: »Nehmt mir diesen Schmerz, nehmt mir diesen Schmerz …«

La Fran habe es nicht wahrhaben wollen. Sie habe einfach weitergemacht, die ganze Zeit gekocht und neben dem todkranken Vater den Tisch gedeckt. Sie habe sich darauf versteift, ihm das Essen hinzustellen. Sie, Sibilla, habe gesagt, das müsse aufhören, er würde sich ja nur übergeben.

»Er fragte immer wieder, wann kommt Walter?«

Sie hätten keine Antwort gewusst.

»Vielleicht kommt er nicht«, habe sie ihm gesagt, »aber du kannst mit Don Pietro reden oder mit uns!«

Aber Beppo habe energisch den Kopf geschüttelt.

»Er hat entsetzlich geschrien, weil er solche Schmerzen hatte, aber auch vor Wut, er hat so lange gewartet, wie er nur konnte.«

Je lauter er schrie, desto mehr drehte La Fran die Jukebox auf. Dann sei er plötzlich ruhig geworden. Sein Gesicht habe sich graubleich verfärbt, kalter Schweiß sei ihm über die Stirn gelaufen, und irgendwann sei der Kopf auf die Seite gekippt.

La Fran habe ihren Vater hochgehoben. Sein Gesicht war schmerzverzerrt. Er atmete noch. Dann plötzlich ein krampfartiges Zucken, und er habe sich nicht mehr bewegt. Erst dann habe La Fran den Arzt gerufen.

Der Arzt kam nach mehr als einer Stunde aus San Giorgio, ein sportlicher Typ, mit einem dichten Schnauz, der die Oberlippe verdeckte, und einer schwarzen Lederjacke. Er sagte nichts. Er nahm Beppos rechte Hand, um festzustellen, ob noch Puls da war. Er legte langsam die rechte Hand auf Beppos Brust und vereinte sie mit der linken. La Fran brach in Tränen aus. Der Arzt umarmte sie, eine unerwartete Geste, die La Fran erstaunlicherweise duldete. Kurz darauf kamen Fredo, Luana und auch Sciugar. Luana öffnete den Schrank und suchte irgendein Hemd, ein paar Hosen und Socken aus.

»Meine Schwester und ich standen einfach da, sie weinte, ich war auf dich wütend, unser Vater hatte, ohne sich auszusprechen, gehen müssen.«

Dann kamen auch andere. Sie weinten und umarmten einander. Beppos starrer Körper lag auf dem Bett. Die Stirn war noch warm. Alle berührten sie. Luana kochte eine Suppe. Sie füllte die Teller und sagte, die Suppe sei ihr etwas zu salzig geraten. »Wir aßen alle zusammen, stehend. Dann vereinbarten wir Schichten für die Totenwache. La Fran rührte sich nicht von der Stelle. Ab und zu klopfte jemand an der Tür. Es war gespenstig.« Sciugar übernahm von Mitternacht bis vier Uhr morgens. Er habe gegähnt und gesagt, vielleicht würde Beppo plötzlich aufwachen, solche Wunder habe es auch schon gegeben.

Plötzlich stand auch der Merlo da. Er fragte, ob allenfalls ein Foto des Toten gewünscht sei. La Fran jagte ihn fort.

Am nächsten Morgen kamen zwei Männer aus San Giorgio mit dem Sarg. Sie trugen weiße Handschuhe und waren sehr diskret. Sie drehten sich zur Seite, bis La Fran sich ausgeweint hatte. Sciugar hatte ein falsches Maß angegeben. Der Sarg war zu kurz. Die beiden Männer zogen dem toten Beppo die Schuhe aus und legten sie neben den Körper. Sciugar ging nach draußen, riss einen Rosmarinzweig vom Strauch ab und legte ihn in den Sarg. Dann deckten sie den Sarg zu und brachten Beppo fort.

»Ab diesem Moment haben La Fran und ich eine blinde Wut gespürt.«

Sie habe mit dem Trinken angefangen, sagt die Sibilla, sie habe vorher immer alles in der Bar gehabt und nie einen Tropfen zu sich genommen. Aber dann, ein Bier, einen Martini, zwei Whisky, jeden Abend ein Glas mehr.

»Weil ich nicht wegkam.«

Sie öffnet ein neues Zigarettenpäckchen.

»Und weil ich noch die Präsenz meines Vaters in der Bar spürte. Es war kein Hirngespinst. Er hatte sich nicht ausgesprochen.«

Sie zieht nervös an der Zigarette.

»Wieso gehst du zurück?«, fragt sie. »Sicher nicht nur wegen der Hochzeit.«

Walter schweigt lange, und dann sagt er:

»Wenn ich ihnen zugehört habe, hatte ich immer ein besonderes Gefühl, ein Gefühl von Ewigkeit, verstehst du? Aber als ich weggegangen bin, sind mir nur ihre starren Augen geblieben.«

»Es haben so viele auf dich gewartet«, flüstert die Sibilla, »vielleicht gibt es immer noch welche, die warten, ich weiß es nicht. Deine Tante Filina hatte sich ganz zurückgezogen.

Ich glaube, sie ist gar nicht mehr aus dem Haus gegangen. Ich habe sie jedenfalls nicht mehr gesehen.«

»Ob ich es noch kann?«, sagt Walter nachdenklich.

»Gualdo hat jedenfalls schon lange nicht mehr so viel geredet«, sagt die Sibilla.

Sie drückt ihre Zigarette aus. Walter sagt, er sei sehr müde, er gehe jetzt schlafen, er wolle morgen früh abreisen.

»Ich werde morgen ausschlafen«, sagt die Sibilla, »weck mich nicht, wenn du gehst.«

5.

Du bist also dieser Walter, von dem Manu so viel erzählt hat«, sagt die Klavierlehrerin.

Sie führt ihn in die Küche und setzt Wasser auf für Kaffee.

»Derart schwarze Haare, wie er immer erzählt hat, hast du nun auch wieder nicht.«

Sie wandert in ihren braunen Hausschuhen zwischen Tisch und Herd hin und her. Walter muss an die eigene Mutter denken. Die alte Klavierlehrerin wirkt mit ihren bunten Armbändern zarter und kleiner.

Sie habe Manu schon lange nicht mehr gesehen, sagt sie. Vielleicht habe er mit dem Spielen aufgehört. Einen Schüler wie ihn habe sie nie mehr gehabt.

»Vergeude nicht deine Zeit«, habe sie ihm gesagt, wenn er unvorbereitet zu ihr kam.

Sie umklammert die Kaffeetasse mit beiden Händen und fragt, ob diese Sache mit der Geschichtenabnahme wirklich wahr sei. Manu habe man nicht alles glauben können. Sie nimmt einen kräftigen Schluck. Sie habe keine Schüler mehr, ihr fehle die Geduld, und überhaupt, seit Manu nicht mehr komme, wolle sie nur noch für sich allein spielen. »Manu war nicht einer, der sich etwas sagen lässt, er hatte nur Ohren für die Musik.«

Wie Walter sie eigentlich gefunden habe, fragt sie. Ob er das erste Mal in Florenz sei. Sie habe als junge Frau hier am Konservatorium Klavier studiert, auch Manu habe da Unterricht genommen.

»Ich war sehr fleißig«, sagt sie stolz, »und ehrgeizig!«

Ihr Vater sei trotz der wenigen Mittel darauf bedacht gewesen, dass sie den besten Klavierunterricht bekommt. Er habe einen pensionierten Lehrer, der einmal ein ziemlich berühmter Pianist gewesen war, überreden können, sich ihrer anzunehmen. Von diesem alten Mann habe sie gelernt, Opfer für die Musik zu bringen, diszipliniert zu sein. Sie sei am Konservatorium aufgenommen worden. Die feinen Mädchen aus den wohlhabenden Familien hätten so einen zögerlichen und schlaffen Anschlag gehabt, dass die Lehrer am Klavier einnickten. Sie hingegen habe mit ihrem Spiel jeden vom Stuhl hochfahren lassen. Sie hätte den nötigen Biss gehabt, um eine ganz große Pianistin zu werden.

»Nicht wie dein Freund Manu, der hatte nur Talent, keinen Willen.«

Als Manu zu ihr kam, sei sie schon geschieden gewesen. Ihr Mann hatte diesen lustigen Namen, der sie zum Lachen brachte, Hans-Otto, sie sagte Ansotto. Er war aus Deutschland, war reich, arbeitete für eine ausländische Firma in Florenz. Er versprach ihr, sie könne spielen, solange sie wolle. In seinem großen Haus habe er ein Klavier, und er würde eins dazukaufen, damit sie zwei habe. So habe sie ihn geheiratet und sei hier in Florenz zu ihm gezogen. Aber da war kein Klavier.

»Ich fragte, wann kommt das Klavier? Er antwortete, nächste Woche, dann wieder nächste Woche, bis ich es aufgegeben habe.«

Kurz darauf sei ihre Tochter auf die Welt gekommen. Florence, sie habe ihr diesen schönen Namen gegeben, wie die Stadt.

»Ach«, seufzt sie, »weshalb bloß erzähle ich dir das alles.«

Sie sagt, sie heiße eigentlich Vilma und nicht so, wie es an der Tür stehe. Manu habe immer Vilma zu ihr gesagt, das sei ein guter Name für eine Künstlerin. Sie klammert ihre knochigen Hände noch fester um die Tasse. Sie merkt, wie Walter ihre Altersflecken mustert. Früher seien es Sommersprossen gewesen, sagt sie.

Sie führt Walter ins Klavierzimmer. Dort stehen vier Klaviere, eins an jeder Wand. Vilma stellt die Kaffeetasse auf das Klavier, das hinter ihrem Rücken steht, setzt sich ans gegenüberliegende und hämmert sofort drauflos. Sie spielt die ersten Takte in einer Mischung aus Selbstvergessenheit und Bestimmtheit. In diesem Zimmer und auf diesem Klavier habe sie mit Manu gearbeitet. Sie hätten die Stunde immer überzogen. Die kleine Florence sei oft danebengesessen und habe zugehört. Sie habe für Manu geschwärmt. Sie schlägt immer kräftiger in die Tasten und bewegt den Körper hin und her.

»Manu erzählte mir oft von dir, vom Aufwachsen in eurem Dorf, Gruma, immer dieses Gruma, und er sagte, es sei eine glückliche Zeit gewesen. Er erzählte mir, wie er im Pfarrhaus Klavier gespielt hat und du und die anderen Jungen draußen mitgesungen habt. Er hätte wirklich ein guter Pianist werden können …«

Während sie so redet und gleichzeitig spielt, gleitet Vilma nun ganz in die Musik hinein. Ihr Kopf fällt in den Nacken, ihre Augenbrauen fahren nach oben, die Lippen schürzen sich. Sie wirkt jung, fast mädchenhaft. Ihre klirrenden Armbänder fliegen über die Tasten und spielen etwas Eigenes.

Manu habe immer ohne Noten spielen wollen. Sie habe

ihm so oft gesagt, er müsse zuerst die Noten lernen, die Technik vollkommen beherrschen, erst dann könne er die Noten wieder weglegen.

Walter sieht das schlaffe Fleisch, das an ihren Oberarmen hängt, und die Knie, die keine Sekunde stillhalten. Vilma greift mit der linken Hand über die rechte, schlägt ein, zwei hohe Töne an, und dann geht sie wieder zurück in die untersten Tiefen der Tastatur. Ihre Finger fliegen. An bestimmten Stellen des Stücks nimmt ihr Gesicht dramatische Züge an. Irgendwann bleiben ihre Hände in der Luft hängen – sie will Walter zeigen, wie sie in den Jahren ohne Klavier blind geübt, wie sie stundenlang die Finger auf den Tisch oder auf die Knie geschlagen hat.

»Meine kleine Florence fragte, Mama, was machst du? Ich konnte die Finger nicht still halten. Da musste etwas aus mir heraus. Ganze Sonaten habe ich in Gedanken gespielt, das konnte Ansotto mir nicht verbieten.«

Erst als Ansotto mit diesem Flittchen abgehauen sei, da habe sie sich das erste Klavier gekauft.

»Es war, als käme ich ein zweites Mal auf die Welt. Ich hatte die ganze Musik noch in den Fingern. Arme Florence. Sie kam nach der Schule nach Hause, und ich saß am Klavier. Sie kam ins Zimmer, sagte, Mamma, Mamma, aber ich konnte ihr nicht antworten.« Irgendwann habe Florence das Musikzimmer nicht mehr betreten. Nur wenn Manu zum Unterricht kam, dann habe sie sich reingeschlichen. Auch deswegen habe Vilma Manu gerngehabt.

»Er hat dich bewundert, weißt du das? Er hat immer gesagt, dir hätten die Menschen im Dorf alles anvertraut, du seist die wichtigste Person in Gruma gewesen.«

Walter nimmt den Brief der La Fran hervor und legt ihn auf die Tasten.

»Ich bin auf dem Weg dorthin«, sagt er.

»Du gehst also zurück«, sagt Vilma.

Manu habe manchmal auch Iris mitgebracht, redet sie weiter. Sie wirkte so abwesend und blass. Manu habe ihr anvertraut, Iris hätte begonnen, merkwürdige Dinge zu tun, mit Bandagen ihre Brüste flach zu pressen, sich mit einer Nadel düstere Muster in die Haut einzuritzen, solche Dinge. Er habe deswegen geweint.

Vilma rast jetzt so wild durch die Noten, dass die Tasse auf dem hinteren Klavier zittert.

Sie sei sehr streng mit Manu gewesen. Das sei ein Fehler gewesen. Sie hatte gedacht, sie könne sein Talent zähmen. Sein Spiel sei immer elegant gewesen, aber sie habe noch mehr aus ihm herausholen wollen. Sie habe ihm eine Münze auf die Handoberfläche gelegt und gesagt, sie dürfe nicht runterfallen. Sie habe ihn angebrüllt, er solle locker bleiben, wenn er locker bleibe, dann lande die Hand automatisch wieder auf den Tasten.

Vilma spielt sanfter und bedachter. Manchmal habe man mitten in der Lektion im wütenden Sturm der Musik gehört, wie die Wohnungstür aufgegangen sei. Das leise Geräusch unsichtbarer Schritte habe Manu gelähmt.

»Iris ist hier«, habe er geflüstert und sei aufgestanden.

Sie denke immer noch an ihre Florence, die irgendwann zu Ansotto gezogen ist. Auf einem Klavier liegen ihre Notenblätter. Überall steht ihr Name drauf, Florence, Florence, Florence …

6.

Die Klinik liegt auf einer Anhöhe. Walter muss an das Altersheim in der Schweiz denken. Kein englischer Garten, nur ein kleiner Vorplatz, von dem aus man auf die Stadt blickt.

Der Dom mit dem Turm ragt mächtig aus den Dächern hervor. Walter sagt der Pflegerin, er sei ein Freund. Sie will ihm zuerst nicht glauben. Walter erklärt, Iris und er seien zusammen aufgewachsen. Er erwähnt auch Manu. Darauf sagt sie: »Gut, folgen Sie mir.«

Iris sitzt auf einem Stuhl vor dem Fenster, sie dreht sich nicht um, als die Pflegerin und Walter das Zimmer betreten. Sie sieht Walter in der Fensterscheibe. Sie zuckt leicht zusammen. Die Pflegerin geht aus dem Zimmer.

»Wie geht es dir?«, fragt Walter.

»Was machst du hier, wie hast du mich gefunden?«, fragt Iris.

»Ich bin auf der Durchreise, ich gehe nach Gruma.«

»Nach Gruma?«

»La Fran, sie heiratet, sie hat mir eine Einladung geschickt.«

Walter zieht den zerfledderten Brief aus der Tasche. Iris dreht sich um. Ihr Gesicht ist kreidebleich.

»Weiß Manu, dass du hier bist?«, fragt sie.

»Nein«, antwortet Walter.

Iris richtet den Blick auf den Brief.

»La Fran«, seufzt sie, »sie war die Einzige, die etwas versucht hat, als alle weg waren, und ihre Schwester …«

»Sibilla«, sagt Walter.

»Sibilla«, wiederholt Iris.

Dann sagt sie, sie wolle nach draußen. Sie steht auf und reicht Walter die Hand. Sie gehen aus dem Zimmer. Iris hält Walters Hand gedrückt. Walter sagt, der Ort sei sehr schön. Iris nickt. Man hört den Kies unter den Sohlen knirschen.

»Schau mich nicht so an, du hast immer noch diese Art, ins Innere zu blicken«, sagt sie.

Sie setzen sich. Iris friert. Walter zieht seine Jacke aus und legt sie ihr über die Schulter.

»Was ist passiert?«, fragt er.

»Nichts«, antwortet Iris, »es ist einfach diese Leere. Niemand kann etwas dafür, am wenigsten Manu. Ich weiß nicht weshalb, aber mich zieht es immer dorthin, wo der Schmerz ist.«

Sie wolle nicht über sich reden. Lieber soll Walter erzählen.

»Wo warst du die ganze Zeit? Was hast du gemacht?«

Walter sagt, da gebe es nicht viel zu berichten.

Sie steht auf und stützt sich mit beiden Händen auf die Bank. Sie senkt den Kopf, nimmt ein paar Atemzüge, und dann beginnt sie, mit brüchiger Stimme doch zu erzählen.

Vor Jahren sei sie mit Manu in die Bretagne in eine kleine Stadt am Meer gefahren. Die Reise sei lang und ermüdend gewesen. Manu habe ein kleines Hotel direkt am Strand ausgesucht.

»Ich kann mich noch an das winzige Zimmer erinnern, Tapete an den Wänden, die Möbel alt und verstaubt.«

Vor ihrem Fenster habe sich ein schier unendlicher Strand erstreckt. Bei diesem Anblick sei ihr der Atem gestockt. Das Meer sei ganz weit weg und nur als graublauer Streifen zu erkennen gewesen.

»Es sah aus wie eine Wüste, kilometerweit flacher Sand.«

Der Strand war erst menschenleer, aber dann, wie aus dem Nichts, füllte sich die weite Ebene mit Leben. Es tauchten Familien auf, Jogger liefen vorbei, junge Leute flitzten auf besonderen Surfbrettern in schwindelerregender Geschwindigkeit über den Sand. In kürzester Zeit verwandelte sich der Strand in einen riesigen Tummelplatz.

»Eigentlich hätten wir beide nach draußen gehen sollen und uns in dieses Fest stürzen, aber wir waren zu müde.«

Manu habe die Vorhänge zugezogen, sie hätten sich hingelegt und seien eingeschlafen. Iris kann nicht sagen, wie lange sie geschlafen haben, vielleicht vier oder fünf Stunden. Als sie aufgewacht sei, habe sie noch lange im Dunkeln neben Manu gelegen. Sie sei irgendwann aufgestanden, habe die Vorhänge zur Seite geschoben, und da habe es ihr ein zweites Mal den Atem verschlagen.

»Dort, wo vorher der Strand, die Leute, das ganze Tohuwabohu gewesen waren, war nun das Meer. Das Wasser brandete vor dem Fenster. Bei diesem Anblick hat mich ein unbeschreibliches Gefühl der Verlorenheit gepackt. Wie damals, in Gruma, als der Sommer alles stilllegte, nur viel, viel schlimmer, wie soll ich es sagen, das Gefühl, dass etwas ewig ist, dass es nichts mehr gibt, was man für das Danach aufheben kann, das hält man nicht aus.«

Die Flut sei so leise gekommen, wie hinterrücks, das ganze Zimmer schaukelte im Wasser, sie habe sich seekrank gefühlt.

»Dieses Wasser, überall, und die Wellen. Ich wusste nicht mehr, ob es Tag oder Nacht war, es war einfach nur Meer. Ich schaute auf Manu, der immer noch schlief, und es kam mir vor, als würde sich in mir etwas von ihm wegbewegen. Da hat es in mir zu zittern begonnen, im Bauch zuerst und dann im Kopf, in den Ohren, etwas ist in mir zerbrochen, ein Gefühl der Taubheit überkam mich, wie ungesunder Schlaf, und ich stand mit einem Mal in einem anderen Leben, das schon lange auf mich gewartet zu haben schien.«

Manu habe die Augen aufgeschlagen, ihr bleiches Gesicht bemerkt und gesagt: »Das ist nur die Flut«, aber sie habe nicht aufhören können zu weinen.

7.

Im Bus von Florenz nach Gruma hält Walter fast die ganze Zeit die Augen geschlossen. Die Luft ist stickig, der Lärmpegel hoch. Walter fährt sich mehrmals durch die Haare und wischt sich den Schweiß von der Stirn.

Kurz vor der Ankunft geht er nach vorne zum Fahrer, fragt, ob er am Bivio halte. Der Fahrer antwortet, dass es diese Haltestelle schon lange nicht mehr gibt, aber er könne eine Ausnahme machen.

Beim Bivio wartet Zio Fredo. Walter steigt aus. Sein Onkel ist kleiner geworden, gebückter. Und seine Hände zittern.

»Nerì«, ruft er und kommt auf ihn zu.

Walter weicht einen Schritt zurück, weil sich dieses »Nerì« nicht mehr richtig anfühlt.

Zio Fredo merkt es nicht, umarmt den Neffen und will ihm den Rucksack abnehmen, aber Walter lässt es nicht zu.

»Deine Mutter hat angerufen, ich stehe jeden Tag hier und warte«, sagt Zio Fredo.

»Du bist zu Fuß gekommen? Und die Lambretta?«, fragt Walter.

»Ich kann nicht mehr fahren, Probleme mit dem Gleichgewicht.«

Sie bleiben eine Weile einfach so stehen, nehmen dann gemeinsam den steilen Weg Richtung Gruma in Angriff. Zio Fredo redet fortwährend.

»Nicht so schnell«, sagt Walter, »besser, wenn man mich noch nicht sieht.«

»Wer soll dich schon sehen«, lacht Zio Fredo, »du weißt nicht, was aus Gruma geworden ist.«

Walter will beim Friedhof haltmachen. Er sagt, er möchte

hineingehen. Es ist still. Ein sanfter Wind treibt vergessene Düfte durch die Luft, Lavendel, getrocknetes Gras, feuchtes Moos, Laub, vermischt mit Kastanien. Walter spürt, wie in Gruma alles Gegenwart ist. Eine vertraute Taubheit, das Gefühl des Verlorenseins erfassen ihn mehr denn je. Er holt tief Luft und macht die Runde der Grabsteine, die dicht an dicht stehen. Mit dem Fuß schiebt er die Blätter zur Seite. Die meisten Gräber sehen vernachlässigt aus, nur wenige sind mit künstlichen Blumen, Tulpen, Chrysanthemen, geschmückt. Einige Gräber sind in die Nischen der Mauer eingelassen. Walter liest die Namen, die Geburts- und Sterbedaten, Olmo, Gino, sein Erster, Marzia, die trotz ihrer Masse wie alle anderen in einem engen Grab Platz finden musste, Bibo, Sciugars Vater, und viele andere. Bei allen gibt es eine emaillierte Plakette mit einem Foto, fast alle im jüngeren Lebensalter aufgenommen. Fredo führt ihn zum Grab von Merlo. Bei ihm gibt es kein Foto.

»Er hat nie ein Bild von sich selbst gemacht und wollte auch nicht fotografiert werden«, sagt Zio Fredo.

Er zieht seinen Mantel aus, legt ihn über den Arm und wartet am Ausgang. Walter will es noch etwas hinauszögern.

»Bis es dunkel wird«, ruft er.

Zio Fredo soll ihm von Gruma erzählen, von denen, die noch leben, und von denen, die nicht mehr da sind, von dem, was neu ist, und von dem, was so geblieben ist wie früher.

»Du weißt jetzt sicher viel mehr von der Welt als ich, Nerì«, lacht Fredo.

»Nenn mich nicht Nerì«, sagt Walter und deutet mit einer Handbewegung an, dass sie jetzt aufbrechen können. Zio Fredo schließt das Tor.

Sie gehen an der Kirche vorbei, an der Bar La Fran, die schon geschlossen ist, und dann weiter, die Straße hoch bis zum Haus. Zio Fredo öffnet die Tür. Zia Luana sitzt gekrümmt in der Küche. Als sie Walter sieht, erwacht sie zum Leben. Walter muss sich zu ihr herunterbücken, um sich umarmen zu lassen. Seine Wangen werden nass von ihren Tränen. Sie sagt zu Fredo, er soll etwas aufwärmen, Walter habe sicher Hunger. Sie versucht aufzustehen, aber sie schafft es nicht. Walter sagt, er brauche nichts.

Zio Fredo bringt ihn in sein Zimmer.

»Es ist alles wie früher«, sagt er.

Beide stehen im Zimmer, ohne zu wissen, was sie tun sollen.

»Willst du zu ihr?«, fragt Zio Fredo.

»Heute nicht, später, morgen vielleicht, ich weiß nicht«, antwortet Walter.

Zio Fredo geht aus dem Zimmer und wünscht Gute Nacht.

Walter wartet eine halbe Stunde, eine Stunde, bis er nichts mehr hört. Dann geht er auf den Flur bis zu Zia Filinas Zimmer. Er presst sein Ohr an die Tür, aber er hört nichts.

8.

Es braucht Zeit, um sich wieder an Grumas Zeit zu gewöhnen. Walter hat kein Auge zugetan. Bei Tagesanbruch hat ein Hahn gekräht. Walter sitzt an Zia Luanas Bett. Zio Fredo hat ihr den Kaffee mit Milch gebracht.

»Was hörst du denn?«, fragt er sie.

»Eine Musik, die mir in den Ohren wehtut«, antwortet Zia Luana.

Fredo schaut sich um und spitzt die Ohren.

»Da ist keine Musik!«

»Aber du, Nerì, du hast gute Ohren«, sagt Zia Luana, »du hörst es sicher.«

Sie versucht, sich umzudrehen. Sie verzieht das Gesicht. Fredo will in der Küche noch ein Glas Wasser holen.

»Lauwarm«, sagt Luana. »Schläft Filina noch?«

»Nein«, antwortet Fredo, »sie träumt, das weißt du doch.«

»Willst du nicht Ciao sagen?«, fragt Zia Luana.

Walter schüttelt den Kopf, »Noch nicht«, sagt er.

Es werde mehr als zwei Minuten dauern, bis Zio Fredo in der Küche ist, lacht Luana. Sie sagt, sie sei schon nach dem Erwachen müde.

»Bringst du mir jetzt das Glas Wasser?«, ruft sie Richtung Tür.

Walter geht nachschauen. Er sieht, wie Zio Fredo mit seinen ausgelatschten Pantoffeln und unsicheren Schritten zentimeterweise den Gang entlanggeht, das linke Bein zieht er nach. Er dreht sich um und sagt:

»Am Morgen ist es immer so, im Laufe des Tages wird es besser, und gegen Abend, du hast es gesehen, schaffe ich es bis zum Friedhof und zurück.«

Walter geht hinter ihm her. Zio Fredo tritt in die Küche, öffnet den Schrank, nimmt ein Glas heraus, geht zum Spülbecken, dreht den Wasserhahn auf, füllt das Glas mit Wasser, dreht den Hahn wieder zu, rückt einen Stuhl zurecht, so wie er es auch früher tat, wenn ein Stuhl nicht parallel zur Tischkante stand, jede Bewegung eine halbe Ewigkeit. Er überreicht Walter das Glas Wasser. Zia Luana ist eingenickt. Walter stellt das Glas auf den Nachttisch und wartet, bis Zio Fredo zurückkommt.

»Zieh den Vorhang auf«, sagt Luana mit etwas lebhafterer Stimme.

»Aber du hast doch geschlafen!«, sagt Fredo.

»Gut, bist du zurückgekommen, Nerì, deine Tante Filina ist dreiundneunzig, sie will es nicht sagen, aber ich weiß, wie alt sie ist, ich weiß alles von ihr.«

Luana atmet tief ein. Das Sprechen ermüdet sie. Dann sagt sie:

»Ich will vors Haus, ich will die Katzen füttern.«

Fredo und Walter helfen ihr, aufzustehen, das Körpergewicht von einem Bein auf das andere zu verlagern, Schritt um Schritt. Die Vorhänge sind zugezogen, weil die Katzen das Haus belagern.

»Wir können sie nicht alle füttern«, murmelt Fredo.

»Den Tigerkater, lass den wenigstens rein«, gibt Luana nicht nach.

Luana will noch kurz am Fenster stehen. Sie schaut auf den sattgrünen Garten. Sie sagt, bis vor Kurzem habe es ihr gutgetan, dort zu harken und zu säen. Sie sei mehrmals gestürzt, fügt Zio Fredo hinzu. Der Arzt, der ein Mal die Woche aus San Giorgio kommt, habe es ihr verboten, in den Garten zu gehen, und allein komme sie gar nicht mehr die Treppe hinunter.

Luana nimmt einen Schluck Wasser und sagt:

»Merkwürdig, irgendwann passt der Name nicht mehr, den man sein ganzes Leben lang mit sich herumgetragen hat. Luana! Das ist kein Name für eine alte Frau. Es war ein guter Name, als ich jung war. Filina passt hingegen immer noch. Filina ist ein Name, der mit einem altert. Ihr haben sie den richtigen Namen gegeben, das macht sie stark. Wenn sie will, kann sie sich noch lange dem Tod verweigern.«

»Weißt du was?«, unterbricht sie Fredo. »La Fran will heiraten.«

»La Fran?«

»Ja, in ein paar Tagen, deshalb ist Walter hier.«

»Es ist ja bald November!«, schlägt Luana die Hände zusammen. »Das ist kein Hochzeitsmonat.«

»Natürlich nicht«, meint Fredo, »aber du kennst sie ja.«

»Wieso hast du deine Mutter nicht mitgebracht?«, fragt

Luana, als würde sie erst jetzt merken, dass Elvira nicht da ist.

Walter gibt keine Antwort.

»Und wie alt ist sie eigentlich, La Fran?«, fragt sie weiter.

»Sie ist doch 1965 geboren, ein Jahr älter als Walter«, sagt Fredo.

»Was will denn die noch heiraten?«

»Keine Ahnung«, antwortet Fredo und schließt für einen Moment die Augen.

»Und wen, zum Henker, will sie heiraten?«

Die beiden Alten sind durcheinander. Fredo stellt sich vor die Waschkommode mit der alten Porzellankanne und sucht vergebens nach der Seife. Er und Luana schieben Gegenstände herum, die Brillen, die Fernbedienung für den Fernseher, die Schachtel mit den Medikamenten, und erinnern sich nicht mehr, wo sie was hingelegt haben. Fredo dreht das Radio lauter und hört nicht, wenn Luana ihn ruft.

Es ist Mittagszeit. Fredo hat etwas zubereitet, eine Suppe, ein paar Brotscheiben mit Olivenöl und Tomaten. Er stellt den Topf mit der dampfenden Suppe auf das rot-weiß karierte Tischtuch. Er füllt eine Tasse und bringt sie Filina.

»Er muss sie füttern«, sagt Luana zu Walter und entfernt die Rinde vom Brot, »geh doch zu ihr, sie weiß, dass du da bist, sie weiß alles.«

Walter schlürft seine Suppe.

Zio Fredo kommt mit der halb vollen Tasse zurück. Er erklärt Walter, seine Tante Filina schlafe fast die ganze Zeit oder träume vom Marder, der beim Gewitter die Hühner jagt. Sie esse fast nichts mehr, nur mittags ein paar Löffel Suppe.

Walter räumt den Tisch ab.

»Wenn du an die Hochzeit von La Fran gehen willst, dann nur zu«, sagt Luana zu Fredo.

»Stell dir vor, ich geh doch nicht allein.«

Fredo bereitet den Kaffee mit der Mokkakanne zu, dieselbe wie damals.

»Du warst immer so schmächtig und bleich«, sagt Luana zu Walter, »und traurig.«

Sie schaut auf ihre Hände und erinnert sich, wie sie sie auf Walters fiebrige Stirn legte.

9.

Walter und Zio Fredo sitzen im Garten. Zio Fredo nickt ein. Walter hört, wie er tief und fest atmet. Die Luft ist still. Eine Katze streift Zio Fredos Bein. Er öffnet die Augen.

»Du wartest darauf, dass ich dir alles erzähle, nicht wahr?«, sagt er zu Walter schielend.

»Dann muss ich wohl.«

Seitdem Walter Gruma verlassen habe, beginnt Zio Fredo, sei Zia Filina schon zweimal fast gestorben. Das erste Mal im Schuppen beim Holzhacken. Sie sei plötzlich umgefallen und mit der Axt in der steifen Hand liegen geblieben. Fredo stand daneben und hat es gesehen. Er hat ihren Puls gefühlt. Nichts regte sich. Als er wenig später mit Don Pietro und Erminia in den Schuppen zurückkehrte, sei Filina wieder vor dem Hauklotz gestanden und hätte bereits zehn Scheite gespaltet.

Das zweite Mal war sie nach dreiwöchigem Fieber nur noch Haut und Knochen. Sie lag in ihrem Bett und machte die Augen nicht mehr auf. Ein paar Frauen saßen daneben und beteten den Rosenkranz. Als sie bei der fünfunddreißigsten Perle angelangt waren, habe Filina plötzlich die Augen aufgemacht.

»Sie hat immer gewartet und nach dir gefragt.«

Jetzt spreche sie kaum mehr, aber bis vor Kurzem habe sie gesagt, sie wolle alle Erinnerung in sich bewahren, bis Walter zurückkomme.

»Sie hat auch gesagt, es sei Zeit, dass ein richtiges Gewitter über Grumas Dächer fegt, das passiere erst, wenn du da bist.«

Fredo schaut auf die Uhr und erhebt sich vom Hocker. Er sagt, er müsse nach ihr schauen. Walter folgt ihm, verharrt aber auf der Schwelle und schließt die Tür.

Fredo bleibt eine ganze Weile im Zimmer, aber man hört nichts. Als er wieder herauskommt, sagt er, er müsse sie behutsam umdrehen, sie wiege so wenig wie ein kleines Mädchen. Ihre Nase, fügt er fast schmunzelnd hinzu, werde immer mehr die eines Raubvogels, rage aus ihrem zerfurchten Gesicht hervor. Jetzt träume sie wieder.

»Weißt du, sie träumt nur, wenn sie wach ist. Es ist immer derselbe Traum, den sie mir leise vor sich hin sprechend erzählt. Der Marder, sie sagt, nur du hättest ihn damals im Gewitter bemerkt. Sie könne durch das Fenster sehen, wie er versucht, in den Hühnerstall zu kommen. Sie erzählt mir den Traum, bevor sie ihn träumt, und bekommt einen roten Kopf.«

Er versuche, sie zu beruhigen, er sage ihr, er habe die Stalltür zugemacht, und sie wisse doch, der Marder komme erst mit dem Gewitter, den Hühnern geschehe nichts. Filina bleibe eine Weile mit offenen Augen liegen, dann träume sie weiter.

»Wieso willst du nicht zu ihr? Wieso bist du zurückgekommen? Nur wegen der Hochzeit?«

Da Walter nicht antwortet, sagt Fredo, er müsse zum

Glück nicht alles allein machen. Zwei Frauen kämen am Abend, um Zia Filina zu waschen. Teresa helfe, wann immer sie könne, und einmal die Woche käme der Arzt vorbei, der jedes Mal sage, die Tante habe nichts, sie sei einfach sehr alt und werde immer schwächer.

»Morgen kommt Teresa«, sagt Fredo noch, »du wirst sie sehen.«

Am frühen Nachmittag gehen Walter und Fredo wieder nach draußen. Sie blicken auf die steil abfallende und menschenleere Straße. Fredo zeigt auf die Dächer und zählt die Häuser der Straße.

»Dreißig«, sagt er zu Walter. Die Kirche mit dem Pfarrhaus und die Bar, an deren Fassade immer noch das rostige Schild »Bar La Fran« hängt, zählt er nicht dazu.

»Dreißig Häuser, und die Hälfte davon steht leer.«

In denen, die noch bewohnt sind, sitzen alte Menschen wie Ölgötzen am Fenster.

»Wenn ich vorbeikomme, hebe ich die Hand, und sie grüßen zurück«, sagt Fredo.

Einmal in der Woche geht er in die verlassenen Häuser. Die Besitzer sind entweder gestorben oder ausgewandert, und deren Nachkommen sind nicht zurückgekehrt. Fredo hat die Schlüssel und sieht es als seine Aufgabe an, die Türen und Fenster zu öffnen, damit die engen und niedrigen Räume kurz durchatmen können.

»Wenn du willst, kannst du einmal mitkommen«, sagt er.

»Ja, vielleicht«, antwortet Walter.

Gruma sei nicht mehr wie früher, spricht Zio Fredo weiter. Nur noch der Hahn des Fossatone, keine Hunde, die bellen, kein Kindergeschrei mehr, auch kein Totengeläut, das früher nach einer Beerdigung über Grumas Dächer ertönte. Er betrete ein Haus nach dem anderen, wie ein Hirte, der zu seinen Schafen schaut. Er nehme sich Zeit, in alle Zimmer zu gehen. Viele der Häuser seien in einem erbärmlichen Zustand, voller Spinnenweben und auf den Möbeln und Teppichen eine dicke Schicht Staub. Manchmal halte er sein Ohr gegen eine Wand und horche, ob da noch etwas im Gemäuer geblieben ist von den vielen Geschichten, die man sich damals in den Häusern erzählte.

»Viele haben auf dich gewartet, Walter, sie sind stumm, ohne ihre Geschichte loszuwerden, von dieser Welt gegangen. Filina will als Einzige nicht aufgeben. Sie sagt, in der Nacht könne man das Klagen der Toten hören, die keine Ruhe fänden.«

Am späten Nachmittag verabschiedet sich Fredo, weil er zum Friedhof hinuntersteigen will.

»Ich habe es ja gesagt, gegen Abend laufe ich wie ein Dreißigjähriger.«

Vorher hat er Luana die Haare gekämmt und Walter gebeten, bei ihr zu bleiben. Walter sieht, wie die untergehende Sonne hinter den Pappeln und Hügeln den Friedhof in ein oranges Licht taucht. Im letzten Sonnenlicht ersetzt Fredo die verwelkten Blumen und poliert mit einem Tuch die Fotos unter Glas.

10.

Am nächsten Morgen hört Walter Teresas schrille Stimme durchs Haus hallen. Als ihr Cousin plötzlich vor ihr steht, ruft sie:

»Walter!«

Sie weiß nicht, ob sie auf ihn zugehen und ihn umarmen soll.

»Das ist jetzt aber eine Überraschung!«

Beide stehen verlegen im Raum.

»Hast du gesehen, wie alt sie geworden sind!«, ruft Teresa.

Hastig fügt sie hinzu, sie schaue alle paar Tage vorbei, immer morgens um zehn. Sie bringe das Haus in Ordnung, sie fülle einen Kessel mit Wasser und schütte drei Deckel Putzmittel hinein, winde den Lappen und wische den Küchenboden. Während sie redet, beginnt sie durchs Haus zu wandern. Walter geht ihr nach. Er möchte sie unterbrechen, aber Teresa ist nicht zu stoppen. Sie bleibt im Gang stehen und sagt, sie stelle die Abfallsäcke hinaus, sie kämme ihre Mutter, wasche ihr über dem Bidet die Füße, füttere die Katzen.

»Am aufwendigsten ist es mit Zia Filina«, sagt sie, »hast du sie gesehen?«

Die Sturheit der alten Tante sei nicht auszuhalten.

»Wie lange kann es noch dauern?«, fragt Walter.

»Keine Ahnung«, antwortet sie, »ein paar Wochen vielleicht, länger glaube ich nicht, sie hat immer gesagt, sie wolle auf dich warten, das kann ich ohnehin nicht mehr hören. Aber wo warst du die ganze Zeit?«

»Geht es dir gut?«, fragt Walter.

»Ja, gut. Wie lange ist es her? Ich war sechsunddreißig, als du gegangen bist, und jetzt bin ich Witwe und Großmutter, aber du weißt das wohl alles nicht.«

Fredo kehrt aus Filinas Zimmer zurück und ruft:

»Hast du gehört, Teresa, La Fran heiratet, sie hat auch Walter eingeladen, sie hat gewartet, bis er da ist.«

»So, jetzt wartet auch noch La Fran auf Walter. Ich will mit alldem nichts zu tun haben«, sagt Teresa genervt.

Sie richtet den Blick wieder auf Walter, sie sagt, er habe so lange nichts von sich hören lassen, und jetzt tauche er plötzlich auf, wegen einer Hochzeit, und die Sache mit den Alten, die auf ihn warten, damit soll man sie in Ruhe lassen.

Sie geht ins Zimmer, wo sich ihre Mutter zum Vormittagsschlaf hingelegt hat. Sie sagt, sie habe gehört, dass in der Nacht der Arzt gekommen sei. Man solle sie doch bitte anrufen, wenn so etwas vorkomme. Sie hat ihren Eltern ein kabelloses Telefon gekauft, aber sie benutzen es nie.

Luana hört nur scheinbar aufmerksam zu. Sie deutet Teresa an, sie soll sich zu ihr herunterbeugen.

»Ich will nicht mehr, ich merke, wie sich langsam alles eintrübt«, flüstert sie ihr ins Ohr, »du musst mir helfen.«

»Jetzt ist ja Walter da«, flüstert Teresa der Mutter zu, indem sie ihr die Wolldecke über die Beine legt, »du sagst es ja immer, du musst noch ein paar Erinnerungen loswerden, und jetzt heiratet auch noch La Fran, und wer weiß, was sonst noch alles kommt.«

Sie wendet sich Walter zu und sagt, wenn er schon da sei, könne er sich ein bisschen um die drei Alten kümmern, das würde sie entlasten.

»Er will noch nicht zu ihr«, sagt Luana, »ich bin sicher, sie wartet, aber er will nicht.«

Teresa küsst ihre Mutter auf die Wange, ruft »Ciao, Pa'« und geht aus dem Haus.

Die zweite Tageshälfte verbringt Luana am Küchentisch und wartet auf die Urenkelin und darauf, dass Fredo mit dem Futter für die Katzen zurückkommt.

Es ist ein warmes Oktoberende. Die Sonne drückt aufs Haus, die Fliegen surren am Fenster. Um fünfzehn Uhr starten die schönen Sendungen im Fernsehen, um sechzehn Uhr gibt es Kekse mit Getreidekaffee. Walter hat den Tisch gedeckt. Fredo ist wieder da. Er setzt sich an den Tisch. Er tunkt einen Keks in den Kaffee und schiebt ihn Luana in den Mund. Sie wartet, bis der Keks auf ihrer Zunge vollständig zergeht. Erst dann schluckt sie.

Luana schaut Fredo an und ruft:

»Wie ihm die Hände schon wieder zittern.«

Um sieben Uhr das Abendessen, wieder eine Suppe, etwas Brot. Während Walter den Tisch abräumt, macht Fredo im Zimmer Filina für die Nacht bereit. Walter legt La Frans Brief auf den Tisch. Er sagt, er gehe in den Garten, er brauche frische Luft.

Fredo und Luana müssen den Abend hinter sich bringen, der nur langsam vergeht. Walter kommt wieder ins Haus, lässt sich auf den Sessel fallen und schaut fern. Fredo steht lange am Fenster und sieht zum Haus auf der anderen Straßenseite hinüber. Früher drang um diese Zeit der Lichtschein durch die Ritzen der Vorhänge. Jetzt ist alles dunkel. Gegen elf ist Bettzeit, Walter begleitet sie in ihr Zimmer, er und Fredo helfen Luana ins Nachthemd, Walter holt noch ein Glas warme Milch, dann wünscht er eine gute Nacht, aber sie werden nicht schlafen. In der Dunkelheit dehnen sich die Stunden noch weiter aus, und das Brummen des Kühlschranks dringt durchs ganze Haus. Mit Selbstgesprächen können Fredo und Luana der Einsamkeit entfliehen und die lange Nacht überstehen.

11.

Teresa sitzt mit Walter in der Küche.

»Wie fühlt es sich an, wieder hier zu sein?«, fragt sie.

»Wie wenn ich geschlafen hätte, all die Jahre«, antwortet Walter.

»Hat man dir von meinem Mann erzählt?«, fragt Teresa.

Walter beißt sich auf die Lippe.

»Nicht wirklich, tut mir leid«, sagt er, »meine Mutter hat einmal etwas gesagt.«

»Ich habe auch meine Geschichte«, sagt Teresa.

Ihr Mann sei ein weitsichtiger Mensch gewesen. Als der Arzt ihm verkündet habe, dass der Tumor gesiegt habe, fragte er, wie viel Zeit ihm noch bleibe. Er wollte es genau wissen. Er sei nach Hause gekommen und habe einen Plan aufgestellt.

Ihre Enkelin Leda sei die Erste gewesen, die zu Besuch gekommen sei.

»Ich war bei deiner Geburt dabei«, habe ihr Mann zu ihr gesagt, »das habe ich dir noch nie erzählt.«

Es gab Dinge, die habe er sich schon immer für den Schluss aufbewahren wollen.

»Welches Gewicht die Worte auf einmal annehmen können«, sagt Teresa nachdenklich.

Leda habe natürlich nur gelacht. Sie habe ihre Freundinnen angerufen, und sie seien gekommen und hätten sich vom Großvater verabschiedet. Es habe noch mehr Besuch gegeben. Für Teresa sei es plötzlich zu viel gewesen. Ihr Mann sei jeden Tag schwächer geworden. Eines Morgens sei er nicht mehr allein aus dem Bett gekommen. Er habe ihr gesagt, seine Träume seien auf einmal so wuchtig.

»Dann ist alles so schnell gegangen, und er konnte nicht mehr mit mir sprechen«, weint jetzt Teresa.

Er habe nur seine Lippen bewegt, versucht, Silben zu formen, aber er war zu schwach, seine Augen fielen zu.

»In diesem Moment habe ich gewünscht, du wärst da«, sagt Teresa zu Walter, »du hättest mit ihm reden können.«

»Ich habe nie mit ihnen geredet«, sagt Walter.

»Dann halt zuhören von mir aus, zuhören, aber ich war allein.«

Es sei gut, habe sie ihm ins Ohr geflüstert, er solle jetzt schlafen, es sei alles gut. Das sei alles gewesen, was sie fertiggebracht habe. Sie sei sich dumm vorgekommen.

»Und jetzt hier alles noch ein zweites Mal«, flüstert Teresa.

Wenn Luana schlafe, beuge sie sich übers Bett. Der Geruch nach ungewaschener Haut dringe ihr in die Nase. Sie atme sie ein. Sie sei dem nicht gewachsen. Sie könne sich nicht vorstellen, erneut in ein starres Gesicht zu blicken. Es sei nicht Feigheit, wirklich nicht, eher Unsicherheit, und Angst, ja, Angst.

12.

Nerì, jetzt, wo du da bist …«, sagt Zio Fredo, nachdem er Zia Luana ins Bett getragen hat. Er schleppt sich bis zum Küchentisch und hält sich mit einer Hand an der Kante fest. Walter sitzt schon. In der Küche ist es still. Zio Fredo fährt sich mit der anderen Hand über die Stirn. Zum ersten Mal, seit er wieder in Gruma ist, schaut Walter Fredos Gesicht genau an, die unzähligen Runzeln wie kleine Geschwüre und die Augenbrauen wie Borsten. Walter rechnet, wie alt er sein mag, weit über achtzig, vielleicht bald neunzig.

Fredo setzt sich.

»Nerì, jetzt, wo du da bist …«, wiederholt er seufzend, »und jetzt, wo die Zeit knapp wird …«

Ganz unerwartet prasseln Regentropfen an das aufgekippte Fenster. Zio Fredo hebt den Kopf. Es wird sofort kühl in der Küche, weil der Wind durch den offenen Fensterspalt fährt.

»Der Regen, der einfach so aus dem Nichts kommt, das gab es früher nicht«, meint er.

Er steht langsam auf, um das Fenster zu schließen. Man

verliere den Enthusiasmus, sagt er stöhnend, als er sich auf den Stuhl zurückfallen lässt.

»Nerì, jetzt, wo du da bist ... erinnerst du dich an unsere Bücher?«

Walter rückt den Stuhl näher an den Tisch.

»Ich habe dir damals aus den Büchern vorgelesen«, sagt Zio Fredo, »aber dir nicht von meinen Reisen erzählt. Jetzt, wo du da bist, Nerì, jetzt will ich es nachholen. Als ich jung war, achtzehn, der Krieg war schon ein paar Jahre vorbei, da haben sie mich zur Rekrutierung nach Rom gerufen. Danach bin ich nicht nach Hause zurückgekehrt. Ich habe mich auf die Reise gemacht, kreuz und quer durch Europa. Damals dachte ich, ich würde nicht zurückkommen.«

Er habe alles aufgeschrieben. Er hätte gern noch viel mehr Reisen gemacht ... Zio Fredo zieht ein Notizbuch aus der Innentasche seines Nachtmantels und öffnet es.

Eine Stadt hätte er gern noch einmal besucht, sagt er mit leuchtenden Augen, Ronda, in Andalusien, einen Ort von rauer und schwindelerregender Schönheit. Zio Fredo gerät ins Schwärmen. Die Stadt liege auf einer Anhöhe, unter ihr der Abgrund. Er habe dort ein Mädchen kennengelernt. Sie hätten sich verliebt. Er sei ihretwegen einen ganzen Monat in Ronda geblieben. Er könne sich aber beim besten Willen nicht mehr an ihren Namen erinnern, etwas mit A, Anita, Alma, Aleja ... er habe neulich für sich alle möglichen Namen aufgezählt, den ihren aber in seiner Erinnerung nicht mehr gefunden. An ihren Blick könne er sich hingegen sehr genau erinnern. Er sei oft bei ihr zu Hause gewesen. Ihre Mutter sei eine Matrone gewesen, mit einem Schnauz, auf den sie stolz war. Sie nannte ihn *el italiano*. Sie habe die ganze Zeit gekocht, ein bisschen wie Walters Tanten, am Abend bis spät in die Nacht und am Morgen schon wieder. Ihr Blick sei wie ein Feuerstrahl gewesen. Sie habe immer gesagt, wer koche, könne nicht auch noch essen, nicht an dem Tisch, an dem die Gäste säßen. Ihr Blick sei in zwei Richtungen gegangen. A… habe ihm immer gesagt, ihre Mutter sei eine Besessene. Deshalb sei ihr dieser Schnauz gewachsen. Fredo habe A… damals versprochen, er würde zurückkommen, er habe sie sogar gebeten, auf ihn zu warten.

»Wie du weißt, ist dann alles anders gekommen, ich habe deine Tante Luana kennengelernt, wir haben geheiratet, dann wurde Teresa geboren, das Leben nimmt seinen Lauf, da kann man nichts machen.«

Walter hebt die Hand, um eine Pause zu erbitten. Aber Zio Fredo merkt es nicht. Er sagt, es sei merkwürdig, immer öfter käme ihm der sanfte Blick des Mädchens von Ronda in den Sinn, seine erste Liebe, der sanfte Blick und der Schnauz der Matrone, merkwürdig, was die Erinnerung aufbewahre.

»Nerì, wir sind nicht gemacht, um alt zu werden. Ab einem bestimmten Punkt kümmert sich die Natur nicht mehr um uns. Ich war dabei, als meine Mutter starb. Dieser letzte Blick, darauf kommt es an, das weißt du besser als ich.«

In Ronda wäre es vielleicht anders, fährt Fredo fort, in Ronda würde er am Rande der Schlucht sitzen und ins Tal blicken, und er würde nach seiner A… suchen.

»Hahaha«, lacht er, »die sollte jetzt weit über achtzig sein, falls sie noch lebt.«

Je älter er werde, desto mehr Kindheitserinnerungen tauchten auf. Und Blicke, so viele Blicke, und die Kindheit, er denke oft daran, diese unendliche Zeit der Kindheit, er könne sich immer besser erinnern, wie damals im Sommer die Tage nicht enden wollten, es gab keine Zeit.

Walter nimmt einen Schluck Wasser aus einem Glas, das auf dem Tisch steht. Zio Fredo lacht. Walter sieht die wenigen Zähne, die er noch hat.

»Lesen mag ich auch nicht mehr, meine Augen lassen mich im Stich.«

Das Letzte, was er gelesen habe, sicher mehr als ein Jahr sei es her, sei eine Darwin-Biografie gewesen. Er habe sich gefragt, was Darwin wohl gefühlt haben muss, als er allmählich verstanden habe, dass im Plan, der damals die Welt zusammenhielt, etwas nicht stimmen konnte, als er gemerkt habe, dass es nicht so ist, dass hier eine Art endet und dort eine andere beginnt, dass die Grenzen gar nicht so klar sind, dass die Übergänge gleitend sind.

»Der Tod, der Tod ist auch ein gleitender Übergang, nicht wahr? Du weißt es, Nerì.«

Walter sieht weg.

»Es ist nicht, dass ich Angst habe, und doch auch, aber die Zeit, die mir fehlt, das macht mir zu schaffen.«

Walter schaut auf die Uhr und erhebt sich vom Tisch.

»Warte, warte, etwas habe ich noch«, sagt Zio Fredo und klammert sich an Walters Arm.

»Als ich etwa vierzehn war, gab mir eines Tages mein Vater ein paar Schuhe, füllte eine Flasche mit Wasser und nahm mich mit auf den Monte Grasso.«

Zuerst sei es durch den Wald gegangen, mehrere Stunden. Der Vater habe sich immer wieder umgedreht, wollte sich vergewissern, dass Fredo Schritt halten konnte. Einmal hielten sie inne, und oben am Hang kam die Schnauze eines Wolfes aus dem Gebüsch hervor. Der Wolf machte drei Schritte nach vorn und blieb ebenfalls reglos stehen. Er schaute Fredo an. Und der Junge schaute zurück. Der Blick des Wolfes habe ihn umhüllt. Der Vater habe nichts gesagt und auch nicht auf den Wolf gezielt. Der Wolf habe sich umgedreht und sei davongelaufen. Der Vater habe den Rückweg eingeschlagen. Er habe zu ihm gesagt:

»Jetzt bist du erwachsen!«

Sie hätten bis zu Hause kein Wort mehr gesprochen. Sein Vater sei immer schweigsam gewesen. Fredo habe den Blick des Wolfes nie mehr vergessen.

Walter löst seinen Arm aus Fredos Griff. Er steht auf, nimmt Zio Fredos Kopf in beide Hände und drückt ihn an seinen Bauch.

13.

Leda kommt am Nachmittag nach der Schule mit dem Bus aus San Giorgio. Zio Fredo steht an der Haltestelle und holt sie ab.

Sie bringt etwas Frische ins Haus. Sie meint, ihre Urgroßmutter habe heute eine eigenartige Art, die Lippen zu bewegen.

»Wenn du neunzig wirst, Bisnonna, dann machen wir ein Fest, wir laden alle ein.«

»Ich schaffe es nicht bis neunzig, Leda«, unterbricht sie Luana, »ich will nicht, nicht so.«

Die Urenkelin zückt ihr Handy.

»Leda will, dass wir uns erinnern«, meint Fredo, indem er auf Walter schielt.

Luana, die nach vorne gekrümmt auf ihrem Stuhl sitzt, zeigt auf ihre Ohren. Die Urenkelin soll lauter sprechen. Leda schiebt ihr das Handy unter die Nase und zeigt die Fotos. Sie sagt, sie habe wieder ein paar alte Bilder digitalisiert. Sie fragt ihre Urgroßmutter:

»Kennst du den? Kennst du die?«

Luana kneift die Augen zusammen, beißt sich auf die Lippen, schüttelt den Kopf und wiederholt, sie erinnere sich nicht, schon gar nicht an die Namen. Sie fragt auch Walter, aber auch der schüttelt den Kopf. Dann richtet sie den Blick auf Ledas Hände, die glatt und gepflegt sind. Sie sagt, sie erinnere sich an Walters Hände, an die schwarzen Ränder unter den Fingernägeln, vom vielen Wühlen und Klettern, sie erinnere sich, wie sie Walters Nägel nicht sauber kriegte, egal wie oft sie sie unter den Wasserhahn hielt und mit der Bürste schrubbte. Sie sagt, sie erinnere sich, wie sie Walter die dreckverschmierten Kleider auszog, ihn in die große Wanne, die im Schuppen stand, setzte und mit Wasser und Seife übergoss.

Sie zwinkert Fredo zu, um anzudeuten, er solle die Bonbons holen, aber Leda will keine. Sie will ihren Urgroßeltern und Walter die Fotos zeigen. Im Kirchenarchiv im ehemaligen Pfarrhaus gibt es ganze Kisten davon. Fredo nimmt sie bündelweise nach Hause, dass Leda sie digitalisieren kann. Walter sagt, in Elviras Küche in der Schweiz hingen viele weitere Fotos. Fredo sagt, wer weiß, wo heute überall Aufnahmen von Gruma hängen.

Luana kann nicht verstehen, wieso die vergilbten Bilder in Ledas Telefon sind. Sie stammen aus der Zeit, als in Gruma der Merlo fürs Fotografieren zuständig war. Luana fragt Walter, ob er sich an ihn erinnern könne. Diesmal nickt Walter. Er erinnere sich, dass Merlo ein leidenschaftlicher Raucher war, dass er nachts, wenn ihm die Zigaretten ausgingen, so lange an der Bartür klopfte, bis La Fran mit einem Päckchen Zigaretten herauskam.

Luana lacht, wenn Walter vom Merlo erzählt, auch Fredo lacht. Sie sagen, Walter bringe die Erinnerung zurück.

Ihm habe er die Geschichte nicht abnehmen können, weil Merlo beim Fotografieren einmal rücklings in den Graben gefallen war und sich das Genick gebrochen hatte. Der Merlo habe keine Frau, aber einen Bruder gehabt. Der war untröstlich. Er sagte, das könne nicht sein, dass der Merlo, ohne seine Geschichte abzugeben, gestorben sei. Er sagte, das müsse nachgeholt werden, der Merlo würde sonst keine Ruhe finden, dort, wo er jetzt sei. Der Bruder habe von ihm verlangt, eine Nacht lang neben dem Toten zu wachen.

Leda wird es etwas unheimlich, wenn Walter vom toten Merlo erzählt, aber sie will zuhören. Fredo nimmt ihre Hand und hält sie fest.

Der Bruder habe ihn in sein Bett legen lassen und ihn mit seinen schönsten Fotos zugedeckt. »Schau«, habe er Walter gesagt, »die erzählen doch auch etwas, oder nicht?«

Und so habe Walter eine ganze Nacht damit verbracht, die Fotos anzusehen. Ganz Gruma habe in dieser Nacht zu ihm gesprochen.

Nach einer Weile will Leda sehen, wie Filina schläft. Fredo nimmt sie bei der Hand und führt sie ins Zimmer.

»Sie schläft nicht, sie träumt«, flüstert er Leda zu.

Leda nimmt jetzt doch ein Bonbon. Sie will, dass ihr der Urgroßvater wieder einmal die Bäume zeigt.

»Na gut«, sagt Fredo und führt sie zum Fenster, »du weißt schon, der dort ist die Weide, du erkennst sie an den hängenden Ästen, es ist ein weinender Baum, er ist immer traurig. Dort hingegen die Kiefer, die biegt nicht einmal der Gewitterwind. Und das ist eine Birke, ja, genau, die ich aus der Erde herausgerissen habe, unten am Fluss, und hier wieder eingepflanzt habe. Schau, wie sie gewachsen ist, wie stark sie geworden ist. Du erkennst sie an der weißen Rinde mit den schwarzen Flecken. Auf diese Birke stieg immer dein Onkel Walter, als er noch wie du ein Kind war. Sie war noch nicht so hoch, und er konnte bis auf die Krone hinaufklettern und von dort oben rufen, er sähe das Meer.«

Leda schielt auf Walter, der schmunzelnd danebensteht, als wollte sie ihn fragen, ob die Geschichte wahr ist.

»Weißt du, dein Onkel Walter ist der beste Geschichtenabnehmer gewesen, den Gruma je gehabt hat.«

Sie schaut den Urgroßvater mit fragenden Augen an.

Teresa kommt, um Leda abzuholen. Sie stürmt durchs Haus und sagt, sie sei nächste Woche wieder da. Sie fragt Walter, was er von ihrer Enkelin halte, wartet aber nicht, bis dieser antwortet. Als sie schon draußen sind, löst sich Leda von ihrer Hand und kehrt ins Haus zurück. Sie geht zu Walter und fragt ihn:

»Stimmt es, dass ein Mensch im Bauch eines Wals überleben kann? Bisnonno Fredo sagt das immer. Und erzählst du mir wieder einmal von den Toten?«

Sie rennt davon und ist draußen, bevor Teresa nach ihr rufen kann.

14.

Im Haus wird es still. Der Abend zieht sich in die Länge. In der Nacht ist Fredo nicht rechtzeitig bei Luana, um zu verhindern, dass sie hinfällt. Er versucht, sie wieder auf die Beine zu stellen, aber er schafft es nicht.

Fredo geht Walter holen, aber Luana sagt, sie wolle so liegen bleiben. Außer Atem holt Fredo eine Decke und ein Kissen. Er hebt Luanas Kopf und legt ihn auf das Kissen. Walter setzt sich auf den Bettrand. Sobald er wieder ruhig atmen kann, geht Fredo zum Telefon und ruft den Arzt an.

Der Arzt ist jung. Er hat kürzlich sein Diplom gemacht. Er bleibt in der Mitte des Zimmers stehen. Walter reicht ihm die Hand und setzt sich wieder.

»Diesmal hat sie Glück gehabt«, sagt der Arzt, »es wäre besser, wenn sie einen Rollstuhl bekäme.«

Luana liegt jetzt in ihrem Bett. Sie will noch nicht schlafen. Sie bittet Walter, ihr weitere Fotos zu zeigen.

»Schau, wie schmächtig du warst.«

Sie weint, ohne es verbergen zu wollen. Fredo legt die Fotos wieder in die Schachtel. Luana seufzt zufrieden. Die Fotos haben die Zeit eingedämmt, die versucht, alles in sich aufzusaugen und die Erinnerung zu trüben.

Draußen bricht die Dämmerung ein. Fredo ist in der Küche. Es riecht nach dem würzigen Morgenkaffee. Fredo kommt mit zwei Tassen aus der Küche. Er sagt, er kümmere sich gerne um die Alten im Dorf.

»Jemand muss es doch tun«, meint er.

Walter trinkt seinen Kaffee. Zio Fredo vergisst seinen. Er habe auch schon versucht, den Sterbenden ihre Geschichte abzunehmen, aber es funktionierte nicht. Zuerst habe er sich im Türrahmen des Zimmers auf einen Schemel gesetzt. Dann sei er Stück für Stück nach vorne gerückt, habe gewartet, solange er konnte, aber die Alten haben einfach nichts gesagt, auch nicht, als er mit dem Schemel längst am Bettrand angekommen war. Sie haben höchstens etwas Unverständliches gestottert, und es ist auch kein Gewitter oder dergleichen aufgekommen.

»Es ist wirklich so, dass nur du das kannst«, sagt er.

Dafür habe er gelernt, sagt er mit einem gewissen Stolz, wie man den Blutdruck misst und eine Spritze setzt. Die Alten kämen zu ihm.

»Fredo, hier tut's weh«, sie zeigten auf eine Körperstelle und sagten, sie würden sich nur noch durchschleppen, das sei kein Leben mehr. Dann hole er eine Salbe, Kräuter, Tinkturen, er sagt, wie sie sie auftragen sollen, und schon lässt der Schmerz etwas nach. Sie reden noch eine Weile, dürfen sich kurz die träumende Filina anschauen und gehen dann gesenkten Hauptes wieder von dannen.

15.

Nerì, Nerì …«, ruft Zia Luana von ihrem Bett aus.

Walter zögert einen Moment. Luana sagt, er soll sich setzen.

Sie wirkt auf einmal entschlossen. Sie sagt, sie erinnere sich, wie damals, als sie noch jung war, in den Häusern von Gruma getanzt wurde. Der älteste der Brüder vom Fossatone hatte eine Geige. Man stellte für ihn einen Stuhl auf den Tisch, er nahm Platz und spielte.

»Er spielte, und die Mädchen und Jungen tanzten um den Tisch herum, Filina allen voran.«

Sie selber sei noch zu jung gewesen, sie habe den anderen zugeschaut. Die jungen Frauen mussten warten, bis ein Bursche sie zum Tanze aufforderte, und wenn sie mit einem partout nicht tanzen wollten, sagten sie, sie hätten sich schon jemand anderem versprochen.

Dann sei aber der Krieg ausgebrochen, und es war niemand mehr da zum Tanzen. Der Krieg, dieser Wahnsinn, habe in Gruma viele stumpf werden lassen.

»Ich war noch ein Kind«, hält Luana einen Moment inne.

Plötzlich seien die deutschen Soldaten da gewesen, und die Partisanen hätten sich in den Bergen verschanzt. Einmal sei sie mit ihrer Mutter zum Landgut della Frasca unterwegs gewesen, um Milch zu holen, als plötzlich über ihren Köpfen ein ohrenbetäubendes Pfeifen und Zischen losgegangen sei.

»Deine Großmutter ruft, ich soll mich zu Boden werfen, und schon liegen wir in einem Graben am Wegrand.«

Sie höre heute noch, wie die Salven des Flugzeugs durch die Luft schossen und die Splitter auf das Feld prallten.

»Pifff, pum, pam …«, macht Luana, dass Walter ein wenig lachen muss.

Dann seien sie nach Hause gerannt. Im Hof standen schon die Deutschen. Ihr Vater Giuè wartete auf der Treppe mit Filina und Elvira. Filina sei achtzehn gewesen, Elvira erst fünf. Vor der Tür lag ein meterhoher Haufen frisch geschorener Wolle. Ein deutscher Soldat wühlte darin mit dem Lauf des Gewehrs. Überall suchten sie die Partisanen, und der Offizier sagte, er müsse jetzt seine Männer im Haus einquartieren, sie bräuchten zwei Zimmer, das dritte könne die Familie behalten.

»Abends trinken die Soldaten den Wein, den Giuè im Keller aufbewahrt. Sie trinken und singen. Es sind keine Frauen zum Tanzen da. Der Soldat, der mit dem Gewehr in der Wolle herumgewühlt hat, zeigt auf meine Mutter, aber sie schüttelt den Kopf, Filina schlüpft unter den Tisch.«

Der Soldat habe daraufhin die Mutter am Arm gefasst und »Tanz, tanz, tanz …!« geschrien. Ihr Vater habe die Fäuste im Sack geballt und die Lippen zusammengepresst.

»Bleib ruhig, Giuè, bleib ruhig, sonst bringen sie dich um, hat meine Mutter gerufen, während sie eng umschlungen mit dem Soldaten um den Tisch herum kreiste. Ich weiß jetzt noch, wie dein Großvater meine Hand drückte, wie Elvira weinte und Filina sich unter dem Tisch zusammenkauerte.«

Dann habe Giuè zu ihr gesagt: »Komm, wir tanzen auch.«

Sie habe diesen Tanz mit ihrem Vater nie vergessen. Sie fühle noch, wie fest er ihre Hand drückte, wie er ihr wehtat, wie sie an Filina vorbeitanzten und ihr zu verstehen gaben, unter dem Tisch zu bleiben, wie sie den betrunkenen Soldaten kreuzten, der die Mutter jetzt küssen wollte.

Dann habe zum Glück der Offizier die Küche betreten und dem Soldaten einen Fußtritt verpasst, dass der zu Boden fiel. Er sei mit schäumendem Mund wieder aufgestanden und habe auf Befehl des Offiziers die Küche verlassen.

Der Offizier brüllte aus dem Fenster, um seine Leuten wissen zu lassen, dass das Fest vorbei war. Filina kroch unter dem Tisch hervor. Erst dann habe der Vater Luanas Hand losgelassen. Er wollte dem Offizier danken. Er tat es in Grumas Mundart. Der Offizier verstand nicht, der Vater versuchte es auf Italienisch, beide lachten.

Sie hätten sich vor den Soldaten gefürchtet. Der Offizier habe Giuè zu verstehen gegeben, die Familie solle sich setzen. Elvira weinte nicht mehr, und Filina hielt die Hand ihrer Mutter. Der Offizier habe ihnen ein Stück Fleisch geschenkt. Die Mutter habe sich die Schürze um den Bauch gebunden und das Fleisch gebraten.

»Wir haben mit diesem Offizier gegessen. Ich bin zwei, drei Mal aufgestanden und habe eine Runde um den Tisch gedreht und mit der linken Hand die schmerzende rechte hochgehalten, um zu zeigen, dass sie mir wehtat. Ich dachte, wenn die Deutschen Mitleid haben, dann tun sie uns nichts.«

Und dann sei dieser junge Soldat in die Küche getreten, er sei etwa so alt wie Filina gewesen. Der Offizier habe ihm etwas befohlen, das niemand von der Familie verstanden habe. Der Junge sei einen Moment lang stramm da gestanden, habe salutiert und sei weggetreten.

In diesem kurzen Moment hätten sich die Blicke von Filina und vom jungen Soldaten getroffen, sie, Luana, habe es gesehen, die Blicke hätten sich ineinander verhakt.

Filina hat dann herausgefunden, dass er Gunter hieß. Die Soldaten seien drei Monate im Haus einquartiert gewesen. Gunter sei immer wieder aufgetaucht, um Befehle entgegenzunehmen, und jedes Mal habe er Filinas Augen gesucht.

Einmal habe der Offizier die Mutter zu sich gerufen, weil er sehen wollte, wie sie den Teig ausrollte und wie man es machen musste, damit er nicht klebte. Der Offizier fragte: »Wasser, *acqua*, braucht es kein Waser?«

Sie verneinte mit dem Kopf und gab dem Offizier mit den Händen zu verstehen, es brauche nur Eier und Mehl.

»Die Eier stammten von unseren Hühnern, Nerì. Mit diesen Eiern wurde der Teig gelb.«

Der Offizier habe Gunter befohlen, welche zu holen. Er sei kurze Zeit später mit fünf Eiern in der Hand in die Küche gestürmt, sei gestolpert und habe zwei davon fallen lassen. Der Offizier habe gelacht, alle hätten gelacht. Filina habe sich nach den Schalen gebückt, und ihr Gesicht habe Gunters Rücken gestreift. Der Offizier schickte Gunter weg.

»Um den Teig auszurollen, benutzte deine Großmutter den Besenstiel. Der Offizier lachte, als er das sah«, sagt Luana noch, bevor sie eine Pause einschalten muss.

Der Krieg sei eine schreckliche Zeit gewesen, alle hätten ständig Angst gehabt. Als der Offizier gemerkt habe, dass die Soldaten zu unruhig wurden, habe er dem Vater geraten, zur Familie im Bauernhof Le Fosse zu ziehen.

»Ich weiß noch, wie mein Vater vor Wut den ganzen Tag mit der Hacke die Erde umpflügte.«

Filina habe immer einen Vorwand gefunden, um ins Haus zurückzukehren, und habe sie immer mitgenommen. Mit einem Kind an der Seite war man sicherer. Filina wollte nichts anderes, als Gunters Blick erhaschen. Manchmal war er dort, manchmal nicht. Es war gefährlich, aber Filina hatte keine Angst.

»Sie haben kein einziges Wort miteinander gewechselt, aber sein Gesicht war in ihr und ihres in ihm, ich habe es damals gesehen. Filina war wie in einem Traum, und um uns herum passierten schreckliche Dinge.«

Im Krieg brauche es wenig, dass alles außer Kontrolle gerate. Die Soldaten stehlen dem Bauern von Le Fosse den Eber. Der Bauer rennt ihnen hinterher, und die Soldaten strecken ihn nieder. Sein Körper liegt am Boden, und der Schnee färbt sich rot. Kinder stehen herum, die kleine Schwester Elvira auch, und blicken auf den roten Schnee. Niemand sagt ihnen, sie sollen nach Hause gehen.

»Filina war alles gleichgültig, sie wollte nur dort sein, wo Gunter war.«

Einmal töteten die Partisanen aus einem Hinterhalt einen deutschen Soldaten. Zur Vergeltung ordnet der Offizier an, zehn Männer aus Gruma an die Wand zu stellen.

»Deinen Großvater hat er verschont! Er hat Gunter zu uns nach Le Fosse entsandt. Er hat dem Vater zu verstehen gegeben, er solle sich verstecken. Dein Großvater hat die Schuhe ausgezogen, er hat sie mir gegeben und gesagt, ich solle sie der Mutter bringen, ohne Schuhe renne er schneller, sie solle sich keine Sorgen machen.«

Die Deutschen fanden nur sieben Männer und holten noch drei Alte aus den Häusern.

Dann war plötzlich alles vorbei. Die Deutschen mussten Hals über Kopf Gruma verlassen. Filina sei mit ihr zum Haus gerannt und habe verzweifelt nach Gunters Gesicht gesucht, aber sie habe es nirgends gefunden. Giuè kam erst zurück, als die Soldaten abgezogen waren. Gruma atmete auf. Die Mutter putzte das ganze Haus. Es kamen auch die Katzen zurück. Sie hatten Hunger. Eine schnappte sich zwei Würste, die für das Abendessen bereitstanden. Filina sei ihr nachgerannt, habe sie am Schwanz gepackt und zur Strafe kopfüber an die Wand gebunden.

»Nun, da alle den Abzug der Besatzer feierten, war Filina nur noch traurig. Ihr Gunter war verschwunden.«

Die Mutter habe auf das wenige geblickt, was auf dem Tisch stand, die Teller gezählt und sich gefragt, wie sie die Polenta aufteilen sollte.

»Über all die Jahre hat deine Tante Filina Gunters Gesicht nicht vergessen. Ich habe es ihr angemerkt. Vielleicht ist dieser Gunter auf dem Rückzug gestorben, vielleicht nicht, wir haben ihn nie mehr gesehen.«

16.

Das Pfarrhaus ist unbewohnt, seit vielen Jahren schon. Manus Klavier steht noch in der Küche. Fredo führt Walter in Don Pietros Arbeitszimmer. Auf dem Tisch stapeln sich Fotografien von damals. An den Wänden Gestelle mit staubigen Büchern. Fredo öffnet einen Schrank und holt ein Heft hervor.

»Hier sind alle eingetragen«, sagt er, »bis zu dir.«

Walter öffnet das Heft:

Dorio, 1798–1818
Bartolomeo Ruscani, 1819–1835
[unleserlicher Name], 1835–1851
Vanni, 1851–1886
Ermanno Castelli, 1887–1917
Glauco del Casone, 1918–1939
Giangi, 1940–1945
Olmo, 1946–1973
Walter, 1973

»Ich wusste nicht …«, sagt Walter.

Zio Fredo nimmt ihm das Heft aus den Händen und legt es offen auf den Tisch.

»Deinen Name hat Erminia eingetragen, man erkennt ihre Handschrift«, sagt Zio Fredo.

Walter sieht seinen Onkel zum ersten Mal wieder lachen.

Elvira lacht nie, im Altersheim lachen sie nie, in der Fabrik wird nicht gelacht, die Männer am Stammtisch tun es auch nicht, nur wenn sie zu viel getrunken haben, dann lachen sie, aber es ist eher ein hyänenhaftes Kichern. Sciugar lachte, dass ihm die Schere aus der Hand fiel. Als Sibilla lachte, sah man ihre weißen Zähne. La Fran hatte dieses stille Lachen, das man ihr von den Lippen ablesen musste, das dann aber in einem widerhallte. Sogar Zia Filina, die immer so grimmig dreinschaute, musste sich vor Lachen auf einen Stuhl setzen, als Luana einmal über die Katze stolperte und hinfiel. Die Kinder konnten herzhaft lachen, wenn sie ihre Streiche spielten, Luana hatte einmal laut lachen müssen, als Fredo mit der Vespa in einer Pfütze gelandet war, und Merlo lachte wie ein Affe, um das Lachen der anderen auf seine Bilder zu kriegen. Und als Manu einmal mit der Nasenspitze auf den Tasten eine Melodie gespielt hatte, haben sie sich alle vor Lachen umarmt.

Walter denkt auch an Erminia, die ihn einmal hierherbestellt hat. Sie hatte nach Don Pietros Tod im Pfarrhaus bleiben können. Es war kein neuer Pfarrer nach Gruma gekommen, aber Erminia sagte, es brauche trotzdem eine Haushälterin. Sie sorgte weiterhin für peinliche Sauberkeit im Haus und in der Kirche. Als Walter zur Tür hereinkam, sank sie seufzend auf einen Klappstuhl. Sie fächerte sich mit einem Taschentuch Luft zu. Das Alter hatte aus ihr eine koboldhafte Erscheinung mit schütterem Haar gemacht. Ihre Augen waren aber noch warm. Walter bemerkte sofort ein ungewohntes Lächeln in ihrem Gesicht. Sie wollte ihm etwas sagen, aber das Lächeln lähmte ihre Lippen, und je mehr sie es versuchte, desto breiter wurde das Lächeln, bis es zu einem Lachen anschwoll. Sie fing einen Satz an, konnte ihn aber nicht zu Ende führen. Irgendwann schloss sie die Augen, hielt die Luft an, krallte die rechte Hand an ihren Oberschenkel und sagte:

»Ich will dir etwas erzählen, Nerì, solange ich es kann. Don Pietro fehlt mir. Er war ein schöner Mann, das sage ich jetzt dir. Er hätte nicht Pfarrer werden sollen. Einmal, als wir beide allein in der Kirche waren, hat mich ein Wahn gepackt. Ich konnte nichts machen. Meine Beine sind losgerannt, meine Arme haben sich ausgebreitet. Ich bin Don Pietro um den Hals gesprungen und habe ihn geküsst. Auf den Mund. Du hättest sein Gesicht ...«

Länger konnte Erminia das Lachen nicht aufhalten. Es platzte regelrecht aus ihr heraus. Sie stand vom Stuhl auf und warf sich aufs Bett. Sie krümmte sich, lachte und lachte, ihr kamen die Tränen, ein Geflecht heraustretender Adern ließ ihren Hals anschwellen, sie wand sich vor Lachen, das knarzende Bettgestell lachte mit, und sie sagte immer wieder:

»Du hättest sein Gesicht ...«

Allmählich wurde ihr Lachen zu einem kratzenden Husten. Hustenanfälle und Lachen wechselten sich ab. Sie schien zu ersticken, fasste sich mit beiden Händen an den Hals und atmete wieder.

»Du hättest sein Gesicht ...«

Auf der Bettdecke breitete sich ein gelber Fleck aus. Sie hatte sich vor Lachen in die Hosen gemacht.

Als sie sich ausgelacht hatte, lag sie schlaff in ihrem Bett. Mit einem erschöpften Atemzug sagte sie:

»Geh nur, Nerì, bei mir ist es noch nicht so weit, aber ich musste es loswerden.«

Es war Walters letzte Geschichtenabnahme gewesen, wie bei Giannino eine unvollendete.

17.

Nach einer Woche tritt Walter in La Frans Bar. Die Menghina und Sciugar stehen um La Fran herum. La Fran bemerkt Walter als Erste:

»Da ist er nun!«, ruft sie.

»Walter, ist das Walter?«, jauchzt Sciugar und kommt mit ausgebreiteten Armen auf ihn zu. Er bricht in Tränen aus, wie ein kleines Kind.

»Du kommst ungelegen, Walter«, sagt die Menghina.

»Nach so vielen Jahren!«, sagt La Fran.

Sie geht zu ihm und umarmt ihn. Sciugar kann sich nicht mehr erholen.

»Es ist so lange her, Walter, mein Freund! Weißt du, wie alt ich jetzt bin?«

»Dreiundachtzig ist inzwischen unser Sciugar«, sagt die Menghina, die vorwärtsmachen möchte.

Sciugar, der jetzt einen dicken, nikotinmelierten Schnauzbart trägt, bleibt bei Walter stehen. Menghina hat La Fran das Hochzeitskleid genäht, Sciugar hat ihre Haare geschnitten und frisiert.

»Du hast ja nichts vernehmen lassen«, ruft die Menghina, »sie hätte sich ein Hochzeitskleid von deiner Mutter gewünscht, jetzt muss sie sich mit einem von mir begnügen.«

La Fran probiert das Kleid an. Sciugar sagt, das sei verrückt, was La Fran da vorhabe. Eine Heirat, in ihrem Alter, das sei kein Scherz. Ob sie jemals einen Liebeskranken gesehen habe, fragt er. La Fran schüttelt den Kopf. Er habe sich in seinem Leben bedenkenlos von einer Liebe zur nächsten treiben lassen und dabei viele Frauenherzen gebrochen.

Während Sciugar so redet, trägt La Fran roten Lack auf die Fingernägel auf und summt eine Melodie vor sich hin.

»Eines Tages wirst du deinem armen Ehemann das Herz brechen, da bin ich mir sicher«, sagt Sciugar.

La Fran wirft ihm einen Kuss zu.

»In meinem Alter?«, lacht sie.

Die Menghina presst zwei Nadeln zwischen die Zähne und bittet La Fran, stillzuhalten. Dann sagt sie, La Fran müsse sich auf schwierige Zeiten gefasst machen, das sei so in einer Ehe, sie könne davon ein Lied singen.

Walter fragt, ob die Jukebox noch funktioniere.

»Aber ja doch«, ruft Sciugar. Er geht hinter die Theke und holt aus einer Schublade eine Münze, die er Walter übergibt.

»Immer noch Lire?«, staunt Walter.

Er geht zur Jukebox und weiß nicht, welches Lied er wählen soll.

Die Sache mit dem liebeskranken Bekannten hat bei Sciugar die Erinnerung an seine vielen Fraueneroberungen wachgerufen. Er reinigt Schere und Kamm und plaudert weiter. Einmal habe er etwas mit einer Französin gehabt, Chanel. Das war noch ganz am Anfang gewesen. Er hatte sich verliebt, sie war groß und blond. Alle anderen habe er nur noch vage in Erinnerung, Chanel hingegen habe er schon wegen des Namens nicht vergessen. Er habe sie damals mit nach Gruma gebracht, sie waren knapp über zwanzig. Eine Freundin mit nach Hause zu bringen, das war nicht üblich. Sein Vater tobte, seine Mutter weinte, er ließ sich aber nicht einschüchtern.

»Ach, Sciugar«, meint die Menghina, »die Geschichte von Chanel hast du schon Jahre nicht mehr erzählt!«

Sie sei ein Hippie gewesen, sagt Sciugar, also so eine mit Jeans, farbiger Bluse und Zöpfen. Sie war ganz allein per Autostopp unterwegs. Sie trug keine Schuhe, seine Eltern hatten den Kopf geschüttelt. Chanel musste in einem separaten Zimmer übernachten. Am nächsten Morgen habe sie gefragt, warum er in der Nacht nicht zu ihr geschlichen gekommen wäre. Damals sei er noch ein *coglione* gewesen, lacht Sciugar, ein unerfahrener Grünschnabel. Er wollte es wiedergutmachen und habe Chanel zu einem Spaziergang eingeladen. Beim Kastanienwald legten sie sich ins Gras, das feucht und unbequem war. Er sei schrecklich unbeholfen gewesen. Er habe mit den Händen herumgefuchtelt, er habe Chanel aus Versehen ins Gesicht gekratzt. Sie sei wieder aufgestanden.

»Der Zauber war verfolgen.«

Gegen Abend habe er sie bis zum Bivio begleitet. Sie habe nicht mehr reden wollen, nur noch geweint habe sie.

»Ich fragte, warum, warum weinst du? Aber sie gab keine Antwort.«

»Seid still, ich muss mich konzentrieren«, ruft die Menghina.

»Sei du still, du verstehst einfach nichts«, gibt Sciugar zurück.

»Ich will keinen Streit vor meiner Hochzeit«, ruft La Fran.

Sciugar winkt ab. Also, Chanel, sie sei in den Bus gestiegen, sie hätten sich nicht einmal einen Abschiedskuss gegeben, sie sei einfach weggefahren, und Sciugar habe sie nie mehr gesehen.

Was ihm da plötzlich nach so vielen Jahren wieder in den Sinn komme, staunt Sciugar. Walter hat in der Zwischenzeit ein Lied ausgewählt. Es ertönt die Stimme von Claudio Baglioni, der »Avrai« singt.

»Eine Ewigkeit her, dieses Lied«, meint Sciugar.

Menghina sagt, der alte Sciugar soll die Klappe halten. Gruma sei nie gut gewesen für die große Liebe. La Fran wirft ihr einen bösen Blick zu.

»Ich will jetzt auch etwas erzählen, wenn wir schon dabei sind«, sagt die Menghina dann.

Sie könnten sich sicher an die Graziella erinnern. Sie war doch mit diesem Seemann verlobt, den sie auf dem Markt in San Giorgio kennengelernt hatte. Er war ein großer Junge mit einem finsteren Blick. Die Frauen von Gruma schwärmten heimlich für ihn. Er war auf den Schiffen unterwegs, aber er kehrte immer wieder zu Graziella zurück. Eines Tages sagte er, er müsse nach Amerika, nur für ein paar Monate. Er kam nie mehr zurück. Die arme Graziella sei drei, vier Mal in die Hafenstadt gereist und habe stundenlang aufs Meer gestarrt. Sie sagte, ihr Verlobter habe sie wegen der blauen Augen des Ozeans verlassen, nicht wegen einer anderen Frau.

La Fran schnaubt.

»Du wirst sehen, das kommt nicht gut«, spottet Sciugar.

»Wir lachen aber viel, mein Verlobter und ich«, sagt La Fran.

»Irgendwann gibt es nichts mehr zu lachen.«

»Schluss jetzt!«, sagt die Menghina, »ich kann meine Arbeit so nicht machen.«

Man solle ihm eine einzige Ehe in Gruma nennen, sagt Sciugar, die man als glücklich bezeichnen kann. Nicht einmal sein Freund Lello habe das geschafft. Er fragt Walter, ob er sich an Lello erinnern könne. Walter tut so, als würde er in der Erinnerung suchen. Er blickt jetzt nur noch auf La Fran, die ihm aber ausweicht. Sciugar nimmt davon keine Notiz, er fühlt sich in alte Zeiten zurückversetzt, wo man einander so viel erzählte. Sie alle wüssten sicher noch, wie schön Santina war, als Lello sie heiratete, zierlich und frisch wie eine Rose. Wenn man sie jetzt anschaue, sähe man nichts mehr davon. Lello hätte sie sein Leben lang geliebt, darauf könne Sciugar wetten. Aber die Probleme begannen schon auf der Hochzeitsreise. Lello habe ihm erzählt, er hätte schon da gemerkt, dass etwas nicht stimmte. Santina habe die ganze Zeit geredet und sich ständig umgedreht, als wäre da ein Schatten, der sie verfolgte. Lello habe ihr immer gesagt, da sei nichts, sie müsse keine Angst haben. Sie antwortete ärgerlich, sie habe keine Angst, aber etwas verfolge sie. Als sie heimgekehrt sind, sei Santina schwanger gewesen.

Die Menghina dreht die Lautstärke der Jukebox auf. Sciugar redet lauter. Von diesem Moment an weinte Santina nur noch, schreit er fast. Sie schloss sich in einem Zimmer ein und weinte und wollte nicht mehr raus. Nach der Geburt des Kindes sah es anfänglich so aus, als wäre alles wieder gut, aber nach einer Weile ging es wieder von vorn los. Reden und Weinen, Weinen und Reden, die ganze Zeit, ohne Unterbrechung. Lello habe sie trotzdem immer geliebt, aber er habe ein trauriges Leben gehabt. Sein Sohn komme jetzt manchmal vorbei, stehe eine Weile neben seiner alten Mutter und gehe wieder. Und Santina sitze immer noch da und weine und rede.

»Siehst du, alter Gigolo«, lacht La Fran, »es gibt noch viele unerzählte Geschichten in unserem Dorf, und kaum ist Walter da, rückt ihr damit raus. Ich hatte doch recht, Walter einzuladen.«

»Du hast ihn eingeladen? Ich dachte, er hätte uns alle längst vergessen«, spottet die Menghina.

»Au«, macht La Fran, indem sie den Kopf zur Menghina beugt, »das pikst.«

»Das ist nichts im Vergleich zu dem, was du in deiner Ehe erleben wirst, meine Liebe! In deinem Alter dich noch zu binden, du hast sie nicht mehr alle.«

»Bis dass der Tod euch scheidet«, lacht Sciugar.

Er schielt immer wieder zu Walter, um sich zu vergewissern, dass er noch da ist. Walter horcht dem Lied, das er als Sechzehnjähriger immer wieder auflegte, und schaut La Fran an.

»Wirst du jetzt wieder Geschichten abnehmen?«, fragt ihn die Menghina.

Sciugar lässt Walter nicht antworten.

»Lass ihn«, sagt er, »er ist doch gerade erst angekommen, und vielleicht geht er bald wieder weg.«

»Zuerst wird geheiratet«, ruft La Fran.

Sciugar kommt auf die Geschichtenabnahme zurück. Er wisse am besten, was es für Walter bedeutete. Als alle weg waren, habe er sich als Einziger um ihn gekümmert.

»Dermaßen übertrieben hast du schon lange nicht mehr!«, ruft die Menghina.

»Wenn ihnen die Wörter quer im Mund liegen, halten sie sich an das, was sie in sich tragen, hast du mir einmal gesagt, erinnerst du dich, Walter?«, sagt Sciugar. »Ich habe den Satz nicht vergessen!«

Walter schaut ihn verdutzt an.

Damals, macht Sciugar weiter, habe er es nicht verstanden, Walter hatte immer so eine eigene Art, zu sprechen, aber jetzt, wo er manchmal das Gefühl habe, die Wörter würden auch bei ihm beginnen, quer im Mund zu liegen, jetzt wisse er, was gemeint war.

Und dann weint er wieder, weil es ihn so sehr freut, dass Walter da ist. Woran solle er sich sonst halten? Das Alter sei furchtbar, es habe sich leise angeschlichen. All die Mädchen hätten hinreißend ausgesehen, alle jung und ausgelassen, und auch er sei ein schöner Kerl gewesen, aber nun sei er alt und wundere sich, wo die ganze Zeit geblieben ist. Er wünsche sich seine Jugend zurück. Er sei allein. Und die Jahre der Stille und Einsamkeit in Gruma hätten ihn krank gemacht. Während Sciugar schluchzt, fällt ihm die Menghina ins Wort. Sie sei noch nicht fertig mit dem, was sie sagen wollte. Beide beharren darauf, zuerst fertig erzählen zu dürfen, und man versteht nichts mehr.

»Ihr sterbt ja nicht«, ruft Walter, was der Menghina nun auch Tränen in die Augen treibt.

La Fran hat auf einmal genug. Sie sagt, sie sollen mit dem Gequatsche und Geheule aufhören, das sei nicht der Moment, jetzt gehe es um ihre Hochzeit. Sie schreit, sie habe Walter eingeladen, und siehe da, was er schon angerichtet habe. All die vielen Jahren einfach weg und jetzt dieses Durcheinander. Sie heirate nicht aus Liebe, das wisse sie, und niemand könne ihr so viel Liebe geben, wie sie brauche. Sie heirate, weil ihr Verlobter sie zum Lachen bringe, das sei Grund genug, und wenn es scheitere, dann Pech gehabt. Sie wolle ein Fest, ein richtiges Fest, wo alle lustig sind. Sie wolle, dass Walter dabei ist, und Manu und die anderen. Die große Liebe sei ihr wurst. Davon träume sie schon lange nicht mehr.

Jetzt weint auch La Fran, sogar stärker als die Menghina und Sciugar, und keiner kann den anderen trösten, bis La Fran wutentbrannt alle aus dem Lokal wirft.

»Auch du«, schreit sie Walter an, »verschwinde auch du!«

18.

Siehst du, fast ausgetrocknet«, sagt Sciugar, »es regnet nur noch selten.«

Walter geht hinter Sciugar her und blickt auf den Teich, aus dem dürre Schilfhalme herausragen.

Sie setzen sich. Walter hebt ein paar Steine vom Boden und wirft einen nach dem anderen in die trübe Wasserpfütze.

»Weiß der Teufel, weshalb La Fran jetzt plötzlich heiraten will«, sagt Sciugar.

Sie habe sich ein paarmal in ihrem halb fertigen Hochzeitskleid vor die Jukebox gestellt und eine Zigarette angezündet. Sie werfe eine Münze ein, lasse die Platte zu Ende spielen, werfe eine zweite Münze ein, sicher zehnmal hintereinander, bis die Maschine heiß werde. Sie spreche die Titel laut vor sich her, die die Jukebox ausspuckt.

»So komisch, La Fran in ihrem Hochzeitskleid zu sehen, das nie wirklich passt. Ich sage besser nichts, wenn sie so drauf ist, ich glaube, sie merkt dann gar nicht, dass ich noch da bin.«

Sie zähle auch Namen auf, Sibilla, Babbo, Mamma, Manu ...

»... und am Schluss sagt sie ›Walter, auch du, Walter ...‹«

Jedem anderen käme La Fran wie eine Irre vor, aber er, Sciugar, kenne sie gut. Er lasse sie machen, wenn sie zu den leeren Tischen und Stühlen spricht, wenn sie sich mit den Lastwagenfahrern anlegt, die tagsüber für einen Kaffee haltmachen und ihr sagen, sie habe noch immer den schönsten Hintern zwischen Gruma und der ersten Zahlstation der Autobahn, »Einmal anfassen, und ich steche euch die Augen aus!«, warne sie sie.

»Mensch, kann La Fran plötzlich wütend werden, ich traue mich dann kaum zu atmen.«

Sciugar muss einen Moment Luft holen.

»Du bist der Einzige, der ihr in diesem elenden Gruma-Loch wirklich etwas bedeutet hat«, sagt Sciugar, indem er schief zu Walter hinüberschaut, der weiter Steine in den Teich wirft.

»Wir wären das perfekte Paar gewesen!«, habe sie eine Zeit lang gesagt. »Walter hätte Gruma das ganze Gewicht abgenommen, und ich hätte den Geruch des Todes von seinem Körper gewaschen.«

»Du trägst immer noch diesen Geruch von alten Menschen auf dir, Nerì«, sagt Sciugar nach einer kurzen Pause, indem er Walter einen Stein aus der Hand nimmt und ihn in den Teich wirft. »La Fran hat es nie gestört, im Gegenteil, es machte sie lebendig.«

Walter hört zu und erinnert sich. Er und La Fran gingen manchmal spazieren. Sie hielt seine Hand. Mit einundzwanzig Jahren war er immer noch schmächtig. Sie konnte mit dem Daumen und dem Mittelfinger sein Handgelenk umfassen. Walter konnte bei ihr für eine Weile den Geruch der Alten loswerden.

»Walter, hör mir zu«, sagt Sciugar lauter, als wollte er seinen Freund wach rütteln, »du hast dich damals mit Geschichten vollgesogen und dann Gruma sich selbst überlassen. Bring die Sache wieder in Ordnung, deine Tante Filina kann nicht mehr lange warten!«

Sciugar legt eine Hand auf Walters Schulter, richtet sich auf und macht sich auf den Weg nach Hause.

Walter bleibt sitzen. Er beobachtet, wie die Schatten der Schilfhalme auf der Teichoberfläche tanzen.

Er will die Erinnerung auskosten. Ein Mal war er in La Frans Zimmer. Er wartete im Türrahmen. Seine Hände steckten im Hosensack.

»Komm doch rein«, sagte La Fran.

Die Wände waren mit den Postern der langhaarigen Sänger tapeziert. Einige von ihnen konnte man auch in der Jukebox hören. Walter stand da, und La Fran wusste nicht, was sie ihm zeigen sollte. Also zeigte sie ihm die kleine Madonna auf ihrem Nachttisch, ihre Schminksachen, die Schuhe neben dem Bett. Sie öffnete den Schrank und zeigte ihm ihre Kleider. Walter rührte sich nicht, die Hände hartnäckig in den Hosentaschen.

»Was willst du eigentlich?«, fragte La Fran.

Walter antwortete, das Militär habe ihn aufgeboten. Er

müsse in die Stadt. Er könne aber nicht ins Militär, das sei unmöglich, er müsse in Gruma bleiben.

»Du musst gar nichts«, sagte La Fran.

Plötzlich ging das Licht aus, das kam früher öfter vor. La Fran hörte die Stimme ihres Vaters, der in der Bar ihren Namen rief. Man hörte das Geräusch ihrer Hände, die die Tür suchten. Bevor sie hinausging, sagte sie zu Walter, er solle auf sie warten. Als sie kurz danach zurückkam, stand er immer noch da. Er hatte im Dunkeln das Bett gemacht, aber die Hände waren schon wieder in den Hosentaschen.

»Ich muss heute nicht arbeiten, wir könnten zum See fahren, mit der Vespa deines Onkels, oder einfach hierbleiben und es uns gemütlich machen«, sagte La Fran.

Sie knüpfte ihre Bluse auf, es war stickig geworden in ihrem fensterlosen Zimmer.

»Hier gibt es nur dich und mich«, sagte sie.

Sie nahm seine Hand und führte sie zu ihren Brüsten. Er zog sie zurück und machte einen Schritt zur Tür.

»Mach, was du willst, geh zur Armee, von mir aus!«, schrie La Fran ihn an und wollte ihn fortjagen. Aber Walter blieb im Türrahmen stehen. Also schlug sie auf ihn ein, mit den Händen, mit den Füßen. Walter fasste sie an den Armen.

»Merkst du nicht, dass alles brüchig wird?«, brüllte er sie an.

Sie schoss mit dem Kopf nach vorn und biss ihn in den Hals.

»Wir könnten hier glücklich sein, du und ich, mit mir würdest du nicht immer Totengesichter vor dir sehen«, knirschte sie.

19.

La Fran streckt ihre Hand nach Walter aus. Sie will nicht berührt werden, sie will, dass er sieht, was jetzt passiert. Sie nimmt sein Handgelenk, er soll sich auf den Stuhl setzen und sich versteckt halten.

»Bleib hinter dem Tresen!«

Tutti i santi am ersten November ist das Fest der Heiligen, und am Tag danach folgt das Fest der Toten. Heute ist der zweite November. Seitdem Walter Gruma verlassen hat, lädt La Fran jedes Jahr an diesem Abend in ihre Bar zum Tanz ein. Ganz Gruma gibt sich die Ehre, und es ist der Abend, an dem Fredo nicht die Häuser, sondern die Menschen zählt, die jedes Jahr weniger werden.

La Fran hat das Essen zubereitet, Sciugar hat das Lokal mit Girlanden dekoriert. Es ist alles bereit. La Fran erwartet die Gäste.

»Du zeigst dich nicht, du schaust durch den Spalt«, sagt sie ein letztes Mal zu Walter.

Die ersten Gäste kommen, bald füllt sich die Bar, alle Tische sind besetzt. Zuerst wird gegessen und getrunken. Dann räumt Sciugar das Geschirr weg und bringt saubere Gläser. Man sitzt gemütlich beisammen. Walter hat sich auf den Boden gesetzt und schließt die Augen. Er hört, wie die Männer die Karten mischen, wie die Frauen tuscheln und La Fran die Gläser und das Geschirr wegräumt. Um Mitternacht schenkt La Fran den Vin Santo ein. Sie trinken und stoßen an. Die Kinder sind müde und flegeln sich auf den Stühlen herum.

Dann verlassen die Jüngeren das Lokal. Es sind wenige. La Fran drängt die Letzten hinaus und schließt die Tür.

Sciugar greift nach seinem Akkordeon und beginnt zu

spielen. Zunächst halten ein paar Männer weiter ihre Karten in der Hand. Andere blicken einfach auf den Tisch. Die fehlenden Backenzähne haben eingefallene Wangen hinterlassen. Bald beginnen die ersten Paare zu tanzen. Einer nach dem anderen stehen die Männer auf, gehen zu ihrer oder einer anderen Frau und fordern sie zum Tanz auf. Irgendwann sind alle auf der Tanzfläche, und bei manchen weiß man nicht, wie sie es bis dorthin geschafft haben. Es gibt zwei Männer, die miteinander tanzen, auch zwei Frauen. Eine bleibt übrig. La Fran führt sie auf die Tanzfläche. Zu Beginn tanzen sie mit langsamen Bewegungen, alle durcheinander. Die Runden erschöpfen sie. Sie setzen sich kurz wieder hin. Die Rücken und Hüften plagen sie. Sie bleiben in leichter Schieflage für ein, zwei Lieder auf den Stühlen sitzen und kehren danach auf die Tanzfläche zurück. Sie gleiten zu Sciugars Musik dahin. Sie beginnen, sich im Kreis zu drehen, zuerst zögernd, aber dann immer selbstverständlicher. Ungefähr nach einer halben Stunde ist ein harmonischer Reigen zu sehen. Und wenn die Alten das ganze Jahr nicht wissen, wohin mit sich, sind sie jetzt in ihrer Zeit. La Fran bringt ihre Partnerin zum Stuhl zurück und stellt sich hinter die Theke. Sie flüstert Walter zu:

»Weißt du, woran sie jetzt denken? Sie stellen sich vor, du wärst wieder in Gruma.«

Im Tanz scheinen die Alten ihre Gelenkschmerzen nicht mehr zu spüren. Fredo ist auch da. Er macht einen jüngeren Eindruck. Sogar Zia Luana ist da. Wie hat sie es bis hierher geschafft? Jemand muss sie heruntergetragen haben. Sciugar vielleicht? Sie bleibt sitzen, sie kann nicht aufstehen. Ihre Trauermiene ist verschwunden.

»Siehst du's?«, sagt La Fran, »siehst du, wie einige weinen? Ihr Leben geht zu Ende, und für einmal schämen sie sich nicht für ihre Tränen.«

Walter sieht, wie die Alten, den Atem anhaltend, nach jeder Runde sicherer werden, als ob sie den Neuanfang wagen möchten.

»Sie glauben, dass du zurückkommst, verstehst du? Sie wollen vor ihrem Tod noch einmal zu Wort kommen.«

Walter spürt La Frans Hand auf der Schulter und beobachtet weiter. Er reibt sich die Augen. Jetzt tanzen die Alten aufrecht, fast schon stolz. Die Hemden kleben. Ihre Augen sind geschlossen. Sie träumen sich in ihre Jugend zurück, sogar bis in die Kindheit. Die Kindheit dreht sich jetzt mit. Die Männer lösen die Haarspangen ihrer Tanzpartnerin. Graue Fäden drehen sich über die Köpfe. Die Paare lösen sich voneinander. Vielleicht spüren sie die einstige Vorfreude auf den Sommer, wie sie sich am Ende des Frühlings die warmen Kleider vom Leib rissen, endlich barfuß durchs Gras liefen. Sie tanzen um einen Aufschub. Draußen lauert der Tod. Sie wollen ihn nicht mittanzen lassen.

»Auch wir beide werden einmal so sein«, sagt La Fran, »und ich merke schon jetzt, dass ich nicht mehr gegen das Vergessen ankomme. Ich kann mich an vieles nicht mehr erinnern. Als mein Vater vergebens auf dich gewartet hat, hat er zu mir gesagt: ›Vergesst mich nicht, erzählt es Walter.‹ Ich kann mich nicht mehr an den Klang seiner Stimme erinnern, ich weiß nicht mehr, wie es war, als der Laden hier zum Bersten voll war, ich höre die Musik nicht mehr, die vom Kirchplatz kam, ich drehe mich um und weiß nicht mehr, wie Sibilla aussah, als sie hinter dem Tresen stand, und vieles mehr habe ich vergessen, wie die Alten älter wurden, wie es war, als du zu ihnen gingst …«

Irgendwann kann Sciugar nicht mehr. Er legt das Akkordeon auf die Knie, und die Musik verstummt. Der Reigen steht still. Die Frauen binden ihre Haare wieder zusammen, die Männer setzen die Hüte auf. Sie haben genug. Sie winken La Fran zu und gehen aus dem Lokal, müde und gebückt. Sciugar packt das Akkordeon ein. Er wirft La Fran einen letzten Blick zu und geht auch.

Jetzt ist alles still. La Fran lässt sich neben Walter auf den Boden gleiten. Sie drückt ihm ihre langen Fingernägel in den Oberarm. Er legt ihr den Zeigefinger auf die Lippen. Sein Herz klopft.

20.

Zia Filina liegt in ihrem Bett, aber nicht auf dem Rücken ausgestreckt, wie es Walter erwartet hätte, sondern auf der Seite, nackt, die dünnen Beine angewinkelt, den winzigen Schädel nach vorn geneigt, das Gesicht zur Wand. Ihre Atmung ist stockend, ihre Haut steingrau und zerknittert, schon fast wie bei einer Mumie. Walter zögert. Er krempelt seine Ärmel hoch. Dann zieht er behutsam die Decke über den Körper, der nur noch aus Erinnerung besteht.

»Nerì …«, röchelt Zia Filina, als der Stoff ihre Haut berührt.

Walter sucht nach einem Stuhl und setzt sich. Er wischt sich mit der Hand über die Augen und wartet, lange, bis sich Zia Filinas Stimme ein wenig festigt. Sie öffnet das rechte Auge, nur zur Hälfte. Sie wiederholt: »Nerì …«

Dann dreht sie sich auf den Rücken, langsam und vorsichtig, als würde sie sonst entzweibrechen. Ihr Gesicht wirkt eingefallen, es ist nicht mehr das Gesicht, das Walter kannte. Sie bewegt die Lippen, nur andeutungsweise, als müsste sie zuerst Anlauf nehmen, um die Worte auszusprechen. Walter behält seine Augen auf ihrem Gesicht und sucht immer noch nach vertrauten Zügen. Er erhebt sich vom Stuhl, setzt sich an den Bettrand und nimmt die mageren, faltigen Hände in seine. Zia Filina will etwas sagen, aber ihre Stimme ist nur ein Hauch. Also legt sich Walter zu ihr und hält sein Ohr an ihren Mund.

»Dein Vater …«, röchelt Zia Filina ausholend …

»Ja, ja«, kommt Walter dazwischen, »du willst mir von meinem Vater erzählen, aber ich weiß Bescheid, er hieß Geri, er war ein Landstreicher und Hühnerdieb …«

Zia Filina öffnet jetzt das rechte Auge ganz und auch das linke. Sie blickt Walter entgeistert an. Walter spürt ein leises Zittern in ihrem Körper.

»Er hatte zwei Hunde, einen Schäferhund und einen Dalmatiner. Sie bellten laut. Er kam ein Mal im Jahr nach Gruma«, lässt sich Walter nicht beirren, »meine Mutter traf ihn in der Scheune. Die beiden Hunde warteten draußen. Meine Mutter und mein Vater küssten sich und redeten, so hat es mir meine Mutter erzählt. Die beiden Hunde machten mir Angst. Sie fletschten die Zähen wie Wölfe. Ich blieb von der Scheune fern. Ich habe meinen Vater nie gesehen, nur seine tiefe Stimme gehört …«

Zia Filina schüttelt langsam den Kopf. Ihre Lippen nehmen Anlauf, Walter legt seinen Finger darauf.

»Meine Mutter wartete jedes Jahr auf ihn. Er schrieb nie, aber sie wusste, wann er kam …«

Walter blickt auf das erstaunte Gesicht. Zia Filina schaut mit großen Augen zurück.

»… deine Mutter …«, will Zia Filina beginnen.

»… meine Mutter«, übernimmt Walter wieder, »hat dann einen Höhlenforscher geheiratet. Er sucht nach Schätzen und Knochen unter der Erde. Sie reisen um die ganze Welt. Meine Mutter liebt Höhlenmalereien.«

Zia Filinas Augen sind jetzt weit aufgesperrt. Sie will den Kopf heben.

»Psst«, sagt Walter, indem er Zia Filinas Stirn streichelt,

»es ist alles gut, du musst nichts sagen, hör einfach zu … Meine Mutter hat sich darauf spezialisiert, die prähistorischen Zeichen zu deuten. Sie hat mir Bilder gezeigt. Du solltest sie sehen. Meine Mutter und der Höhlenforscher gehen gemeinsam auf Kongresse, um von ihren Entdeckungen zu berichten …«

Walter hält seine Hand auf Zia Filinas Stirn. Sie bewegt röchelnd den Mund.

»Hör mir zu …«, flüstert Walter ihr weiter ins Ohr, »kannst du dich an Manu erinnern, den Neffen von Don Pietro? Er ist ein weltberühmter Pianist geworden, in Gruma habt ihr nichts davon mitbekommen, aber er spielt in den Konzertsälen von London, Paris und Moskau. Er hat mich einmal eingeladen, das war in Zürich, er hat immer wenig Zeit. Er reist drei Mal im Jahr mit dem Dampfschiff nach Amerika, und während der Überfahrt übt er auf dem Meer …«

Jetzt fährt ein Schaudern durch Zia Filinas Körper. Ihre Lippen formen sich allmählich zu einem Lächeln. Walter winkt ihr mit den Augen. Er macht weiter, ein Reigen aus Geschichten, die er aus der Erinnerung zugespielt bekommt. Er merkt, wie Filina breiter lächelt. Er lässt sie nicht mehr zu Wort kommen. Nur ab und zu haucht sie: »Ach, Nerì …« Oder sie nennt fragend einen Namen. Sie öffnet den Mund, es schüttelt sie. Sie hat Durst. Walter nimmt das Glas vom Nachttisch und gibt ihr zu trinken, er erzählt immer weiter. Er merkt, wie mit jedem Satz Zia Filina kleiner wird und wie ihr Gesicht alles Maskenhafte verliert.

»Iris, du erinnerst dich an Iris«, sagt er, »sie hat lange die Plakate für Manus Konzerte gemalt, sie ist schon immer eine Künstlerin gewesen, aber dann hat sie gesagt, sie müsse für sich selber schauen, und ist in New York geblieben, weißt du, diese Stadt in Amerika, Zio Fredo hat ein Bild davon, wir haben es uns angeschaut, als ich klein war, diese

Stadt mit den vielen Wolkenkratzern, Iris lebt jetzt dort, sie malt und stellt aus, es gibt in New York genug Museen …«

Zia Filinas Augen leuchten, sie nehmen sich kleine Freiheiten, sie wandern, landen in Walters dunklen Augen, dort, wo sich einst das Gewitter spiegelte. Sie wirkt aufgeregt, ringt keuchend und schnaufend nach Luft. Walter kann keine Pause machen, er kann die Stimmen nicht aufhalten, die jetzt aus ihm herausbrechen und im Zimmer herumschwirren. Zia Filina deutet ihm an, sie wieder auf die Seite zu drehen. Sie schließt die Augen, nimmt einen tiefen Atemzug und hält die Luft an, bis Walter sie umgedreht hat.

»Ich?«, flüstert er.

Er muss sich jetzt über die Tante beugen, seinen Mund zwischen die Wand und ihr rechtes Ohr schieben.

»Was mit mir ist?«

Walter braucht nicht zu überlegen.

»Ich bin Pilot, ich fliege um die ganze Welt, über die Wüste, das Meer, ich fliege, wenn die Sonne mich blendet und wenn der Sturm tobt, ich habe keine Angst, abzustürzen. Während ich fliege, kann ich mit anderen funken, von überallher kommen Stimmen zu mir, wir sagen einander Ciao, ich verstehe nicht immer alles. Ich fliege gern nachts, ich verlasse mich auf die Position der Sterne, Zio Fredo hat sie mir beigebracht. Manchmal springe ich mit dem Fallschirm aus dem Flugzeug. Keine Angst, bis jetzt hat er sich immer geöffnet. Einmal wäre ich um ein Haar über Gruma abgesprungen, du hättest mich gesehen. Ich fliege nicht nur Flugzeuge, sondern auch Heißluftballone …«

Walter hält inne. Zia Filina ist jetzt ganz klein, als hätte sie sich in den vielen Geschichten aufgelöst. Die Schwere, die sie das ganze Leben auf ihren Schultern getragen hat und die keine Worte kannte, löst sich von ihr ab. Ihr Atem stockt, flacht ab. Sie ringt nach Luft, würgt, schluckt leer.

Dann legt sich alles. Die Atmung dehnt sich aus, wird zu einem Hauch. Filina schließt die Augen. Ein letzter Seufzer, und sie wird sofort starr.

Walter sieht auf die Uhr. Kurz nach fünf. Draußen ertönt die Jukebox aus der Bar La Fran. Das Hochzeitsfest hat begonnen.

Foto: Atlantis Verlag

VINCENZO TODISCO, 1964 in der Zentralschweiz geboren, lebt in Rhäzüns. Er hat Romanistik in Zürich studiert und mehrere Romane auf Deutsch und Italienisch veröffentlicht. Für sein literarisches Schaffen wurde er 2005 mit dem Literaturpreis und 2024 mit dem Anerkennungspreis des Kantons Graubünden ausgezeichnet. Sein Roman *Das Eidechsenkind* war 2018 für den Schweizer Buchpreis nominiert und hat mehrere Auflagen erlebt. Todisco lehrt und forscht an der Pädagogischen Hochschule Graubünden in Chur.

Atlantis Literatur

Leta Semadeni *Amur, großer Fluss*
Rebecca Gisler *Vom Onkel*
Martin R. Dean *Ein Stück Himmel*
Max Frisch *Blätter aus dem Brotsack*
Fritz Meyer *Ich unter anderem*
Fabienne Maris *Hitzewelle*
Ursula Fricker *Gesund genug*
Cesare Pavese, Bianca Garufi *Großes Feuer*
Leta Semadeni *Ich bin doch auch ein Tier*
Blaise Cendrars *Gold*
Monika Neun *Und dann verschwinden*
Marie-Hélène Lafon *Joseph*
Hansjörg Schertenleib *Im Schilf*
Martin R. Dean *Meine Väter*
Angelika Waldis *Berghau*
Cécile Ines Loos *Hinter dem Mond*
Michael Stauffer *Glückspilzbank*
Mario Casella *Der Wanderfotograf*
Fanny Desarzens *Berghütte*
Otto F. Walter *Der Stumme*
Alice Schmid *Die hängende Säge*
Ursula Fricker *Fangspiele*
Marie-Hélène Lafon *Die Quellen*
Blaise Hofmann *Die Kuh im Dorf lassen*
Mariann Bühler *Verschiebung im Gestein*
Matteo Melchiorre *Der letzte Cimamonte*
Martin R. Dean *Tabak und Schokolade*
Vincenzo Todisco *Der Geschichtenabnehmer*